안막
선집

안막
선집

전승주 엮음

〈한국문학의 재발견-작고문인선집〉을 펴내며

한국현대문학은 지난 백여 년 동안 상당한 문학적 축적을 이루었다. 한국의 근대사는 새로운 문학의 씨가 싹을 틔워 성장하고 좋은 결실을 맺기에는 너무나 가혹한 난세였지만, 한국현대문학은 많은 꽃을 피웠고 괄목할 만한 결실을 축적했다. 뿐만 아니라 스스로의 힘으로 시대정신과 문화의 중심에 서서 한편으로 시대의 어둠에 항거했고 또 한편으로는 시대의 아픔을 위무해왔다.

이제 한국현대문학사는 한눈으로 대중할 수 없는 당당하고 커다란 흐름이 되었다. 백여 년의 세월은 그것을 뒤돌아보는 것조차 점점 어렵게 만들며, 엄청난 양적인 팽창은 보존과 기억의 영역 밖으로 넘쳐나고 있다. 그리하여 문학사의 주류를 형성하는 일부 시인 · 작가들의 작품을 제외한 나머지 많은 문학적 유산들은 자칫 일실의 위험에 처해 있는 것처럼 보인다.

물론 문학사적 선택의 폭은 세월이 흐르면서 점점 좁아질 수밖에 없고, 보편적 의의를 지니지 못한 작품들은 망각의 뒤편으로 사라지는 것이 순리다. 그러나 아주 없어져서는 안 된다. 그것들은 그것들 나름대로 소중한 문학적 유물이다. 그것들은 미래의 새로운 문학의 씨앗을 품고 있을 수도 있고, 새로운 창조의 촉매 기능을 숨기고 있을 수도 있다. 단지 유의미한 과거라는 차원에서 그것들은 잘 정리되고 보존되어야 한다. 월북 작가들의 작품도 마찬가지이다. 기존 문학사에서 상대적으로 소외된 작가들을 주목하다보니 자연히 월북 작가들이 다수 포함되었다. 그러나 월북 작가들의 월북 후 작품들은 그것을 산출한 특수한 시대적 상황의 고려 위에서 분별 있게 이해되어야 할 것이다.

이러한 당위적 인식이, 2006년 한국문화예술위원회의 문학소위원회에서 정식으로 논의되었다. 그 결과, 한국의 문화예술의 바탕을 공고히 하기 위한 공적 작업의 일환으로, 문학사의 변두리에 방치되어 있다시피 한 한국문학의 유산들을 체계적으로 정리, 보존하기로 결정되었다. 그리고 작업의 과정에서 새로운 의미나 새로운 자료가 재발견될 가능성도 예측되었다. 그러나 방대한 문학적 유산을 정리하고 보존하는 것은 시간과 경비와 품이 많이 드는 어려운 일이다. 최초로 이 선집을 구상하고 기획하고 실천에 옮겼던 한국문화예술위원회의 위원들과 담당자들, 그리고 문학적 안목과 학문적 성실성을 갖고 참여해준 연구자들, 또 문학출판의 권위와 경륜을 바탕으로 출판을 맡아준 현대문학사가 있었기에 이 어려운 일이 가능하게 되었다. 이런 사업을 해낼 수 있을 만큼 우리의 문화적 역량이 성장했다는 뿌듯함도 느낀다.

〈한국문학의 재발견—작고문인선집〉은 한국현대문학의 내일을 위해서 한국현대문학의 어제를 잘 보관해둘 수 있는 공간으로서 마련된 것이다. 문인이나 문학연구자들뿐만 아니라 더 많은 사람들이 이 공간에서 시대를 달리하며 새로운 의미와 가치를 발견하기를 기대해본다.

2010년 2월

출판위원 염무웅, 이남호, 강진호, 방민호

비록 선집이지만 처음으로 안막 자료집을 펴내게 되었다.

1910년생으로 경기도 안성 출신인 안막은 제2고등보통학교에 진학한 후, 일본의 동지사同志社대학을 거쳐 와세다早稻田 제일고등학원 러시아문학과를 졸업한 식민지 시기 최고의 지식인이었다. 동경 유학 시절 이북만·김두용·임화·김남천 등과 함께 공산당 재건운동의 준비기관인 무산자사無産者社를 설립하고 이전의 카프 기관지 《예술운동》 대신 《무산자》를 간행하는 등 이른바 제3전선파로 활동하였으며, 이 시절 후쿠모토福本 주의의 영향을 받아 귀국 후 문예운동의 방향 전환을 주도한 바 있다. 이후 예술운동의 정치적 진출을 꾀하기 위해 예술운동의 볼셰비키화를 내세워 카프 조직을 기술자 조직(예술가 위주)으로 개편하기에 이른다. 이것이 잘 알려진 대로 이른바 카프의 제2차 방향 전환이다. 그리고 카프 본부 조직에 적극 참가하여 1930년 4월에 시행된 조직 개편 때 중앙위원과 연극부 책임자로 선임되는 등 카프 조직의 중요한 구성원으로서 활동하게 된다.

이처럼 시인이자 프로문예 비평가로서 프로문학의 방향 전환을 주도하고, 사회주의 리얼리즘론을 둘러싼 논쟁의 계기를 마련하는 등 문학사적으로 중요한 역할을 했지만 지금껏 그에 관한 책은 나오지 못했다. 그 첫 번째 이유를 꼽는다면 식민지 문단에서의 활동 기간이 매우 짧았고(1930 ~33년) 그에 따라 작품 수가 많지 않기 때문이라 할 수 있다. 이는 당대 세계적 무용가였던 최승희와의 결혼과도 밀접한 관련이 있다. 동방의 무희로 세계적으로 잘 알려진 최승희와의 결혼 이후 안막은, 1930년대 중반 이후 식민지에서의 문예운동이 어려워진 사정도 있었지만, 조선의 무용을 세계에 알리는 공연 기획자이자 매니저로서의 활동에 전념하고 문예 운동가로서의 자신의 길을 잠시 포기하기 때문이다. 그가 다시 문예운동의 길로 들어선 것은 해방 이후 북한에서인데, 이 시기에도 안막은 북한 문화·예술계에서 고위직을 역임하면서 순수한 문학자로서보다는 문예 정책가로 주로 활동한다. 이에 따라 북한에서의 문학 활동도 중국과 소련을 다녀오면서 쓴 기념시 14편과 당 정책 설명에 가까운 4편의 평론만을 남겨놓는 데 그쳤다. 이 때문에 안막은 프로문학의 방향 전환에 대한 연구나 1930년대 비평 연구의 한 부분으로만 다루어지는 것이 보통이었고, 현재 문예 운동가로서의 안막이나 공연 기획자로서의 안막 그 어떤 면에 대한 연구도 거의 이루어지지 않은 상태라 할 수 있다.

선집이라 하지만 지금까지 알려진 그의 글 가운데 빠져 있는 것은 현재로써는 한 편뿐이다. 「동양무용 창조를 위해서」라는 글로 제목만 있을 뿐 원문을 확보할 수가 없다. 한 기록에 의하면 안막이 부인 최승희의 공연 기획자로 활동하면서 쓴 글을 《부인공론》이란 잡지에 싣기 위해 잡지사에 넘겼으나 끝내 잡지가 발행되지 못하면서 안막의 글도 사라진 것으로 보인다. 그리고 1940년 《매일신보》의 단평 코너인 〈전초병前哨兵〉에 게재된 「중간문학론中間文學論」이라는 제목의 글은, 식민지 말기 미국식의 '베스트셀러'를 지향하는 당대의 문단 풍토를 지적하며, 순문학도 완전 상업문학도 아닌 중간적 문학이라는 의미에서의 중간문학론이 과연 가능한 것인가라는 질문을 던지고 있는데, 이 글은 신문에 게재된 원문의 판독이 어려워 완전하지 못함을 알려둔다. 그 외 현재 알려진 안막의 모든 글을 수록했다. 차후 기회가 되는 대로 완전한 책을 만들 수 있기를 바란다.

미흡하지만 문학 연구자들의 공부에 보탬이 되기를 바라며 한 권의 책이 되도록 애쓰신 기획위원 여러분들과 현대문학에 진심으로 감사드린다.

2010년 2월

전승주

* 일러두기

1. 표기는 1988년 1월 고시 '한글맞춤법'과 '표준어 규정'을 근거로 최대한 현대 표기로 바꾸었다. 단 시詩의 경우 최대한 원문 그대로 표기했으며, 평론의 경우에도 원문의 의미를 살릴 필요가 있다고 판단되는 경우 원문 그대로 두었다.
2. 원문의 한자어는 대부분 한글로 표기했다. 단 원문의 의미를 그대로 살릴 필요가 있거나 현대에서는 잘 사용하지 않는 표기의 경우 한자어를 병기했다.
3. 확인되지 않은 인명, 지명, 책과 자료명은 원문 그대로 표기하였다.
4. 원문 속의 '××' '……' 표시는 발표 당시 삭제된 부분으로 원문 그대로 두었으며, 문맥에 따라 그 의미가 충분히 파악되는 경우 [ ] 안에 표시했다.
5. 원문 속의 □는 식민지 시대의 자료에서 판독이 불가능한 경우의 표시이다.
6. 원문에 (略), (中略) 등으로 표시되어 있는 것은 발표 당시 검열에 의해 삭제당한 것으로 원문 그대로 두었다.
7. 일본어로 된 두 편의 자료 가운데 한 편(약사)은 기존의 번역본을 참고로 수정하였으며, 다른 한 편(일본 기관지 게재 글)은 엮은이가 직접 번역한 글이다.
8. 본문 순서는 장르에 따라 부를 나누었고, 같은 장르에서는 발표 순서에 따랐다.

차례

제1부_ 시

제2부_ 평론

제1부 시

삼만三萬의 형제兄弟들

— 북北쪽 농장農場의 일

십 년十年이나 참고 참어 왔다구나
쌀 한 톨 못 먹고 속아만 왔다구나
그 ×들이 모다 ×〔빼〕아서 가고 무얼 또 빼스려누
또 속을 줄 아니 우리는 이러 낫다구나

××에 ××에 삼만三萬의 형제兄弟가 모여든 지 십 년十年
밤낫 작알밧 시궁창을 논바트로 맨들앗구만
오오 마누라 자식 딸을 굴머 죽이지 안엇누
도 ××들 논바틀 그저 ×〔뺏〕길 줄 아니

비 맛고 백 리百里나 거러갓든 지난 봄을 이즐가 부냐
그 ×들 그 ×들 다 한 ×들이엇지
물 안 대고 멧 달이나 뻣댓든 지난해는 ×고 마랏지만
이번은 그여코 ××고 말 테다

몰내 논에 물 대는 ×은 누구냐
삼만三萬의 형제兄弟를 ×러 먹을려는 놈들
××의 동무 ××의 동무는 ×들 때문에 젓다지만
우리는 그여코 이기고 말 테다

우리 땅을 ×이들 땅이라고 내×찌만

××와 ×××쟁이가 ×을 휘들느지만

멧몃이나 멧몃이나 데모 때 ×여가든 형제兄弟는 다시 도라오지 안치만

우리는 그여코 이기고 말 테다

××을 들고 모라 갈 적에

×들은 무서워 떨지를 안 해

××가 무에냐 ×××쟁이가 다 무에냐

우리는 ×〔죽〕을 때까지 ×〔싸〕우자

전 조선의 형제兄弟가 ×〔이〕겨라 ×〔이〕겨라 한다구나

한 ×이 ×으면 열×이 모이자

열×이 모이면 백×이 모이자

뭉치면 꼭 이×〔긴〕다구나

××를 데모로 모× 갈 때다

본本× 가튼 형제兄弟가 도라 온다구나

오늘은 ××마당에 모인단다

×합合×를 선두로 ×라 갈 때다

—『카프시인집』, 1931.

백만 중百萬中의 동지同志

동지同志야! 너는 혼자가 안이다 수數없는 대중大衆의 물결 속에
용감勇敢한 노동자勞働者 농민農民 속에 잇다
네가 연설演說을 할 제 ×〔피〕를 뿌릴 제 ×들의 눈 속을 여가
며* 우리들의 인쇄물印刷物을 박을 제,
그리고 내가 몹슬 ××에 뼈와 살이 으스러질 제, 다음 일을 계획計劃
할 제나
언제나 언제나 너는 수십만 수백만 대중大衆 우에 잇다

소리 찬 공장工場 속에 농촌農村 속에……
철공소鐵工所 인쇄소印刷所 광산鑛山 기선汽船 속에
우리들의 곳곳마다의 작업장作業場 속에 집합소集合所에
××××주의主義 미테 다가치 ×× 당하는 수천만 대중大衆 속에
동지同志야 너는 잇다
백림伯林**, 파리, 우인, 모스코***, 치카코****, 봄베이, 상해上海
똑가튼 목적目的을 가진 똑가튼 미래未來를 가진 전 세계全世界 푸로레
타리아 속에
동지同志야 너는 잇다

* 원문은 '…눈 속을 여가며…'로 되어 있지만 '눈을 속여가며'의 오식으로 보인다. 여기서는 원문대로 둔다.
** 베를린.
*** 모스크바.
**** 시카고.

네 희망希望은 그들의 희망希望이고
네 분노憤怒는 그들의 분노憤怒이다
네 입에서 나오는 말은 그들의 말이며
네 모든 행동行動은 그들이 명命한 행동行動이다

그런데
동지同志야 너는 왜 우憂울한 얼골을 하고 잇는냐
언제나 엇더한 어려운 때나 긴 숨을 안 쉬는 네가
×××를 부르든 네가 왜 이처럼 우憂울한 얼골을 하느냐
그러라
우리들의 신문新聞은 나오지를 못하엿스며
우리들의 ×합合은 ×× 만당 하엿다
우리들의 ×〔대〕열隊列에선 비겁卑怯한 만은 놈들이 ×압壓이 겁이 나서 다러낫다
그러고 멧 번재 멧 번재 우리들의 용감勇敢한 ××는 모조리 ×앗기어 버리엇다
동지同志야 그래서 너는 그러케 우憂울한 얼골을 하는구나

오오 오날도
우리가 가장 사랑하는 동지同志 우리 가장 미덧든 ××가
××××에 제이第二 제삼第三의 '칼' 이 되여 '와다마사' 가 되여 ××문을 나오는구나
동지同志야 그래서 그처럼 우憂울한 얼골을 하느냐

그러나 동지同志야

우리들의 신문新聞은 ×들의 눈을 ×〔속〕이여 또 나오지 안느냐
'노동자 농민農民 제군諸君! ×××을 ××라!' 라는 ×××가 공장工場 속에 또다시 허터지지 안느냐
이러케 우리들의 헐니엇든 조직組織은 오오 보다 더 강대强大하게 대중大衆 속에 뿌리를 박고 잇지 안느냐
동지同志야!
너는 대중大衆 속에 잇다 너는 로동자 농민農民 속에 잇다 수억만 전세계全世界 푸로레타리아 속에 잇다

동지同志야 너는 의심할 아모것도 업다 네의 갈 곳은 '×움터이고 무덤 속' 이다
동지同志야 너는 의심할 아모것도 업다 '××할 전 세계全世界' 가 잇슬 뿐이다

동지同志야 오즉 우리들은 용감勇敢히 전진前進하자!

—『카프시인집』, 1931.

에레나의 수첩

포연 자욱한 어느 전호 속
용감한 조선의 젊은 병사는
침략자를 처물리치고
이 수첩을 꺼내여
승리의 기록을 남기겠지…….

수첩을 보내 온
서부 독일 그 처녀는
꼭 이렇게 생각했을 것이다.

푸른 하늘빛 표지 우에 그려진
한 쌍의 흰 비둘기
그 밑에
곱다랗게 씌여진 이름 에레나.

에레나는 누구일까,
금빛 머리칼에
정다운 파아란 눈동자
나는 만나보지 못한 그 처녀를
머리 속에 그리여 본다.

멀리 엘바 강 기슭

미국놈 땅크 쏘다니는
소란한 거리에서
그는 분노에 찬 가슴으로
어두운 낮과 밤을 싸우고 있을까.

아니면 어느 허물어진 공장
깨여진 담벽 넘어로
멀리 조선의 하늘을
쳐다보고 서 있을까.

나는 이제
어둠의 밑바닥에서 달려온
그 수첩을 가슴에 안고

불비 쏘다니는
돌격전으로 나아간다.

그 첫 장에 나는 적었다,
'자유
　　통일
　　　　평화
우리들의 가슴속
불처럼 타는 공동의 념원!

에레나여

그대의 수첩은,

이를 위하여 판가리 싸움에 나선
나의 보람찬
청춘의 기록장으로 남을 것이다'

—《조선문학》, 1955. 1.

붉은 깃발은 태양을 향하여 올라간다

나는 그날을 잊지 않는다.
깃발과 꽃보라와 푸른 가로수로 덮인
북경 넓은 거리는
환희와 격동 속에 떠나가는 것 같았다.

전우의 나라를 찾아온
나의 심장도
함께 떠나가는 듯.

나의 앞을 지나가던
중국의 늙은 로빠이싱
손자인가 귀여운 소년의 손목을 이끌고
군중을 헤쳐 가며
앞을 다투어 걸어간다.

폭풍처럼 환호성이
광장을 뒤흔든다.
천안문 루상에
모택동과 그의 전우들이 나타났다.

이二만 오五천 리 장정을 이겨낸
불멸의 령장,

굴욕의 구렁텅이로부터
넓으나 넓은 중국땅을 건져낸
혁명의 기수,

늙은 로빠이싱
손주를 어깨 우에 올려놓으며
'똑똑히 보아라
저분이 모 주석이다
우리 중국을 구원한 분이다'

동방홍*이 울린다,
대지는 엄숙해지고
크나큰 영광 속에 깊이 잠겨 있다.

민족 해방의 깃발
육六억만의 피 끓는 마음이 뭉쳐진
오성 붉은 깃발이
새 중국의 탄생을 선포하며
태양을 향하여 올라간다.

축포가 울린다,
나팔수가 행진곡을 분다,

* 원래 중국 산시성陝西省 북부의 민요로서, 사회주의 혁명 후 토지개혁이 이루어지고 농지를 받은 늙은 농부가 그 기쁨을 즉흥적인 가사를 붙여 부른 것이 널리 퍼진 것인데 보통 모택동을 기리는 노래로 알려져 있다.

모택동이 바라다보는 곳에서
강철의 대오가
지축을 울리며 지나간다.

오랜 세월을 거쳐
원쑤와의 악랄한 싸움을 이겨 낸
대포와 땅크와
혁명이 나은 용감한 사람들이…….

대열은 끝이 없는 것 같았고
대지의 모든 음향은
만세 소리로 화한 것 같았다.

중국땅 온갖 끝으로부터 모인
대가족들이 서로 부둥켜안고
끝없는 흥분 속에서
웨치며 노래하며
탄탄한 대로를 힘 있게 밟으며 지나간다.

한때는 이 대로를
머리 숙인 백성들을 호령하며
제황들이 지나갔고
아편과 대포를 실은
외국 침략자들이 지나갔고…….

그러나 오늘은
중국의 참된 주인들
육六억만의 대오가 지나간다.

늙은 로빠이싱
손자를 끌어안으며
외치는 듯이 말한다.
'너는 일생을
끝없는 굴욕 속에 살 번했었다
그러나 모든 불행은 끝났다'

한없는 기쁨에 넘쳐
눈물 어렸던 그의 얼굴이
친할아버지인 양
오늘도 나의 머리 속에
력력히 남아 있다.

— 중화 인민 공화국 선포의 날을 기념하여

—《조선문학》, 1955. 1.

무지개

고사포 진지 앞에
아담한 마을이 있다.

수양버들이 늘어진
언덕 위
삼간 초가집
앵도는 붉어 아름다웠고,

여기서 처녀는
아침마다 싸리문 열고
언덕을 내려
밭뚝으로 나간다.

멀리 들판에 서서
밝은 햇빛 아래
땅을 가꾸는 처녀의 모습
전사들에게
향토의 아름다움을
더욱 가슴 깊게 한다.

폭음이 잔잔한 날이면
처녀의 부르는

소박한 노래 소리
맑은 강물 흐르듯이
들판과 진지에 울려 퍼졌고,

저녁노을 속으로
다시, 집을 향하여 돌아가는
처녀의 몸맵시
더욱 사랑스러웠다.

……구름이 무겁게 끼인 어느 날
이 아담한 마을을 향하여
쌕쌔기* 내려꽂힌다.

우리 고사포들이 노호하며
명중탄을 퍼붓는다.

처녀는 가슴에서 뛰노는
심장을 부여안고
떨어져 가는 적기를 쏘아보다가
바구니를 이고
진지를 향하여 올라온다.

* 한국전쟁 초기 미군 전투기로, 정확한 명칭은 F-80이지만 소리가 쌕쌕거린다 하여 쌕쌔기라고 불렀다.

전사들 앞에 앵도를 펼쳐 놓으며
무어라 감사의 뜻을 전할지
처녀의 마음도
앵도빛처럼 붉어졌을 때,
진지 우에 날개를 펼쳐
아름답게 솟아오른 무지개

무지개는 마치
승리의 깃발처럼
영웅나라 젊은이들의 머리 우에
일곱 색 빛을 뿌리며,

닿을 수 없는
높은 곳으로 뻗치고 있었다.

—《조선문학》, 1955. 1.

생명

깊은 밤,
포성은 쉴 새 없이 창문을 흔드는데
침상 우에 누워 있는 어린 소녀의 가슴에
마리안나는 귀를 꼭 대고
심장의 고통을 듣는다.

그의 눈에는
바다물보다도 더 무거운
마음의 슬픔이 가득 차 있었다.

적탄에
어머니를 빼앗긴 조선의 어린이
그 부드럽고 연한 몸에도
양키들의 철조각이 뚫고 들어,

원한에 사모친 눈은
굳게 닫히고
맥박도 사라져 가는 듯,

폭격으로 하여 전선도 끊어지고
촛불마저 소란한 방을
이겨 내지 못하는 듯 깜박거리는데,

어린 생명도
이 촛불처럼 사라져 가는 것 같았다.

어떻게
이 아름다운 생명을
원쑤에게 빼앗길 것인가.

몇 시간 전 수술대 우에서
이 어린 생명을 구원키 위해 모든 지혜와 마음을 바친
마리안나……

그의 애타는 심정을 말해 주는
무거운 침묵 속에서
소녀의 입술에는 생기가 돌고
눈은 빛을 찾아
심장은 다시 고동을 친다.

불타는 이 땅에 달려온 의로운 전우!
웽그리아의 귀여운 어린이의 어머니
그의 헤아릴 수 없는 크나큰 힘이
어린 생명을 구했다.

'엄마……'
소녀는 무서운 악몽에서 깨여난 듯이
처음으로 입을 열었다.

마리안나는 북받치는
마음의 기쁨을 참을 수 없는 듯
소녀의 이마에다 입을 맞추고
간호원에게 조용히 말한다.
'파시스트들이 죽음을 몰아왔을 때
두나브 강 기슭 잣나무 밑에
나는 어린 딸을 묻었소.

그러나 이 밤은
내 딸이 다시 살아온 것만 같소.

생명!
전쟁을 이겨 낸 이 생명은
무엇보다도 아름답고
굳셀 것이요……'

—《조선문학》, 1955. 1.

모쓰크바를 향하여

지난날 나는 파리 엣펠탑 아래서
멀리 조국의 하늘을 바라보며
압박 받는 부모 형제들을
생각하였고,

뉴욕 마천루 아래서는
10월의 광명을 우러러
이 나라 천대 받는 사람과 함께
인터나쇼날을 높이 불렀다.

그러나 나는 지금
조국의 기'발을 머리 우에 이고
찬란히 꽃핀 문화의 사절로
모쓰크바를 향하여 간다.

자랑스런 조국을 가진 영예보다
더 큰 행복이 어데 있는가
반백이 넘은 나도
청춘처럼 젊어지누나.

우리는 영원한 불사조
굴함을 모르는 크나큰 힘으로

원쑤들을 물리쳐
불 속에서 조국을 구원하였고,

오늘은 천리마를 타고
폐허와 재' 더미 속에서
웅대한 조국을 일으켜 세우며
사회주의 대로를 달리고 있나니…

나는 불타는 감사의 정으로
은혜로운 쏘베트 사람들에게 전하리라.
해와 달을 앞질러 세 력사를 창조하는
조선 사람들의 용감한 이야기를.

—《조선문학》, 1958. 7.

별

나를 태운
야간 비행기는
별 사이를 날으고 있다.

하늘에는
금강석처럼
푸른 별들이 흐르는데…

땅에는
루비처럼
붉은 별들이 피여오른다.

해여 보라
하늘과 땅 어디
별들이 더 많은가

모쓰크바로 들어서는
나의 가슴에도
남홍색 오각별이 반짝인다.

붉은 광장

나는 붉은 광장에 서 있다.
저기 보이는 것이 크레믈리 스빠스크 탑!
사람들이 그칠 줄 모르고 가는 그곳은
레닌 스딸린 묘가 아니냐!…

우리는 모쓰크바에 왔구나!
조국 땅에서 사흘 동안을 날아
여기에 왔다고
아니다, 우리는 30년이 걸렸다.

나는 지난날을 생각해본다,
압제자를 미워하는 타는 마음이
막씸 고리끼를 읽게 하였고
일리이치 레닌을 배우게 했다.

그때로부터 모쓰크바는
나의 리상의 도시
여기에 오기까지 우리는
얼마나 두터운 장벽을 뚫었어야 했는가?!

고난과 굴욕 속에서 허덕이였고
높은 벽 감방을 피로 물들이며

쇠사슬에 얽매여 분노에 떨고
만 리 이경*에서 총 들고 싸워야 했다.

그러나 오늘
우리는 모쓰크바에 왔다,
나라를 잃은 백성으로가 아니라
영웅 조선의 대표단으로!

모쓰크바 위대한 인민의 수도여!
사회주의 시대의 영광에 빛나는 기치여
30년을 걸쳐 찾아온
나의 인사를 받으시라.

—《조선문학》, 1958. 7.

* 이역異域과 같은 뜻으로 모국에서 멀리 떨어진 곳 혹은 다른 나라를 의미한다. 여기서는 중국 땅에서 일본과 싸운 것을 의미한다.

고리끼 거리를 걸어간다

나는 고리끼 거리를 걸어간다,
〈해연의 노래〉가 거리에 들려오고
빠벨의 어머님이 손을 저으며
창 넘어 나를 반겨 주는 듯…

나는 대학에서 고리끼를 배웠다,
젊은 나의 서재에는 그의 정신이
어린 나의 가슴에서 그의 불'길이
잊을 수 없는 스승으로 함께 있었다.

나는 이제 그를 경모하는
끓어넘치는 마음으로
스승의 숭고한 리념 꽃핀
이 거리를 바라본다.

환희 속에 물'결치는
모쓰크바 사람들을 본다.
스승이 웨치는 훌륭한 인간들이
공산주의 대로를 걸어가고 있는 것을…

동무여! 보이지 않는가?
내 눈에는 똑똑히 보인다.

우리 앞에 키가 크신 고리끼 선생이
　뚜벅뚜벅 걸어가고 있는 것이.

—《조선문학》, 1958. 7.

모쓰크바 대극장

극장 안은 심연과도 같이 고요하고
우아한 곡은 물'결쳐 흐르는데
아름다운 무희들의 움직임이
은하수처럼 펼쳐지고 있다.

폭풍에 꺾이우는 흰 장미꽃인가
줄리에트로 된 우라노바
꽃떨기처럼 고운 몸을 설레이며,
로메오를 끌어안고 숨을 짓는다.

수천 모쓰크바 관중들은
낡은 세계가 낳은 비극의 주인공
두 사랑하는 이의 운명으로 하여
애석의 정에 숨'소리도 들리지 않는구나.

여기 손'수건으로 눈물을 닦는
조선의 녀인도, 불란서 젊은 부부도,
애급*의 청년도, 아프리카의 로인도,
말과 살'빛이 다르다 하여 어찌 마음마저
　다르다 하랴.

* 이집트.

모쓰크바 대극장은
　세계에서 모인 선량한 심장들이
깊은 공감과 감격 속에 싸여 있다,
　하나의 참된 이야기를 위하여.

—《조선문학》, 1958. 7.

뿌슈낀 동상 앞에서

—맑은 아침의 나라 시인이 그대에게 이 노래를 보내노라

함박눈이 내리는데
뿌슈낀스카야 광장에
뿌슈낀이 서 있다.

고개를 숙여 아래를 굽어보며
심장 우에 한 손을 얹고
깊은 사상에 잠겨 있는 듯—

그의 눈'길 속에
까흐까즈의 산맥이 솟아 있고
씨비리* 대지가 펼쳐 있으며
류형지로 쫓겨 가는 사람들이 움직인다.

그 심장 속에
자유의 불'길 화산처럼 이글거리고
눌리우는 사람들을 동정하는 마음
바다처럼 설레인다.

그는 가장 짧은 생애를

* 시베리아.

가졌던 시인
그러나 그는 가장 오랜
생명을 갖는 시인…

그는 항상 땅을 보고 살았다
그러나 그는
가장 높은 곳으로 올라갔다.

—《조선문학》, 1958. 7.

아브로라에 부치노라

나는 아브로라에 서 있다,
세계를 진동한
영웅의 함선 우에…

군함은 네바 강 우에 떠 있고
포문은 닫혀 있으나
나는 함선의 움직임을 본다.

붉은 기'발 펄럭이며
혁명 함대의 기함인 양
대양을 달리고 있는 것이…

아브로라의 포성은
우리 동방에도 울려 왔으니
한 점의 불꽃에서 불'길이 일어…

이미 10억의 인민들이
승리를 거둔 위대한 시기
인공 위성은 지구를 돌고 있다.

나는 말하리라
세계에 함선은 많기도 하지만

아브로라보다 더 큰 함선은 없다고.

—《조선문학》, 1958. 7.

네바 강반에서

네바 강
레닌그라드를 굽이쳐 흐르는
영웅의 강아!

천만 년을 흘러
너 물'결 비취처럼 푸르고
너 흐름 처녀의 긴 머리처럼 아름답다.

너는 거창한 격류인 양
혁명의 시대를 노래하며
흘러넘쳤고,

어두운 천일 천야 낮과 밤을
성새처럼 일어서
강철의 의지로 싸워 이겼으며…

나도 만 리를 찾아와
우리의 영웅의 강
대동강의 안부를 전하려 한다.

두 물'줄기는 동과 서로 떨어져 흘러도
어머니의 바다에서 다시 만나려니

영웅의 강들아 길이 흘러라.

—《조선문학》, 1958. 7.

호텔 아스토리야에서

아스토리야 연회장
샨델리아의 불'빛은 휘황하고
흰 눈은 내리며 창문을 어루만지는데
화분에 붉은 장미꽃 타는 듯이 피였구나.

히틀러가 레닌그라드로 진군하며
대축하연을 베풀어 보려던
바로 그 식탁에는
평화의 사절들이 앉아 있다.

이 구석 저 구석 여러 나라 말들이
하나의 큰 교향악으로 울려
사회주의 승리 높이 부르며
우정과 감격으로 백야를 즐긴다.

전우들이여!
샨판*을 가득 부어라
친선의 잔을 높이여라
침략자들의 앉을 자리는 없다.

—《조선문학》, 1958. 7.

* 샴페인.

우크라이나의 어머니

뜨네쁘르 강 기슭을 돌아
백양나무 우거진
무연한 벌판도 지나
우리는 어머니의 집으로 갔다.

친아들 반기는 어머니같이
얼굴에는 기쁨이 넘쳐흘렀고
련달아 포도주를 따라 주면서
이야기는 꽃피여 그칠 줄을 몰랐다.

'오늘은 명절을 만난 것 같소
십여 년 전에 떠나간 아들
친구들을 데리고
집에 돌아온 것만 같소

사회주의 대가정을 위해
한 아들을 보내며
수백 수천의 아들을 만나는 것은
나의 큰 영광이요…'

우리는 공화국기 새겨진 빠찌를
그의 가슴에다 달아 드렸다.

우크라이나 어머니의 가슴에다,
아니다, 조선 어머니의 가슴에.

—《조선문학》, 1958. 7.

제2부 평론

프로예술藝術의 형식 문제形式問題

— '프롤레타리아 리얼리즘' 의 길로

(一) 서
(二) ……자는 형식 문제를 왜 문제 삼느냐?
(三) 왜 형식주의자는 형식론을 문제 삼느냐?
(四) 통일적 이면二面으로서의 내용과 형식
(五) 예술의 내용이란 무엇이고 형식이란 무엇인가?
(六) 프롤레타리아 예술의 내용
(七) 프롤레타리아 예술의 형식
(八) 프롤레타리아 리얼리즘의 확립
(九) 결론

1. 서

유래由來로 내용과 형식 문제뿐만 아니라 리얼리즘 문제라든지 혹或은 계급문학과 민족문학에 관한 문제뿐 아니라 각종各種 사회상 문제社會上問題에 관한 논쟁은 그것이 이론을 위한 이론이 아니며 논쟁을 위한 논쟁이 아닌 다음에야 그것은 언제나 그것이 발생되지 않으면 안 될 사회적 근거를 갖게 된다. 그러므로 이러한 논쟁이 결정적으로 해결되려면 무엇보다도 먼저 이 논쟁을 필연적으로 발생시킨 그 사회적 근거의 결정적 해결이 필요하다. (略) 내면적 당연當然만으로써 이해되며 해결될 것이 아니라 그것은 그 내면적 논리와 아울러 그 사회적 논리의 당연當然으로야만 이해되며 해결될 수 있다는 말이다.

현재 각종 지상誌上이며 신문지상에서 예술상의 내용과 형식 문제가 동지 제 씨氏며 기타 논객들에게 소란히 논의되어 있다.

내용과 형식 문제에 관한 논쟁은 조선에서만이 아니라 가까운 일본이며 12주년 기념을 맞은 소비에트 문예 비평가 이외에도 여지껏 논쟁기를 벗어났다고는 볼 수 없는 문제이다.

우리는 먼저 이 문제를 그것이 제기되지 않으면 안 될 그 필연성 가운데서 보지 않으면 아니 될 것이며 또한 그 사회적 근거 위에서부터 보지 않으면 아니 된다.

그런데 이 형식 문제에는 두 종류가 있으니 하나는 ××〔맑스〕주의적 입장에서 여러 동지들이 제출한 형식 문제이고 또 하나는 부르 문사文士 소부르 문사 등 반동예술가들의 손을 거쳐 제출된 형식 문제이다.

여기서 우리가 알지 않으면 안 될 것은 소위 형식주의인 양주동梁柱東 일파가 그 모순된 공허에 가까운 유희적遊戱的인 반동적 형식론을 제기하게 된 것은 이론적 근거 즉 그 객관적 조건(사회적 조건)과 그 주관적 조건은 ××주의적 입장에서 쓰인 형식론이 제기되는 그것과는 전연 그 의미가 본질적으로 다르다는 것이다.

그러면 그 본질적으로 다르다는 것은 무엇이냐?

먼저 우리는 무산파 예술 진영에서 형식 문제가 논의되지 않으면 안 될 그 이론적 근거부터 구명해보자.

2. ……[마르크스주의]자는 형식 문제를 왜 문제 삼느냐?

유래由來로 전위만으로의 운동이던 ××××운동은 하고 있다. (이하 4행 略)

이 같은 ××××이 ××중심 대중으로 진전 성장하고 있을 때 ××〔레닌〕이 말한 바 "프롤레타리아트의 전반적 …… 임무의 일부분이 아니어서는 안 될 전全노동자 ××〔계급〕의 계급의식은 모든 전위로 운전되는 통일적 위대한 사회민주당社會民主黨의 기구의 하나인 '차륜이며 나사' 가 아니어서는 안 될" 우리들의 예술은 어떠하여야 할 것인가?

여기에 대하여 동지 김두용金斗鎔이며(「우리는 어떻게 ×〔싸〕울까」, 《무산자》 2호) 나가노 시게하루中野重治 군(「우리는 전진하자!」, 《전기戰旗》 4월호)이 다음과 같이 정당히 구명하였다.

> "예술의 역할은 프롤레타리아트의 조직사업을 조력함에 있다. 구체적으로 말하면 ×〔당〕의 사상적 정치적 영향의 확보 확대에 있다. 즉 노동자 농민에게 ××××를 선전하며 ×〔당〕의 슬로건을 대중의 슬로건으로 하기 위한 광범한 아지프로*에 있다."

프롤레타리아 예술의 역할이 이와 같이 아지테이션과 프로파간다에 있지 않으면 안 된다는 것은 우리는 누구나 명확히 아는 바이다.

그러면 우리들의 예술의 아지 프로의 힘을 어떻게 하면 충분히 발휘할 수 있을까? 어떻게 하면 그 목적을 보다 더 강대화할 수 있을 것인가?

……〔레닌〕은 클라라 체드킨에 향하여 다음과 같이 말한 일이 있다.

* agitation, propaganda의 약어로 '선전 선동'을 이렇게 사용한 것임. 이하 동일.

> "백만百萬으로 헤아리는 전全 국민 중에 근근 수백 인 내지 수천 인에게 예술을 주는 것이 중요한 것이 아니다. 예술은 민중에 속한다. 그것은 그 가장 깊은 뿌리를 광범한 근로대중勤勞大衆 속에 내려박지 않으면 안 된다. 그것은 그들 대중에게 이해되며 사랑받지 않으면 안 될 것이다. 그것은 그들 대중의 감정과 사상과 의지를 결합 향상시키지 않으면 안 된다."

그러면 우리들은 과거에 있어서 과연 광범한 근로대중 가운데 깊이 뿌리를 가졌었던가?

그러나 우리는 그것을 갖지를 못하였었다. 우리는 다만 문화적 수준이 비교적 높은 일부 소수에 지나지 않는 지식층 — '……문학청년' '좌익팬' '인텔리' '지지자' 만 가졌었고 문화적으로 뒤떨어진 무산대중을 우리는 갖지 못하였었다.

그러나 우리들의 예술은 그들 수백만 대중에게 ××××××××××××××××××××××는 것을 그것이 그들 대중 속에 들어가서만이 우리들의 예술의 가장 큰 역할인 아지 프로의 힘을 충분히 발휘할 수 있으며 강대화시킬 수 있다는 것을 우리는 똑똑히 알았다.

여기서 필연적으로 "우리들의 예술을 대중화하자!"라는 예술의 대중화 문제가 문제되는 것이다.

그러면 우리는 대중화 문제를 여하히 해결할 것인가?

루나차르스키*는 "문학의 대중성은 내용적 성질의 것이 아니라 형식적 성질의 것이다."라고 말하였고 그는 또 「××〔마르크스〕주의 문예비평에 관한 테제」에서 이처럼 말했다.

* 루나차르스키(Anatorii Vasil'evich Lunacharskii, 1875년 11월 23일~1933년 12월 26일). 러시아의 평론가이자 정치가로 1890년대부터 혁명운동에 참가, 러시아 사회민주혁명당 제2차 대회 이후 볼셰비키에 가입하고 활동하며 소비에트 문화예술의 발전에 공헌한 사회주의 문학예술 영역의 대표적 인물. 주요 저서로는 『실증미학實證美學의 기초』(1904년), 『서구문학사西歐文學史』(1924년) 등이 있다.

"복잡한 고급한 사회적 내용을 백만 천만의 대중까지 감동시킬 수 있는 힘 있는 예술적 단순으로 표현할 수 있는 작가에 영예가 있어라!

비교적 단순한 비교적 초보적인 내용이라도 좋으니 수백만 대중을 감동시킬 수 있는 작가에 영예가 있어라!"

이처럼 그는 프롤레타리아적이면서도 대중성 있는 작품을 생산하기 위한 신형식의 탐구를 말한 것이다.

(略)

프롤레타리아 독자 대중의 일정한 층을 대상으로 두고 쓰지 않으면 안 된다. (中略) 실제에 있어서 노동자계급 그것 가운데는 다만 정치적으로 보다 더 뒤떨어진 층과 진보된 층이 있을 뿐 아니라 그 심리적 이해가 (작가에 있어서) 본질적으로 차별을 주는 층 — 예를 들면 공업 중심지의 대공업 노동자 지방 혹은 공업적으로 뒤떨어진 나라에서와 소반수공업小半手工業의 노동자 급及 광부의 여러 가지 범주 등이 존재하고 있다.

이러한 층의 심리적 요구는 말할 것도 없이 다를 것이고 거기에 대한 작가는 여러 종류의 테마를 써서 여러 가지 정세를 통해 여러 가지 다른 언어를 가지고 향向하지 않으면 안 될 것이다.

물론 그 제1, 2, 3의 층의 대표자는 전체로 프롤레타리아트의 계급적 운명과 결부되는 문제에 흥미를 갖고 있다.

그러나 예를 들면 뒤떨어진 지방의 노동자가 발달한 도시 노동자에게 적지 않게 흥미를 주는 ××××의 근작 장편소설에 기와 제조소의 묘사를 흥미를 가지고 읽을는지는 극히 의문이다. 여기서 대중적 문학작품의 사상적 내용이 노동계급의 일반적 흥미에 대응하고 (略) ……의 여하한 층을 그것에 대상으로 두고 있는가라는 것을 결정한다. 그러나 새로이 그러한 작품이 ×××프로파간다의 목적을 가지고 있다는 그것으로써 — 그 목적을 보다 더 완전히 하기 위하야 그 프로파간다가 노동계급의 특정한 층을 대상으로 두는 것을 그것이 구체화되지 않으면 안 되리라는 문제가 제기된다."

마짜의 말은 진정眞正하다. 대중의 흥미를 주기 위한 작품은 이데올로기적 방면보다도 그 피시콜로기(심리)적 방면에 흥미를 주는 점이 많은 것을 알 것이며, 그러므로 인하야 그 피시콜로기가 가장 완전한 것이 되기 위하여는 그것은 작가나 일정한 층을 대상으로 하는 데에서 비로소 가능하다는 것을 보아도 알 것이다.

아무리 우리들의 작품이 프롤레타리아적이며 ××적인 훌륭한 작품이라 하여도 그것이 노동자 농민이 보아 이해치 못하며 흥미를 갖지 못한다면 우리들의 예술로써 아지프로적 역할은 없을 것이요 따라서 아무런 가치도 찾지를 못할 것이다.

그러면 우리들의 예술이 그들 수만 대중에게 이해되기 위하여는 어떻게 만들어내야 할 것인가? 어떻게 만들어야만이 그들 수만 대중이 흥미를 느낄 수가 있으며 사랑할 수가 있을 것인가?

여기서 기술 문제 즉 형식 문제가 필연적으로 문제되는 것이다.

물론 예술의 대중화 문제의 해결을 형식 문제 위에서만 생각하여서는 큰 오류임은 사실이다.

그것은 그것보다도 먼저 노동자 농민의 ……의 강화 성장, 즉 그 힘의 강대화 위에서만이, 또한 ……적 예술가의 힘 있는 투쟁 위에서만이 주입하기 위한 조직 활동과 거기에 결부된 견고한 배포망 위에서만이 생각하지 않으면 안 된다는 것을 적어둔다.

이만하면 우리 진영에게 형식 문제가 제기되지 않으면 안 될 그 객관적 조건만은 명확히 되어 있으리라고 한다.

그러한 그 주관적 조건이란 무엇인가?

유래由來 ××××사회 성립 전후, 즉 사회×××에 있어서는 신흥 계급은 언제나 종래의××××과는 전연 다른 사회적 내용을 가지려고 한다.

따라서 ×××에 있어서는 예술 그것도 그 객관적 내용인 사회 내용이 본질적으로 움직임으로 인하여 모든 힘이 필연적으로 내용에 집중됨은 명료한 일이다.

이 일반적 정식은 프롤레타리아 예술에도 적용한 (略) 다. 내용 문제를 가장 치중하여 온 것도 필연적이요 또한 당연한 것임을 알 것이다.

금후에 있어서는 예술의 결정적 요소가 이데올로기적 내용인 이상 거기에 대한 관심은 조금도 달라질 리는 없을 것이다.

아니다! 결단코 아니다!

그것은 '형식주의자를 무한히 증오하고 극복하기에 급급하였기 때문에' 고의적으로 형식을 문제삼지 않은 것도 아니며 우리가 예술상에 있어서 기술 문제가 얼마나 중요성을 가졌다는 것을 몰각하였기 때문에 그러한 것도 아닌 것이다.

그것은 다만 — 말이 반복되는 듯하나 — 사회 내용이 본질적으로 움직이는 ……에 처한 우리들의 예술로써 필연적으로 형식 문제가 내용 문제보다 선행先行되지 않으면 안 되었을 뿐이다.

그러나 새로운 내용은 새로운 형식을 요구한다. 내용이 그 ×××××를 갖기 위하여는 거기에 ×××

> "내용은 필연적으로 일정한 형식으로 노력한다. 제공된 내용은 다만 하나의 최후의 형식만 거기에 적응한다고 할 수 있다."
>
> —「××주의 문예비평의 임무에 관한 테제」

> "새로운 내용은 유산적인 형식의 협착한 제의를 입을 수 있다. 그리하여 필연적으로 그러한 형식과 가장 격렬한 투쟁 속에 들어간다. 새로운 형식은 서로 적대한 두 힘 아래에 형성된다.
>
> 그리고 이 두 힘 가운데 새로운 내용이 사실 군센 사회적 조류로부터 오면 승리자가 되어 나온다."
>
> —하우젠슈타인 역譯

새로이 획득한 내용은 가지었으나 그 형식에 있어선 아직껏 유산적 부르주아 형식에 다분히 의거하던 프롤레타리아 예술이 그 자체의 성장을 따라 신형식의 탐구에 노력을 가지게 됨은 물론이다.

여기에 형식 문제가 논의되지 않으면 안 되게 된다.

이만만 하면 우리는 ××[마르크스]주의적 입장에서 '형식 문제' 가 논의되는 객관적 조건이며 주관적 조건이 명확히 되었다.

그런데 김기진 군君은 이 문제를 여하히 이해하였느냐?

군君은 말한다.

> "작년 일월一月 이래로 극도로 재미없는 정세에 있어서 우리들의 '연장으로서의 문학' 은 그 정도를 수그리어야 한다. (中略) 이것이 작년 말부터 예술운동의 각 부분을 통하여서 기술 문제가 문제되기 시작한 원인이다. 그리하여 이곳으로부터 형식 문제는 출발하게 되는 것이다."
>
> —「변증법적 사실주의」, 《동아일보東亞日報》 소재

이처럼 군은 형식 문제가 문제되는 이론적 근거를 정치적으로 극도로 재미없는 정세 — 다시 말하면 ×××의 ×× 위에서 보았다.

그러나 그것은 군 독특한 주관이요 문제를 국부적으로만 보고 전체적으로 정확히 파악 못하는 관념론자의 소론 이외에 아무것도 아니다.

형식 문제가 필연적으로 제기되는 원인은 결단코 군이 주관적으로 생각하는 그러한 데 있지 않는 것이다(거기에 대한 구명은 먼저 하였으니 반복을 피하여 여기서는 생략하겠다).

그리하여 군은 형식 문제를 여사如斯히 이해함으로써 『춘향전』 문구까지 끄집어 내가며 우리들의 작품이 현행 검열제도에 꼭 들어맞도록 다시 말하면 합법성 있기를 말하였고 나중에는 "××**출판을 해보아라!** 그렇게 하는 수밖에 없지 아니하냐? 그러나 **그렇게 해서 작품행동**이 되느냐?"

그리하여 그 합법주의에 추수追隨하는 것만이 극도로 재미없는 정세를 해결하는 것이라고 역설한다.

여기서 군의 (略) 원칙을 대담히도 왜곡한 원칙적 근본적 오류를 발견할 수 있으며 또한 합법주의 만능주의자인 군의 개량주의적改良主義的 일화견주의적日和見主義的 경향의 군 자신의 ××를 보는 것이다.

여기에 대하여 동지 임화 군의 정당한 비판이 있었으니 길게는 말 않겠다.

다만 우리 《무산자無產者》는 군이 말한 바(역설한 바) 현행 검열제도에 꼭 들어맞지 못하였기 때문인가? 호號마다 발금發禁은 당하지만 그러나 '극도로 재미없는 정세'에서도 용감히 나오는 것은 무엇을 의미하는 것인가?

그것은 《무산자》가 노동자 농민의 요구를 걸고 무한히 곤란한 길을 용감히 뚫고 전진하는 노동자 농민과 밀접히 결부되어 그 ××제도와 ×× × 있기 때문이다.

'극도로 재미없는 정세'를 해결하는 것은 군이 (略)라 다만 (……) 위에서만 해결될 것이다.

3. 왜 형식주의자는 형식론을 문제 삼느냐?

그러면 형식이 내용을 결정한다는 몰락기 부르주아 예술의 최첨단적 반동 현상으로서의 소위 형식주의자들이 형식 문제를 문제 삼는 이론적 근거란 무엇인가?

나는 보그다노프*의 다음 말을 인용引用하겠다.

> "만약 어느 사회계급이 역사적 과정에 있어서 진보적 역할을 완료하고 퇴폐적 경향으로 나갈 적에 그 계급 내용은 필연적으로 퇴폐의 경향을 띠운다. 그리하여 그 형식은 내용의 이 경향에 추수하여 순응한다. 지배계급의 타락은 기식주의寄食主義를 이전시킨다. 그 기식주의의 결과 생활감정의 과도의 포만 혹은 생활의 권태가 나타난다. 생활감정의 포만은 예술에서 새로이 발전하여 가는 내용의 중요한 원천, 즉 사회적 창조적 활동을 중지시킨다. 생활은 공허가 된다. 공허는 보다 더 새로운 향락을 추구하며 새로운 감각을 추구시켜 인간을 위감爲感한다. 예술은 그 욕구를 조직한다. 일방 예술은 퇴폐자의 궤변으로 쌓인 멸망의 관능적 향락의 (略) 있어선 언제나 반복되는 것으로 관찰된다. 이 현상은 최근의 부르주아 문화의 붕괴기에서도 볼 수 있다."

보그다노프의 지적은 정당하다.

* 알렉산드르 보그다노프(Aleksandr Bogdanov, 1873~1928년). 본명은 Malinovskii. 하르코프대학을 졸업하고 1890년대부터 혁명운동에 참가하여, 한때는 볼셰비키의 지도자 중의 한 사람이 되었지만 제1차 러시아혁명(1905년) 후부터 실천과 이론면에서의 의견 대립으로 1909년에 당에서 제명되었으며 1917년의 러시아혁명에도 참가하지 않았다. E. 마하의 영향으로 마르크스주의를 수정하는 입장을 취하여 경험일원론經驗一元論을 주장하였는데, 이 때문에 그의 저서 『경험일원론』은 레닌의 『유물론과 경험 비판론』(1908년)에서 심한 비판을 받았다. 혁명 후에는 문화단체인 '프롤레트쿨트(프롤레타리아 예술 대표기관)'의 지도자가 되었다.

자본가계급이 진보적 역할을 종료하고 …… 과정에 있어서 최후적 계단을 밟고 있을 적에 그 사회의 산물인 부르주아 예술 그것도 그 내용이 붕괴되며 상실되어 감은 물론이다.

왜? 그것은 예술의 객관적 내용은 그 사회 내용이며 따라서 그들의 몰락 즉 ……의 ××은 동시에 그 예술 내용의 몰락 멸망도 의미하지 않으면 안 된다.

따라서 그들 부르주아 예술은 무내용으로 되고 다만 공허한 환상적인 감정만이 남게 된다.

플레하노프는 『계급사회의 예술』에서 다음과 같이 지적한 일이 있다.

> "부르주아 퇴폐기의 극단한 개인주의는 예술가에 대하야 진실한 ×감의 모든 원천을 폐쇄시킨다. 그것은 그들로 하여 사회생활 속에 일어나는 모든 문제에 대 (略) 일까지 인도한다."

따라서 부르주아 예술가들은 그 사회 내용의 상실로 인하여 사회적 현실적 문제에 대한 맹목적 부정적 무관심으로 인하여 그들은 필연적으로 예술에 있어서 내용으로 추방치 않으면 안 되며 그들의 예술적 처소處所를 다만 형식에만 구求치 않을 수 없게 된다.

그러므로 그들에게는 예술에 있어서 모든 힘이 형식에 집중되며 그들 부르주아 예술가들에게는 형식이 전부가 되는 것이다.

플레하노프는 또 말한다.

> "형식에만의 특별 배려는 사회적 정치적 무관심으로 조건부條件附된다. 다만 형식만을 존중하는 작가의 작품은 언제나 그들을 위요圍繞하는 사회적 환경에 대한 일정한 절망적 부정적 관계를 표현한다."

조선 부르주아 예술가들도 그러하다.

양주동梁柱東 일파로 대표되는 부르주아 반동예술가들이 이러한 자기의 예술의 내재적 조건으로 말미암아 타방 정당한 무산파 예술이념에 억지로 도전하기 위하여 '형식이 내용을 결정한다' 라는 그들 몰락기의 최후적 비명으로서의 ××적的 '형식론' 을 억지로 만들어내지 않으면 안 되게 된다.

여기서 우리들은 먼저 쓴 바 양주동 일파가 형식 문제를 제출하는 의미와 주의적主義的 입장에서 형식 문제를 제출하는 의미가 근본적으로 전연 다르다는 것도 명확히 되었으리라 한다.

모든 사회현상을 사회적 근거 위에서 보지 못하고 단편적으로 고정되게 보는 그들 형식주의자들은 이것을 혼동시함으로 인하여 "프로문예 측에서 재래의 형식을 부정한 사실이 없느냐?" 또는 "프로문학의 문학적 가치와 및 그 자체의 완성을 의식적으로 방기한 논조가 없었느냐?" 하며 "프로파 비평가가 붓을 가지런히 하여 형식과 내용의 조화 통일을 말하고 상호의 규범을 말한다. 의당히 와야 할 법론法論에 도달到達한 것이지만은 이는 이미 우리가 4, 5년 이래로 역설한 바가 아니냐?" 어리석은 망론을 대담히도 토吐한다.

그러고 보니 '형식 문제' 를 끄집어낸 만세불후의 명예는 "나(양주동 자신)에게 있다"라는 슬로건 (略) 〔썩〕어가는 냄새를 가리기 위하여 '형식을 위한 형식' 인 형식론을 제창한 불후의 명예는 군 자신에게 원하는 대로 우리들은 돌려보낸다.

모든 현상을 주관적으로밖에 보지 못하는 20세기 돈키호테여! 양주동 군의 어리석은 관념론이여!

나는 형식 문제가 논의되는 그 이론적 근거를 이만큼만 구명하고 다음으로 옮기겠다.

4. 통일적 이면二面으로서의 내용과 형식

우리는 예술상에 있어서 형식과 내용을 어떻게 보느냐?
하우젠슈타인이 『예술작품과 사회』 속에서

"예술작품은 그것이 우리들 앞에 완성 물건으로 놓여 있는 것같이 전일全一한 것이고 그것은 내용과 형식으로 분리함을 허락지 않는다."

라고 말한 것처럼 예술에 있어서 내용과 형식과는 다만 이론적 방법론적 추상에 입각한 분석이고 구체적 작품에 있어서는 내용과 형식과의 분리는 불가능한 일이 (略) 하여 마짜는 다음과 같이 말하였다.

"우리들은 형식과 내용 문제를 그 통일적 플랜에 있어서 그 변증법적 불가분성에 있어서 제기하며 해결하려고 한다. 그러나 그 이외에 우리들은 해결을 임臨하여 형식과 내용이 형식에 제2의 플랜에 밀려 예술작품에 있어서 '내용의 과중過重'이 나타나는 그 시기에 있어서도 변증법적 통일 속에 있다."는 구체적 논증을 얻으리란 마짜의 논한 바처럼 우리들은 언제나 내용과 형식을 통일적 방면으로써 그 변증법적 불가분성에 있어서 또 그 변증법적 발전 속에서 보지 않으면 안 될 것이다.

여기서 우리는 예술의 내용이란 무엇인가 형식이란 무엇인가를 명확히 구명하여야만이 내용과 형식의 상호관계를 그 통일적 플랜에 있어서 이해하기 가능할 것이다.

그런데 현금 각 비평가 사이에 논의되어 있는 그 '형식 문제'에는 내용은 무엇이며 형식은 무엇인가가 정당히 명확히 구명되지 못하고 다만 형식과 내용의 상호관계만 문제 삼으며 '내용이 형식을 규범하고 형식이 내용을 규범한다는 진리하에서' '원래 문학의 결정적 (略) 운운하는 그것과 동일한 관념적 우론愚論이다.

그것은 다만 문제를 전체성에 있어서 보지 못하는 형식주의자 등의 관념론자의 소론所論이며 ××주의 아류의 소론인 이외에 아무것도 아니다.

5. 예술의 내용이란 무엇이고 형식이란 무엇인가?

그러면 일반예술의 내용이란 무엇인가?

어떠한 일정한 순간과 환경에 있는 어떠한 일정한 사회는 언제나 자기 독특한 이데올로기를 갖게 된다.

그 이데올로기는 그것을 낳는 사회의 현실적 발전과 같이 발전하고 그 현실적 발전은 결국에 있어서 그 생산력의 발달에 순응하는 경제적 관계에 규정된다.

그러므로 그 사회가 계급으로 나뉘어 있을 때에는 그 사회의 산물인 이데올로기도 필연적으로 계급적 성질을 띠게 됨은 물론이다.

현금에 예를 든다면 사회적 환경과 자기의 계급적 이해가 일치되는 부르주아계급의 이데올로기는 사회를 ××시키지 않고 영원히 고정시키려는 …… 성질을 띠게 되고 자기의 계급적 이해와 사회적 환경과 커다란 ……을 의식한 프롤레타리아 ……의 이데올로기는 필연적으로 …… ××함으로써 ×인간적 존재로부터 ××하며 ××……하는 프롤레타리아트의 계급적 성질을 띠게 된다. 그리하여 경제적 기초에 규정되어 발생한 이데올로기가 금번은 딴 상층 건축과 같이 ××××의 ……로서 되는 것이다.

예술의 내용이란 별것이 아니다. 그 …… 성질을 띤 이데올로기인 것이다.

그것은 또한 예술의 내용인 동시에 모든 문화현상 — 정치 경제 종교 과학 철학 도덕 등의 내용도 되는 것이다.

> "인류는 그 역사적 발전의 각 순간에 있어서 일정한 사회적 필요에 당면한다. 그 필요는 계급사회에 있어선 부여된 계급(혹은 층)은 부여된 순간 급 부여된 환경에 있어서 필연적으로 부여된 객관적 과제로 나타난다. 예를 들면 자기의 계급의 이익을 그 사회적 환경간에 큰 모순을 의식한 계급은 필연적으로 그 사회적 환경을 …… 없이 자기를 위하여 가장 좋은 환경을 만들 수 있……은 그 사회적 환경을 고정 또는 그것을 개량하려고 노력하는 등 각 계급(혹은 층 혹은 집단)이 부여된 시기에 있어서 필연적으로 부여한 사회적 과제는 여러 가지 있다. 이 과제 정확히 말하면 필요는 그 결국에 있어서 인류 사회의 생산력의 발달과 그것으로 규정되는 …… 관계로 결정된다. 그것은 또 모든 인간적 사회활동 — 정치 경제 종교 철학 과학 등의 진실한 객관적 내용이다. 예술의 내용도 역시 이 이외가 되지 못한다. 즉 단테의 예술의 내용이 되는 것은 단테로 대표되는 ……의 필요이고 톨스토이 예술의 내용이 되는 것은 톨스토이가 대표하는 ……의 필요인 것이다."
>
> — 구라하라 고레히토藏原惟人

예술과 그러한 문화현상과 구별되는 것은 그 대상의 영역에 있는 것이 아니라 그 방법의 영역에 있는 것이다. 예술의 내용이 되는 것은 먼저 쓴 바와 같이 다른 문화현상의 내용과 동일물이고 그것이 방법론적으로 파악되는 때부터 예술의 내용이 되는 것이다.

정치가가 정치학의 대상으로 줍는 사실을 예술가는 예술의 내용으로 거기다 산 형상을 부여한다.

말이 거듭되는 듯하나 예술의 독자성에 그 특징이 있는 것이다. 형상에 의하여 사색하고 논리적이 아닌 산 형상을 빌리어 표현하는 독특한 방법 위에 예술의 본질이 있는 것이다.

예술의 내용이란 무엇인가를 알았다.

그러면 형식이란 무엇인가?

나는 먼저 "과학자는 그 내용을 이론적 추리를 가지고 표현하려는 대신에 예술가는 형상을 가지고 그를 표현한다."라고 말했다.

예술가가 형상을 빌리어 표현하려는 수단—이것이 예술의 형식인 것이다.

구체적으로 그것은 운율, 하모니, 균질, 콤포지션 등과 언어, 음향, 색채, 동작 등의 표현의 제 요소의 종합인 것이다.

6. 프롤레타리아 예술의 내용*

우리는 일반예술의 내용이란 무엇인가를 구명하였다.

그러면 프롤레타리아 예술의 내용은 어떠한 것이며 어떠하지 않으면 안 될 것인가?

그것은 봉건예술의 내용이 봉건계급의 계급적 필요를 띤 이데올로기고 부르주아 예술의 내용이 부르주아계급의 계급적 필요를 띤 이데올로기임과 같이 프롤레타리아 예술의 내용도 또한 프롤레타리아 계급적 필요를 반영한 ××적 이데올로기임은 물론이다. 이 마짜가 「유물론적 예술이론」 가운데 다음과 같이 쓴 일이 있다.

* 여기서부터 '프로예술의 형식 문제(二)'로 《조선지광》 6월호에 발표되었다.

"발전의 일정한 형태에 도달한 그 생산 그 경제 상태 그 국가(정치) 조직의 일정한 시스템에 도달한 사회계급은 그 생산력의 변증법의 성질을 따라 현재 사회생활의 형태를 혹은 고정 혹은 개량 혹은 전연 ××하려고 노력한다. 예술도 부여된 사회적 결과의 그 고정 개량 혹은 ××에의 노력을 반영한다.

이 사실은 예술사의 임무의 예에 의하여 증명하기가 가능하다. 이집트의 기념비적 건축, 호메로스의 서사시, 고딕은 부여된 시대에 현존하는 사회적 균형을 고정하려는 반영이다.

에우리피데스 또는 아리스토파네스 시대의 극작품劇作品 전체적으로 르네상스 시대 전세기前世紀 문학의 사실주의는 사회적 균형 개량하려는 희망의 반영이었다. 균형의 완전한 ××의 노력을 반영한 예로서는 우리들은 가다곰의 예술 자연주의 급 프롤레타리아 예술을 들 수가 있다."

—「××주의 아카데미 통신」

프롤레타리아 예술의 내용이 자본주의 제도하에서 강요받는 ×〔비〕인간적 존재로부터 해방되며 ××××××〔프롤레타리아〕의 ××〔해방〕을 종국적 역사적 목적으로 하는 프롤레타리아트의 계급적 필요를 반영한 ×××〔혁명적〕 이데올로기임은 말할 것도 없다.

그것은 구체적으로 전투적 프롤레타리아트 — 프롤레타리아트의 ×〔전〕위의 ××〔혁명〕적 이데올로기이다.

다시 말하면 그것은 먼저 쓴 바 ×〔당〕의 걸은 슬로건의 사상 그 슬로건에 결부된 감정인 것이다.

그리므로 우리들의 예술은 노동자 농민의 모든 생활감정을 예술로 파악하여 그 일체의 반×성을 ×××〔혁명적〕 프롤레타리아트의 걸은 슬로건에 산 형상을 통해서 결부시키지 않으면 안 될 ×〔당〕을 떠나서는 존재할 수 없는 ×〔당〕의 예술인 것이다.

우리들의 예술이 프롤레타리아트의 ××적 ××× 필요를 띠고 나온 예술인 이상 그것은 ×에 ×치 않으면 안 될 것이며 ×의 걸은 슬로건을 ……의 슬로건으로 하기 위한 예술이 아니어서는 안 될 것이다.

이것만이 진정한 프롤레타리아 예술일 것이며 ××적 …… 예술가만이 생산할 수가 가능한 예술인 것이다.

…… 레닌은 「×〔당〕의 ××〔조직〕과 ××〔당의〕 문학」에서 이처럼 말했다.

> "××〔당의〕 문학의 원리란 어떠한 것일까? 그것은 사회적인 프롤레타리아트에게는 문학의 일은 개인 또는 집단의 이익의 수단이어서는 안 된다는 것뿐만 아니라 문학의 일은 프롤레타리아트의 일반적 임무에서 독립한 개인적 일이어서는 안 된다는 것이다. ×〔당〕에 ×〔속〕치 않은 문학자는 가거라! 문학자 — 초인은 가거라! 문학의 일은 전全 프롤레타리아트의 임무의 일부분이 아니어서는 안 된다. ……의 의식적 전×〔위〕에 의하여 운전되는 단일한 위대한 사회민주주의라는 기계조직의 한 차륜車輪이며 레지가 아니어서는 안 된다. 문학의 일은 조직적 계획적 통일적統一的인 사회민주당社會民主黨의 활동의 일 구성 부분이 되지 않아서는 안 된다."

그러므로 우리들은 프롤레타리아 예술이란 탈 밑에서 과거의 우리들의 예술의 대부분을 차지하던 소小부르주아적 인도주의적 개량주의적 ××××적 또는 목적의식하며 그 실 소小부르 인텔리겐치아의 성급한 공상적 ××주의적이던 비非프롤레타리아적 요소를 단연코 청산 극복 양기하지 않으면 안 될 것이며 또한 ×〔당〕에 …〔속〕치 않은 예술가와 ×〔당〕

을 떠난 사이비 프롤레타리아 예술을 매장 또는 극복하여야 할 것이다.

……의 예술에서의 ×〔당〕 예술로 비약하는 것이 ×××× 예술가의 당면의 임무인 것이다.

7. 프롤레타리아 예술의 형식

우리는 프롤레타리아 예술의 내용이 프롤레타리아트 ××적 필요, …… 걸은 슬로건의 사상, 그 슬로건에 결부된 감정임을 알았다.

그러나 그것이 예술의 내용이 되기 위하여는 산 형상을 통해서 표현치 않으면 안 될 것이다. 그 형상을 통해서 표현하려는 프롤레타리아 예술의 형식은 어떠할 것이며 어떠하지 않아서는 안 될 것인가?

구라하라 고레히토는 다음과 같이 말했다.

> "예술에 있어서 형식은 생산적 노동 과정으로 인하여 먼저 부여된 형식적 가능과 그 예술의 내용이 되는 사회적 급 계급적 필요와의 변증법적 교호작용 속에서 결정된다."

일정한 예술적 내용은 거기에 적응하는 일정한 표현형식에 도달하려고 노력한다. 그 예술적 표현인 사회적 계급적 필요는 사회가 물질적 기술에 의하여 부여한 형식적 가능과 결부된다. 그리하여 그 변증법적 교호작용 속에 일정한 예술적 내용은 그 내용에 가장 적응한 예술형식을 확징할 수 있다.

프롤레타리아 예술의 표현형식도 물론 그 내용으로 인하여 결정되고 부여된 형식적 방법론적 가능과의 변증법적 교호작용 속에 확정됨은 일반예술과 매한가지인 것이다.

그러면 프롤레타리아 예술의 내용에 비교적 일치되는 형식적 방법론적 가능은 무엇인가?

먼저 우리는 프롤레타리아트의 역사적 경제적 계급적 존재의 본질적 특징부터 구명해보자.

A. 프롤레타리아트는 자본주의 사회 발전의 내재적 모순으로 자본주의적 생산방법의 유일한 반대적 인자이다. 그는 생산계급이면서 "자기의 생계를 이어나가는 데 전연 노동을 파는 수밖에 길이 없는 그리고 그 때문에 여하한 종류의 자본의 이윤에도 의지할 곳 없는 사회계급"(엥겔스)이다.

> "프롤레타리아트의 생활조건은 자본주의 사회에 있어서 ×〔비〕인간적 존재의 정점을 보이고 있다. 그러므로 프롤레타리아트는 자기를 의식하면 그 ×인간적 성질에 ××하지 않을 수 없다. 즉 그들은 그 인간적 성질과 그 인간적 성질의 단호한 부인否認인 그 생활 상태와의 모순으로 ××적으로 부르주아지에 대하여 ××에까지 쫓겨 있지 않을 수 없다. 그러므로 그들은 언제나 철저적으로 자기의 계급 이익을 주장한다. 그들은 그리하여 부르주아지에 대한 ××××에 있어서 자기를 ××할 수 있고 또 ×× 안 할 수 없는 것이다."
>
> —『……주의 강좌』 3편 1

그러므로 프롤레타리아트는 역사적 ×〔필〕연성에 의하여 ××적이요 ××적인 계급인 것이다.

B. ××인 프롤레타리아트는 ××〔계급〕 대립에 의한 사회의 최×〔후〕적 존재이고 ××와 독점의 ××자이다.

"프롤레타리아트는 ……을 ××하고 생산수단을 먼저 단체화한다. 그러나 그와 같이 프롤레타리아트는 프롤레타리아트로서의 자기를 폐기한다. 이것과 같이 그것은 일체의 계급차별 급 ××〔계급〕 대립도 폐기한다."

—『반뒤링론』

그리하여 근대적 대생산을 계승하여 ……를 창설하는××이다.

C. 프롤레타리아트는 자본주의 생산과정 그것의 기구를 통해서 ……되고 규합되고 조직되기 때문에 또한 자본주의의 임은賃銀 제도하의 ×〔비〕인간적 존재로부터 ×××되려면 자기의 투쟁력을 ……함으로써만이 자본주의의 물질적 사회적 힘인 자본과 ××할 수 있는 강대한 사회적 물질적 힘이 되기 때문에 그는 개인적 무자격자이다. 그러므로 그는 조직을 통해서만이—그 집단주의적 의미로서만이 그는 유자격자인 것이다.

이러한 프롤레타리아트의 역사적인 경제적 계급적 말절末節의 기본적 특징은 그 계급적 이데올로기 계급적 피시콜로기의 기본적 특징을 형성한다. 이러한 의미에 있어서 프롤레타리아 계급적 이데올로기와 피시콜로기는 필연적으로 ……적이요 ×××이요 과거의 어떠한 계급보다도 객관적이요 현실주의적이요(그것은 선×〔위〕적 계급의 이데올로기의 주관은 객관(사회관계)의 발달의 선線과 일치되기 때문이다) 집단주의적인 것이다.

프롤레타리아트 예술의 근본적 본질적 특징은 여사如斯한 프롤레타리아트의 경제적 사회적 역사적 특징에 의하여 결정되므로, 프롤레타리아 예술은 필연적으로 ××적이요 집단주의적이요 인식론적 방법론 의미에 있어서는 객관적이요 현실주의적인 것이다.

여기에 있어서 프롤레타리아 예술의 형식적 방법론적의 범위도 확정될 것이다.

그러나 프로예술의 현실적 신형식新形式은 결단코 과거 예술의 발전과 무관계 속에 있는 것은 아니다. 그와 반대로 그는 과거 유산적 형식 속에 그 형식적 방법론적 가능을 찾지 않아서는 안 될 것이다.

이 마짜는 『현대구주의 예술』의 결론 속에서 이처럼 말한다.

> "××적 계급 ……의 ×설자로서의 프롤레타리아트의 새로운 예술에 대하는 태도는 과거의 모든 현상을 대하는 태도와 동일치 않으면 안 된다. 즉 프롤레타리아트는 사회적 발전에 있어서 생활에 적응한 요소로서 나타난 모든 결과를 파악하고 또 자기의 것을 만들지 않아서는 안 된다."

그는 또 말한다.

> "만약 우리들의 모든 생활에 적응하는 과거의 형식을 파악하고 자기의 것을 만든다면 우리들은 우리들에게 가장 가까운 것 우리들에게 가장 근접한 생산적 형식에 의하여 인출되어 있는 것의 형식을 파악하고 자기의 것을 만들지 않아서는 안 된다는 것이다. 이것은 '논리'가 아니라 사회적 발전의 변증법적 걸음에 의하여 결정되는 필연성이다."

그리하여 마짜는 여하히 유산적 형식을 비판적으로 파악하겠느냐?

하는 데 대하여 "새로운 예술에 있어서 임의의 형식 급 임의의 방법의 적생활성適生活性을 평가하기 위하여는 우리들은 그 형식 급 그 방법 속에 있는 플러스와 마이너스의 관계를 배열하면 충분하다." 말하였다.

그러므로 우리들은 그 플러스와 마이너스를 명확히 구명하면서 우리들의 예술 내용에 비교적 일치되는 형식적 방법론적 가능을 규정해보자.

A. 그것은 그 이데올로기와 피시콜로기적 내용으로 인하여 필연적으로 ……적 행동적 표현양식을 요구한다. 그 요구에 비교적 일치되는 현대적 가능은 과거의 모든 ××계급의 예술의 형식적 방법적 요소와 결부된다.

B. 분석적인 개인주의적 무정부주의적 형식에 대항하여 종합적 집단주의적 조직적 합리적 형식을 요구한다. 그는 또 자본주의 생산 과정 그것의 기구를 통해서 생활하는 프롤레타리아트의 심리적 감각적 특징과 ××주의 사회의 물질적 토대라는 인식의 사상적 특징으로 인하여 그는 근대적 역학적 계획적 표현형식을 필연적으로 요구한다.

부르주아 말기 유파에 예를 든다면 그것은 미래파 표현파로 대표되는 분석적 관념적 무정부주의적 경향보다는 종합적 계획적 유물적 경향을 가진 구성파의 형식적 방법적 가능과 결부된다.

또 그는 자본주의 생산의 기구라는 생산기관에 의하여 그는 기계적 형식을 요구한다.

C. 프롤레타리아 예술의 객관적 현실주의적 태도는 필연적으로 주관적 관념적 묘사적인 아이디얼리즘에 대항하여 객관적 현실주의적 구체적 유물적인 리얼리즘의 형식적 가능과 결부된다.

여기에 프롤레타리아트의 ……〔계급〕적 필요—그 ……적 필요를 띤 프롤레타리아 예술의 내용과 생산적 노동 과정으로 인하여 먼저 부여된 형식적 방법론적 가능과의 변증법적 교호관계가 형성되고 그 결정으로써 '프롤레타리아 리얼리즘'이란 예술적 태도가 우리들의 앞에 놓이는 것이다.

8. 프롤레타리아 리얼리즘의 확립

그러면 프롤레타리아 리얼리즘이란 무엇인가? 프롤레타리아트는 자기 독특한 현실을 보는 방법을 갖고 있다. 변증법적 유물론이다.

유물변증법은 유물론에 입각하여 "개개의 사물을 생각하고 그 상호관계를 잊고 사물의 존재를 생각하고 그 성장과 소멸을 잊고, 그 정지를 생각하고 그 운동을 잊고, 단지 나무를 보고 수풀을 보지 않는"(『반뒤링론』) 형이상학적 고찰 대신에 사건을 관련 연쇄 운동 생성 급 소멸에 전체성에 있어서 고찰한다.

또 변증법적 유물론에 입각한 유물사관은 우리들에게 생산력만이 사회진화의 행정을 안출案出하고 지어낸 모든 것을 결정하는 요인이란 것을 가리킨다.

> "생산 급 거기에 이어서는 그 생산의 교환이 일체의 사회제도의 기초라는 것 역사에 나타난 각 사회에 있어서 생산의 분배 급 그와 같이 계급 또는 자기의 사회적 편성은 무엇이 여하히 생산되고 그리고 여하히 그 생산물이 교환되는가에 의하여 결정된다는 것."
>
> —『반뒤링론』

또 사적 유물론은 우리들에게 역사의 객관적 법칙은 반드시 새로운 생산력의 이익을 대표하는 계급의 ××을 가져온다는 것을 가리킨다. 그러면 여하한 ……가 역사적 ×〔필〕연의 원리에 의하여 ××의 질서와 바꿔겠느냐? 우리들은 지금에 여하히 역사의 객관적 법칙이 자본주의와 프롤레타리아트의 ××에 나가지 않을 수 없다는 것을 가리킨다.

그러면 프로레타리아트는 왜 부르주아지와의 …×에 있어서 필연적으로 …고 또 하지 않을 수 없는가?

> "제일第一에 프롤레타리아트가 자본주의 전全 경제제도의 중추에 대한 경제적 지배를 보존하고 있기 때문이고, 제이第二에 철×〔쇄〕 이외에 잃을 아무것도 없는 프롤레타리아트는 ×인간적 차점次點에까지 집중되어 있는 그 생활조건을 철저적으로 양기揚棄치 않을 수 없는 필연에 닥쳐 있기 때문이고, 제삼第三에 지금의 프롤레타리아트만이 단單히 자기의 계급 이익을 철저적으로 주장할 뿐 아니라 자본주의 사회에 있어서의 전全 근로대×〔중〕의 ×××의 참된 이익을 가장 대담히 가장 밝게 잘 대표하기 때문에 이런 노勞 ……의 대부분을 자본과의 ××에 있어서 자기의 지도하에 ××할 수 있고 또 ×× 안 될 수 없기 때문이요, 또 제사第四로 프롤레타리아트만이 자본주의 생산 과정 그것의 기구를 통해서 잘 훈련되고 규합되고 ……된 유일한 ……이기 때문이다. 그러나 이 계급은 '자본주의 생산 과정 그것의 기구를 통해서 자기의 ×××으로 결성함과 같이 또 ……의 유일한 ×××로서의 힘써 ××고 또 얻지 않을 수 없다."

그러므로 프롤레타리아트는 역사적 객관적 법칙에 의하여 필연적으로 결국에 ××를 얻지 않을 수 없는 것이다.

프롤레타리아 리얼리즘이란 이러한 프롤레타리아트의 세계관이 변증법적 유물론에 입각하여 사회현상을 유물적으로 발전성에 있어 전체성에서 파악하고 그것을 프롤레타리아트의 결국의 ××〔승리〕라는 계급적 입장에서 형상을 빌려 묘출하는 예술적 태도인 것이다. 즉 마르크시즘에 관철된 프롤레타리아트의 예술적 태도인 것이다.

프롤레타리아트의 세계관이 역사적 객관성에 의하여 필연적으로 변증법적 유물론인 것과 같이 진정한 프롤레타리아 리얼리즘의 예술이 아니어서는 안 된다.

정노풍鄭蘆風 군은 그 형이상학적 주관으로 말미암아 프롤레타리아 리얼리즘의 물질적 이론적 근거를 인식지 못함으로써 "이것은 대담히도 변증법적 사실주의뿐만 아니라 변증법적 표현주의도 변증법적 낭만주의도 있어야 한다."고 문맹적 우론文盲的愚論을 토吐한다. 군의 이러한 반동적 이론은 군 자신의 인식 부족과 무지의 자기폭로 이외에 아무것도 아니다.

그러면 프롤레타리아 리얼리즘이란 구체적으로 여하한 것인가. 우리는 먼저 리얼리즘이란 무엇인가를 보자.

예술상에 있어서 리얼리즘이란 예술가가 사회현상에 대하야 하등 주관적 선험적 관념을 갖지 않고 현실을 현실로 묘출하려는 유물적 객관적 현실주의적 태도인 것이다.

그러므로 리얼리즘은 예술가가 현실을 선험적 관념으로 대하여 자기의 주관으로 현실을 개조 왜곡 분식하며 해결하려는 예술적 태도 아이디얼리즘과 대립됨은 물론이다.

그런데 리얼리즘이며 아이디얼리즘이란 예술적 태도가 양주동 염상섭 등 반동예술가들이 생각하는 것처럼 다만 생활상 표현적 묘사에 그친 것을 생각하여서는 안 된다.

그것은 예술가가 현실을 대하는 근본적 태도이고 따라서 그것은 예술가가 속한 계급의 세계관에서 결정된 태도인 것이다. 이것은 예술에서

뿐만 아니라 과학상 여하한 '이즘' 이든지 그것은 한 계급의 세계관에 있어서 출발되지 않을 수 없는 것이다.

우리들은 리얼리즘이 현실을 현실대로 묘출하려는 객관적 현실주의적 예술 태도임을 알았다.

그러나 먼저 쓴 것과 같이 여하한 '이즘' 이든지 그것이 다만 피상적 묘사 수법에 그친 것이 아니고 세계관에서 선발되고 결정되는 이상 그리고 그 세계관 그것은 결국에 있어서 그 사회의 생산력의 발달에 적응하는 경제적 관계에 의하여 규정되는 이상 현실에 대하여 객관적 현실주의적 태도를 갖는 리얼리즘 그것도 사회의 현실적 발전에 있어서 예술가가 속한 계급의 역사적인 경제적 사회적의 기본적 본질 특징으로 인하여 규정되지 않을 수 없었다.

그리하여 리얼리즘 그것과 고전적 봉건적 부르주아적 리얼리즘을 서로서로 형성하게 된 것이다.

그리하여 리얼리즘 그것과 고전적 봉건적 부르주아적 리얼리즘의 변혁으로 부르주아 리얼리즘이 나타난 거와 같이 프로 리얼리즘은 부르 리얼리즘의 개조로서가 아니라 변혁으로 나타난 것이다.

나는 부르 소부르적 리얼리즘에 대하여 프로 리얼리즘이란 무엇인가를 구명하겠다.

부르조아 소부르 리얼리즘과 프로 리얼리즘과를 ××적 부르주아 예술가뿐만 아니라 우리들의 진영 내에서도 대담히 왜곡된 론論을 토한다. 나는 그것을 반박 또는 수정하려는 대신에 프롤레타리아 리얼리즘은 구체적으로 어떠한 것인가를 보겠다.

A. 프롤레타리아 예술가는 현실을 묘출함에 여하한 태도를 취할 것인가?

먼저 쓴 바와 같이 그는 먼저 유물적 객관적 현실주의적 태도를 갖지 않아서는 안 된다. 그런 의미에서 그는 과거의 리얼리즘의 현실주의적 태도를 계승치 않으면 안 될 것이다.

그러므로 프롤레타리아 예술가의 그러한 현실주의적 태도는 무엇보다도 로맨티시즘과 대립된다.

로맨티시즘은 현실을 사실에서 유리시키고 현실의 제 문제를 주관적으로 해결하려 한다.

그러므로 로맨티시즘의 예술은 언제나 필연적으로 관념적이요 공상적이요 추상적이요 주관적이다.

어디까지든지 객관적이요 현실주의적이어야 할 프롤레타리아 예술이 그러한 예술과 대립됨은 물론이다.

그러나 우리는 여기서 같은 로맨티시즘이면서도 서로 상반되는 두 경향의 로맨티시즘을 구별해 생각지 않으면 안 될 것이다.

하나는 생활의 공허 또는 작가를 단결하는 사회적 환경과의 절망적 부정적 관계로부터 현실에서 유리하려는 역사적 역할을 종료하고 몰락과정에 선 계급의 퇴폐적 이데올로기의 산물인, 예를 들면 독일 낭만파 심포락데카다니즘파와 같은 퇴폐적 로맨티시즘이요, 또 하나는 신흥계급의 예술로서 진보적이요 전투적이면서도 현실적 기초를 갖지 못함으로 인하여 현실을 주관적 관념적으로만밖에 못 보는 ××적 로맨티시즘이다.

그러나 그것이 퇴폐적이든지 ××적이든지 현실에 대하여 주관적 관념적 태도에 있어서는 동일한 데 있어서 객관적 현실주의적이어야 할 프롤레타리아 리얼리즘과 대립됨은 물론이다.

그러나 우리는 두 경향의 로맨티시즘 속에 ××적 로맨티시즘만은 가장 엄밀히 비판치 않으면 안 될 것이다. 그것은 ××적 로맨티시즘이

몰락계급의 퇴폐적 이데올로기의 반영으로서가 아니라 진취적이요 전투적인 ××××의 이데올로기의 반영으로 나타난 것이기 때문이다.

더구나 ××적 로맨티시즘은 각국 프롤레타리아 예술의 초기에 있어서는 일시적이었을 망정 거진 다 밟아온 길이다. 소비에트 러시아 프롤레타리아 문학에서뿐 아니라 독일이며 가까운 일본에 있어서도 초기에 있어서는 진정한 프롤레타리아 예술이 아니고 ××적 로맨티시즘의 예술이었던 것이다.

소비에트에 있어서 말하면 초기 프롤레타리아 문학을 대표하는 ××〔혁명〕 후 1920년에 성립된 구쯔니짜 일파에 속하는 시인들은 ××의 세계적 의의, ××의 절규적 열정을 극히 추상적으로 주관적으로 그것을 우주적으로 노래했다. 이러한 ××적인 로맨티시즘의 시대를 지나 1921년 네프가 실행된 후(네프는 정치적 경제적 리얼리즘의 현출이다) 비로소 …… 프로문학에 있어서 처음으로 객관적 현실주의적 경향을 갖게 된 것이다. 그리하여 현금에 와서는 파제에프의 『궤멸』, 그라도고프의 『시멘트』, 리베딘스키의 『콤미살』, 세라피모비치의 『철류』 등의 프롤레타리아 리얼리즘에서 쓰인 진정한 프롤레타리아 리얼리즘의 작품을 생산하여 노동자 농민 속에 깊은 뿌리를 박고 있다.

이것은 독일 프롤레타리아 문학에 있어서도 말할 수 있다. 프롤레타리아 자신이 아직 자기의 예술을 생산치 못하고 급진적 반역적 소부르주아가 프롤레타리아 예술을 생산하였으므로 인하여 필연적으로 그 예술도 프롤레타리아 작품이라 하여도 ××적 로맨티시즘의 작품이었던 것이다.

그러나 독일 ×××이 확립되고 ×의 결정 그 정치적 명제가 제출됨과 같이 코뮤니스트 작가의 대두와 아울러 독일 프로예술도 ××적 로맨티시즘에서 프롤레타리아 리얼리즘에 제일보第一步를 옮기게 된 것이다.

일본 프롤레타리아 예술에 있어서도 그러하다. 목적의식론이 주입된 이후 관념적인 복본주의福本主義가 전全 운동을 지도할 때 프롤레타리아 예술 그것도 소비에트 및 독일에서와 같이 관념적이요 주관적인 ××적 로맨티시즘이었던 것이다.

그러나 프롤레타리아트의 성장과 아울러 전 운동이 용감히 '복본주의'를 청산하고 유물적 현실적 일보를 내놓았을 때 예술에 있어서도 ××적 로맨티시즘에서 프롤레타리아 리얼리즘으로 옮기게 된 것이다.

작년 이래 일본 프롤레타리아 예술가들은 이 프롤레타리아 리얼리즘의 곤란한 길을 개척하고 있으며 고바야시 다키지小林多喜二 군의 『해공선』『3월 15일』이며 이와토 유키오岩藤雪夫 군의 『전錢』『임은賃銀 노예선언』 같은 작품은 그런 곤란한 길에서 처음으로 프롤레타리아 리얼리즘에 쓰인 작품일 것이다.

그러면 우리 조선에 있어서는 어떠한가?

우리가 조선에 있어서 프로예술이 발생한 이후 — 자연발생적 계단을 지나 목적의식론이 주입된 이후 현금까지에 발표된 작품을 가장 준열히 비판해볼 때 특수한 예를 제외하고는 그것은 거진 다 프롤레타리아 리얼리즘의 작품이 아니라 그것은 소비에트의 꾸쯔니짜 파의 시인들이 주관적으로 노래한 시와 같은 독일 아꾸지비즘의 작품과 같이 일본에 있어서 『해공선』이며 『전錢』이며 『부재지주』가 발표되기 전의 많은 작품과 같은 그것은 현실주의적의 것이 아니라 주관적 관념적의 ××적 로맨티시즘의 작품이 아니었을 때에는 그것이 어느 의미에 있어서 객관적 태도에서 발생된 작품이라 하더라도 그것은 계급××〔투쟁〕의 구체적 현상을 비변증법적 비역사적 이해로부터 필연적으로 에피소드적 비속한 자연주의 혹은 분석적 리얼리즘 — 부르주아 리얼리즘의 작품이었다. (이것은 다음에 말하겠다.)

그것은 어째서이냐?

조선에서 프롤레타리아 예술의 발생된 시일이 짧은 터이요 또한 예술에 담당하던 작가들이 거의 다 진보적 소부르주아이었기 때문이다.

원칙상 프롤레타리아 예술은 프롤레타리아 자신 속에서 나오지 않으면 안 될 것이다.

그러나 어떤 나라에 있어서도 그 초기에 있어서는 프롤레타리아 자신 속에서가 아니라 진보적 소부르주아 속에서 나타난다. 그것은 모순된 현상 같지만 그것은 당연한 일이요 필연적인 것이다.

일반에 있어서 자본주의 사회의 내용적 ××이 첨예화되고 그 사회의 ××××인 프롤레타리아트가 역사의 전면에 나타났다 하여도 예술과 같은 비교적 고도의 이데올로기적 생산이 바로 그 계급으로 말미암아 획득되고 거기에 진실한 의미의 프롤레타리아 예술이 성립되리라고는 볼 수 없다.

프롤레타리아 자신 속에서 자기의 예술이 생산되기까지에는 상당한 준비기간이 필요한 것이다.

……에 있어서도 '나·포스토' 일파가 형성되기 전까지 그리고 독일이며 일본에서도 그러하다.

조선의 과거의 그러한 현상은 역사적 계급에 있어서 필연적이었던 것이다.

이와 같이 조선 프롤레타리아 예술가가 거의 다 소부르주아 인텔리겐치아이었던 만큼 그리하여 필연적으로 그들이 현실을 성급히 주관적으로 해결하려고 할 만큼 우리들의 과거의 작품이 ××로맨티시즘이었던 것은 필연적인 것이다.

그러나 사회현상의 여사如斯한 이해로부터 나오는 로맨티시즘과 같은 예술 태도는 다만 특정한 조건 아래서 일시적만이 프롤레타리아 문학에 적용된다.

그러나 우리들의 ……이 관념적인 복본주의福本主義를 청산하고 보다 더 현실적 기초 위에서 진전하고 있을 때 예술에 있어서도 우리들은 과거의 비객관적 비현실주의적 경향을 단연코 청산하여야 할 것이다.

우리들은 현실을 주관적으로 관념적으로 파악하며 해결하는 대신에 어디까지든지 현실대로 파악하며 해결치 않으면 안 될 것이다.

그러므로 프롤레타리아 리얼리즘은 무엇보다 먼저 현실에 대하여 어디까지든지 유물적이요 객관적이요 현실주의적이어야 할 것이다.

B. 그러면 현실주의적이어야 할 프롤레타리아 리얼리즘이 똑같이 현실주의적 태도를 가지려는 부르주아 리얼리즘이며 소부르주아 리얼리즘과는 여하한 점에 있어서 다른가?

염상섭 기타 등은 말한다. "프롤레타리아 리얼리즘이 객관적인 점에 있어서 그것은 자연주의의 일 분파이라고."

그러나 우리는 그따위 망론妄論을 하는 대신에 두 리얼리즘의 본질적 차이부터 구명해보자.

부르주아 리얼리즘은 프롤레타리아 리얼리즘과 같이 현실을 현실대로 하등의 개조나 분식이 없이 객관적으로 묘출하려는 유물적 현실주의적 태도는 동일히 가졌음에도 불구하고 그는 자본주의의 이데올로기 개인주의라는 부르주아지의 역사적 한계성으로 말미암아 부르주아 리얼리즘은 넘지 못할 한계를 형성한 것이다.

자연주의적인 부르주아 리얼리즘은 언제나 개인 중심으로 하였다. 개인주의는 부르주아지의 물질적 정신적 생활의 결정적 요인이었기 때문에 부르주아 리얼리스트는 필연적으로 사회의 원동력을 언제나 개인의 본능 사상 의지에 귀歸하였던 것이다.

그러나 그들이 묘출한 개인은 사회의 일부로서의 개인이 아니라 사회에서 유리遊離한 추상적 관념적인 개인이었던 것이다.

졸라, 헵벨, 모파상, 알스·바세프, 갈신의 작품이 그러하다.

그러나 프롤레타리아트는 그 생산조직과 결부된 특수성에 있어서 집단적이다.

프로 리얼리즘의 변증법적 유물론의 입장은 모든 현상을 사회적 관점에서 본다. 개인의 본능 사상 의지의 해석은 그것을 단결하고 있는 사회환경 위에서 본다.

단적으로 말하면 모든 현상은 사회적 계급적 관념에서 보며 묘출한다.

C. 부르주아 리얼리스트는 그 개인주의적 입장에서 더구나 몰락기 현상을 혼란한 주관적으로 모든 사회현상을 물적物的으로 파악하는 대신에 고정되게 보고 그것을 전체적에서 보지 못하고 에피소드적으로 본다.

그러나 프롤레타리아 리얼리스트는 변증법적 유물론에 입각하여 모든 사회현상을 과거 급 미래의 역사적 도정 위에서 모든 당면當面의 순간 당면의 과제가 어디서부터 오며 어디로 향하여 움직이고 있는가를 인식한다. 그는 또 현실의 에피소드적인 격리된 우연한 장면 급 현상을 에피소드에 모든 우연, 전체적 관계에 있어서 파악한다.

그러므로 프로 작가는 아무리 사세些細한 국부적으로 보이는 사회사상이라도 그것을 전사회적 성질과 아울러 현재의 역사적 성질과 결부시켜 묘출하여야 할 것이다.

국부적 경험을 국부적 경험으로서만 파악하고 자연주의적 수법에서 탈각치 못하고 디테일의 묘사에만 시종하는 작품은 현금에는 벌써 ××× 로맨티시즘과 한가지로 자신의 역사적 역할을 종료한 것이다.

일 노동자가 어떻게 빈궁한 생활을 한다든가만의 폭로라든지 자유노동자들의 자연발생적 분×〔노〕 등을 전 사회적 성질과 ……으로 결부시키지 않은 작품은 사회적 진보의 현 단계에서 벌써 탈락되지 않으면 안 된다.

우리들의 예술은 그러한 자연주의적 분석적 리얼리즘 — 부르주아 리얼리즘을 버리고 다음 기술적 계단에 있어서 사회현상을 전체적에 있어서 파악하고 그것을 계급적으로 결부시키는 종합적 리얼리즘 — 프로 리얼리즘의 양식에까지 우리들의 예술을 전진시킬 필요가 있는 것이다.

"만약 예술가가 프롤레타리아의 현상의 에피소드적 격리된 우연한 장면 급 현상의 한계에 의하여 만족하지 않는다면 만약 그가 모든 에피소드, 모든 우연 속에 전체로서의 현실과의 연계, 과거와 미래에의 역사적 도정과의 연계를 보지 않는다면 그때에는 그는 필연적으로 다만 비속한 자연주의뿐만 아니라 또 그것은 개인적인 광범의廣汎義에 있어서 현상의 격리된 선택만이 허락할 수 있는 한에 있어서 분석적 리얼리즘도 버리고 종합적 리얼리즘의 길에 나가지 않으면 안 될 것이다."

사회현상의 여사한 파악은 복잡한 현상 가운데 무엇이 본질적이며 무엇이 우연적인 것인가를 인식별認識別시킨다.

바꾸어 말하면 프롤레타리아 리얼리즘은 복잡한 사회현상 가운데 필연적인 것 프롤레타리아트의 ××이 필요한 것을 인식할 수 있다.

여기에 있어서 우리들의 예술의 제재도 결정될 것이다.

즉 프롤레타리아 리얼리즘은 사회를 동적으로 전체성에서 파악하고 거기서 본질적이요 필연적인 것을 사회적 ……관점에서 예술적으로 묘출치 않아서는 안 된다.

D. 그러나 프롤레타리아 리얼리즘의 사회적 계급적 관점이란 소부르

리얼리즘과 같은 그러한 관점과는 본질적으로 다른 것이다.

소부르는 어떠한 ……성질을 띠고 있는가를 구명해보자.

'이 계급은 그 부동적浮動的' 을 특징特徵한다. 그렇다. 이 계급은 그 자신으로선 자본주의 사회의 기본적 대립인 부르주아지와 프롤레타리아트와의 중간을 언제나 부동하고 또 부동浮動 안 할 수 없다.

> "이 계급은 봉건제도의 유산이다. 그 물질적 기초는 '소小사유권 이외 아무것도 아니다. 따라서 이 계급은 그 근저에 있어서 자본주의 사회의 적극적 내지 소극적 긍정 위에 섰으면서도 그러나 자기를 극도로 정치적 경제적으로 하는 독점적 대자본에 취급하는 필연에 쫓겨 있다.
>
> "그러나 그런데도 불구하고 이 과정적 계급은 ……일반 위에 — 따라서 또 필연적으로 자본주의 사회 그것의 적극적 내지 소극적 긍정 위에 서는데 부르주아지와 본질적 입각지를 동일히 하고 있다. 그러므로 그는 그 생활 상태상에 유사類似의 강도화强度化에 불구하고 프롤레타리아트는 자본주의 사회의 ……으로 나타나고 역사적 ×〔필〕연에 의하여 ××× 의 ××을 하지 않을 수 없는 프롤레타리아트의 ……에 대하여 확×〔연〕히 대립 않을 수 없다."
>
> "여기에 또 이 계급은 필연적으로 ××적 대신 '계급협조' 를 '인터내셔널주의' 대신에 '국가주의' 를 주장하고 프롤레타리아트와 날카롭게 대립한다."
>
> — 마르크시즘 강講 3-1

이러한 소小부르주아지의 경제적 ××적 존재의 역사적인 본질 특징으로 인하여 예술상 소부르주아 리얼리즘은 사회적 ××적 관점의 한계가 형성된 것이다.

그러므로 그들 소부르주아 리얼리스트의 사회적 ××적 관점이란 …… 대신 '계급협조'적이요 인터내셔널적 대신 '국가 민주적'인 것이다.

그러나 프롤레타리아 리얼리스트는 그와 반대로 모든 사회현상을 역사 객관적 법칙이 우리들에게 가르치는 '프롤레타리아트'의 종국의 ……〔승리〕란 사회적 관점에서 파악하며 묘출한다. 그러나 그 ××적이란 어디까지든지 객관적인 것이다.

> "주관적으로 ……인 것, 격리된 격리하는 형식주의적이 아니라 객관적으로 ……인 것, 역사적 종합적이 아니어서는 안 된다."
>
> — 이 마짜, 『구주歐洲 프롤레타리아 문학의 길』

그러나 또 우리는 우리들의 ……이란 것이 가장 객관과 일치됨도 알아야 할 것이다.

> "그 시대에 있어서 역사적인 진보적인 ××〔전위〕의 눈을 가지고 세계를 보는 예술가는 최대한도까지 객관적 진실에 접근할 수 있다. 왜? 그때에 주관(전前 ×××의 이데올로기의) 의욕은 객관(사회관계)적 발달의 선과 전연 일치된다."
>
> — 렐레비치, 『아등我等의 문학불화文學不和』

E. 그러나 프롤레타리아 리얼리즘은 또 나가지 않으면 안 될 길이 남아 있다.

우리는 과거의 우리들의 작품을 가장 엄밀히 비판해볼 때 우리는 그 작품에 나타난 인간이 구상적이어야 할 예술에 있어서 산 생명 있는 인간

대신에 추상적 개인밖에 묘출되지 않았다는 것을 지적치 않을 수 없다.

노동자 농민 ……을 묘출한 그러한 작품에 있어서 거기의 대중은 너무나 기계화한 공식화한 대×〔중〕인 것이다.

먼저 쓴 바와 같이 프롤레타리아 예술이 프롤레타리아 자신 속에서 아직도 생산되지 못하고 좌익 소부르주아 인텔리겐치아에서 프롤레타리아트에 접근한 작가들이 생산하였기 때문에 그 작품은 필연적으로 여사한 생명 없는 공식화한 것이 되는 것이다.

그것은 노동자 농민과 같은 이데올로기는 가졌을망정 노동자 농민과 같은 피시콜로기(심리)를 갖지 못하기 때문이다. 그들과 같이 알 수 있어도 그들과 같이 감感할 수는 없었기 때문이다.

그러므로 우리들의 과거의 작품이 어느 의미에 있어서나 천편일률적인 너무나 공식화한 판에 박은 듯한 것도 이 때문이다. 반동적 부르주아 비평가들이 "소위 프로 작품은 이거나 저거나 다 수학공식처럼 똑같다."라고 우리들의 작품을 의식적으로 중상中傷하려 한다. 그들이 여하히 중상하거나 그것이 문제가 아니라 노동자 농민이 많은 흥미를 느낄 수 있을까 없을까가 문제인 것이다.

예술은 이데올로기적 방면, 다시 말하면 사상적 관념적 방면과 같이 심리적 방면 정서적 감상적 방면을 갖고 있다.

한 예술이 다른 예술과 구별되는 것은 그 이데올로기적 내용뿐 아니라 그것은 심리적 내용에 있어서도(그 예술적 형식에 있어서도 그렇지만) 구별되지 않으면 안 된다.

그 작품이 아무리 프롤레타리아 이데올로기에 관철된 작품이라 하여도 비非프롤레타리아적 피시콜로기를 포함했다면 그것은 엄밀한 의미에서 프롤레타리아 작품은 아니다. 이것은 구라하라 고레히토 군도《개조改造》12월호에서 지적한 바이다.

우리들의 과거의 작품 속에 이데올로기적 방면에선 프롤레타리아적이라 하여도 심리적 방면에 있어선 봉건적 소부르주아적 개량주의적……연장주의적 등의 비非프롤레타리아적 요소가 다분히 포함되어 있음을 본다.

그러나 이것은 일시적 현상으로 필연적이었던 것이지만 우리는 단연코 그런 비非프롤레타리아적 피시콜로기를 극복하며 청산 않기 않으면 안 될 것이다. 먼저 쓴 것처럼 우리들의 작품이 천편일률적 공식적이라는 것은 이 심리적 방면에 그 원인을 보지 않으면 안 된다.

먼저 인용한 이 마짜의 "노동자간에 있어서도 대공업, 소공업, 지방 등 서로 심리적 요구가 차이를 준다."는 지적을 우리는 생각지 않으면 안 될 것이다.

그러므로 우리는 우리들의 작품이 보다 더 프롤레타리아 리얼리즘에 입각하여 생산될진대 우리는 이데올로기적 방면과 아울러 피시콜로기적 방면에까지 우리들의 노력을 가하여야 할 것이다. 여기에서만이 예술의 대중화 문제의 결론의 하나로서 우리들의 작품의 자기분화도 해결된다.

물론 내가 심리적 방면이라 하여도 그것은 결코 체홉이나 메테링그나 스트렌드베리나 알스·바세프나 도스토예프스키 같은 심리주의를 가르침은 결코 아니다.

우리는 우리들의 작품이 보다 더 생명 있는 작품을 만들기 위하여 그럼으로써 노동자 농민 대중의 각층의 심리적 요구에 따라 그들에게 흥미를 주고 그리하여 아지프로의 힘을 강화시키기 위한 심리적 문제이다.

프롤레타리아 리얼리즘이 개인의 심리까지 침투됨으로써 비로소 완전할 것이다. 그러면 여하히 하면 될 것인가?

이 마짜가 후라스 융구를 비평한 문文 속에 다음과 같이 말한 일이 있다.

"그에 의하여 묘출된 현실적 사실은 추상적 음영을 가졌다. 융구는 이론으로써 프롤레타리아 ……쟁을 이해했다. 그러나 이론을 실천에 적응하는 걸 그는 하지 못하였다. 왜 그러냐 하면 그는 그 이론을 적응시킨 사람들을 — 노동자 대중을 알지 못하였기 때문에 사실로서의 ……×× 노동자의 ××을 그는 다만 대중하고 결부만 시키고 있다. 현실을 기계화하고 있다.

그는 자기 앞에 부여된 과제를 풀지 못하였다. 왜 그러냐 하면 그는 밑에서 극히 교양 있는 인텔리겐치아 소부르주아의 너무나 냉정한 지력智力을 가지고 거기에 접근하여 가기 때문이다.

프롤레타리아 ××을 이해하기 위하여는 다만 그것을 알 뿐 아니라 또 그것으로 감感하지 않으면 안 된다."

—『프롤레타리아트의 ××과 서구 신작가』

이 지적은 정당하다.

그러므로 우리들의 예술작품이 이데올로기적 방면뿐 아니라 피시콜로기 방면에 있어서도 프롤레타리아적이 되려면 무엇보다도 낮에는 공장에서, 밤에는 조합에서 ××적 ……을 지도하는 프롤레타리아 자신 속에서 ×××예술가가 나와야 할 것이요, 소부르주아 인텔리겐치아에서 나온 작가들은 그들 ×× 속에 들어가 그들과 같이 ××적 ×× 속에서 그 생활감정을 ×취하는 데만이 문제는 해결될 것이다.

……성이의 ……을 회피하고 카페에서 차를 마시는 사이비 프롤레타리아 예술가는 당연히 매장되어야 할 것이고 역사의 객관적 법칙에 의하여 당연히 매장된 것이다.

프롤레타리아 예술작품은 프롤레타리아 이데올로기뿐만 아니라 피시콜로기까지에도 프롤레타리아적이어야 할 것이다. — 이것이 프롤레타리아 리얼리즘의 맨 끝으로 나가지 않으면 안 될 것이다.

여사한 것이 생산노동 과정으로 인하여 부여된 형식적 방법론적 가능과 프롤레타리아트의 ……필요와의 변증법적 교호작용 밑에서 결정된 프롤레타리아 리얼리즘의 기본적 요소인 것이다.

그러면 여사한 프롤레타리아 리얼리즘을 완전히 파악할 수 있는 예술가는 누구이냐?

그것은 말할 것도 없이 마르크시즘에 관철된 ××적 프롤레타리아 예술가뿐만이다.

왜? 그것은 ××적 프롤레타리아 예술만이 현실을 객관적으로 유물적으로 그 발전성에 있어서 그 전체성에 있어서 파악하며 그것을 언제나 ……으로 — 프롤레타리아트의 ××의 입장에서 이해하며 묘출할 수가 가능하기 때문이다. 그러므로 프롤레타리아 리얼리스트가 되기 전에 그는 먼저 마르크시즘에 관철된 — 즉 프롤레타리아의 ××〔전위〕의 눈을 가진 ××적 예술가가 되어야 할 것이다.

9. 결 론

"문학은 ××〔당의〕 문학이 아니어서는 안 된다."

"×× ×〔당에 속〕치 않은 문학자는 가거라! 문학자! 초인은 가거라! 문학의 일은 전全 프롤레타리아트의 임무의 일부분이 아니어서는 안 된다. ×〔당〕이 ××적으로 더욱 더욱 ××화되고 있을 때 우리들의 예술도 또한 '인텔리' '문학청년' '……' (下略)

대중화 문제는 다시 구체적으로 다음 문제 위에서 이해하여야 할 것이다.

A. 프로적 ××성품 생산

B. 그것을 직접으로 …… 중에 주입해야 할 것이다.

여사한 ××성 있는 작품은 어떠한 작품일 것이냐? 인텔리, 문학청년, 좌×〔익〕팬 동정자들이 찬미해서 마지않는 로맨티시즘 자연주의적 표현파적 신감각파적의 것이 아니라 그것은 다만 프롤레타리아 리얼리즘 위에서 쓰인 작품인 것이다.

…… 속에 파고 들어간 강철 같은 힘 있는 작품만이 가능할 것이다.

소×〔부〕르주아 인텔리겐치아의 성급한 추상적 ××주의적 주관주의에서 자연주의적 분석적 부르 리얼리즘에서 이 두 경향의 종합의 경험을 통해서 우리들의 예술은 프롤레타리아 리얼리즘의 길로 필요와 결부된 그 길로 나가지 않으면 안 될 것이다.

그러나 뉘그의 『시멘트』를 『궤멸』을 『철류』를 『해공선』을 생산하여 이 문제를 현실적으로 해결할 것은 작가 자신이고 결단코 비평가가 아닌 것이다.

부기 : 박영희, 임화, 제군의 형식 문제와 김기진 군의 「변증법적 사실주의」를 수중에 갖지 못하였으므로 언급지 못한다.
이 원고는 작년 12월에 쓴 것인 만큼 시기가 늦은 점도 있는 듯하기에 2회분은 다소 고쳐 쓴 것이다.

1930년 3월 17일 야夜

—《조선지광》, 1930. 3, 6.

맑스주의 예술비평의 기준

(1)

1. 서序

전위가 대중에서 고립되었었다는 일분一分 외롬 때문에 우리들의 전 운동이 일시적 퇴각을 마지않게 된 후 전위의 잔류자 ××자들이 과거의 그러한 오류를 양기하며 그 슬로건을 지하적地下的으로 — 공장 속에, 농촌 속에 재조직을 계속하고 있을 때 ××〔지배〕계급은 ××한 ××정책을 보다 더 강행하고 ××××의 ×를 보다 더 휘두르고 있다.

그러한 고난의 길을 걸으면서도 우리들의 ××적 투쟁은 보다 더 꿋꿋이 계속되고 또한 한편으로 많은 비겁한 도피자들이 우리들의 전선에서 탈락되어 있다.

이러한 정치적 사회적 ××〔반동〕기에 있어선 필연적으로 예술이론의 영역에 있어서도 부르주아적 소부르주아적의 반동예술이론의 대두와 또한 프롤레타리아 예술가란 이름 아래에서 마르크스주의의 공공연한 왜곡 수정 속류화가 나타나게 되는 것이다.

정노풍, 양주동 등의 부르주아 반동예술가들의 모순된 '민족문학론'이며 형식을 위한 형식을 논한 수음적手淫的 '형식주의론' 등이며 또한 프롤레타리아 예술가라는 이름 아래에서 나온 개량주의적 일화견주의적 日和見主義的 '합법주의론' 또는 ×〔당〕의 대중화를 몰각하고 예술의 대중화를 운운하는 군소 허구적 '대중화론', 또 자칭 부르주아적 소부르주아적 반동적 내지 사이비 프롤레타리아 예술작품과 또한 그것을 진정한 마르크스주의적 입장에서 평가치 못하는 기만적 '예술비평' 등—이것은 모두 다 이러한 ××기에 있어선 필연적으로 보다 더 표면에 현생現生되는 탁류인 것이다.

그러므로 우리는 이러한 반동적 예술현상을 이론적 실천적으로 극복하는 데 또한 마르크스주의가 가진 왜곡 수정, 또는 속류화에서 정통적 마르크스주의를 끝까지 옹호하는 데 ××적 마르크스주의 예술가들의 당면한 과제의 하나가 있을 것이다.

그리하기 위하여 우리들 진용에서 거기에 대한 마르크스주의적 적극적 견해가 요구되는 것이며 이 「마르크스주의 예술비평의 기旗 아래로」도 예술비평에 관한 그것의 하나일 것이다(이 예술비평에 관한 문제뿐 아니라 그 나머지 모든 문제에 관하여 여러 동지들의 적극적 논의를 볼 것이며 보지 않아서는 안 될 것이다).

현금 문예에서뿐 아니라 영화, 연극 조형예술에 있어서도 예술작품의 평가에 관한 반마르크스주의적 사이비 마르크스주의적 '예술비평'이 대두되어 있음을 안다.

또한 우리들의 과거에 있어서 예술작품 가치의 마르크스주의적 기준에 관하여 유물변증법적 충분한 논리적 해결을 갖지 못하였기 때문에 우리들의 과거의 예술비평은 마르크스주의 비평가로서의 임무를 다하기 어렵기 때문이다.

그러나 우리들 마르크스주의 비평가들은 모든 예술작품의 평가에 관한 통일적인 확연한 마르크스주의적 기준을 규정할 수 있는 데까지 우리들의 예술비평을 전진시킬 필요가 있는 것이다.

이 예술비평에 관한 문제는 소비에트 예술비평계에 있어서도 '문예정책과 문예비평'으로 많은 논의를 보게 된 뒤 루나차르스키의 「마르크스주의 문예비평의 임무에 관한 테제」 1928년 6월 — 의 발표와 아울러 어느 정도의 해결을 본 문제이고 가까운 일본에서도 이 문제는 '예술적 가치 문제'와 유지되어 작년 이래 많은 적극적 논의를 보았지마는 여지껏 논쟁기에 있는 문제이다.

그러면 예술작품의 평가의 기초에 두지 않아서는 안 될 마르크스주의적 규준은 어떠한 것이며 또한 어떠한 것이 아니어서는 안 될 것인가?

우리는 그것을 규정하기 전에 먼저 '예술비평'은 어떠한 것인가를 규명할 필요가 있다.

2. 계급적 필요를 반영 예술비평

> "문학은 계급적 사회에 있어선 중립적일 수 없을뿐더러 적극적으로 어떠한 계급에 봉사하지 않아서는 안 된다."
>
> — 제1회 전 소비에트연방 프로작가대회 결의

> "계급 없는 문학과 예술과는 객관적으로 계급 없는 사회가 아니어서는 가질 수 없다."
>
> — 룻설루, 「레닌주의와 철학」

계급으로 나뉘어 있는 사회에 있어서는 중립적인 전 인류적인 예술은 객관적으로 일체의 계급차별과 계급대항을 양기할 사회, 즉 미래의

××〔공산〕주의 사회에서만이 존재가 가능한 거와 같이 예술비평도 또한 계급을 나누어 있는 사회에 있어서는 언제나 계급을 떠나서는 존재할 수 없었던 것이다.

그러므로 "일체의 종래 사회의 역사는 계급투쟁의 역사이다."라는 마르크스의 말과 같이 오랜 역사를 가진 종래의 예술비평사는 비평가들이 서로서로 속한 계급의 계급적 필요를 띠우고 나왔던 예술비평으로서의 계급투쟁의 역사이었던 것이다.

현금의 부르주아 미학자들과 같이 예술(예술비평도 포함함)의 계급성과 공리성을 극력 부정하는 그것은 그 자체 그들이 속한 계급의 역사적인 계급적 필요의 의식적 반영으로서인 것이다.

—《중외일보》, 1930. 4. 19.

(2)

이러한 예술(비평을 포함한)의 계급성과 공리성을 극력 배격하는 것은 한 계급이 역사적 역할을 완료하고 ××〔몰락〕 과정에 서서 있을 때에 언제나 볼 수 있는 ××〔반동〕적 보수적 현상인 것이다.

조선의 부르주아 반동비평가들의 '초계급적 비평'과 또는 '한편 쏠치 않는 공평한 비평' 운운, 그것도 그처럼 기칭欺稱하는 데서만이 ××〔반동〕기에는 그들 지배계급의 이익을 위한 수세적 세력이 될 수 있기 때문이다.

그러나 마르크스주의자는 예술비평의 계급성을 승인할뿐더러 계급투쟁의 ××〔무기〕의 하나로서 예술비평을 드는 것이다.

그러므로 프롤레타리아 예술가는 '예술비평에 있어서도 ××〔혁명〕적 마르크스주의로 ××〔무장〕하여야 할 것이며' 그리하여야만이 우리들의 예술비평이 프롤레타리아트의 역사적 사명을 다하기 위한 강력한 무기의 하나가 될 수 있을 것이다.

그러면 예술작품의 평가의 기초에 두지 않아서는 안 될 기준은 어떠한 것인가?

모든 시대와 모든 계급에 적용할 수 있는 상임적常任的 절대적인 예술평가의 기준은 존재할 수 없다. 그것은 사회의 역사적 단계에 응하여 변증법적으로 변화할뿐더러 동일한 시대에 있어서도 그 작품이 향유되는 계급과 종種에 따라 즉, 그 사회의 내부적 구성에 의하여 다른 것이다.

예술평가의 기준의 초계급성, 초시대성을 운운하며 그 가변성을 부정함으로 상임적 절대적 평가의 기준이 있는 것처럼 말하는 것은 모든 현상을 변증법적으로 파악지 못하는 형이상학적 관념론자의 견해 이외에 아무것도 아니다.

그러므로 예술작품의 고정된 절대적 가치는 있을 수 없다. 예술작품의 가치는 그 작품이 향유되는 '커뮤니티'에게 주는 효과에 의하여 결정된다.

계급과 시대에 따라서 '커뮤니티'가 다를 것이므로 예술작품의 가치도 시대와 계급에 따라 다를 것이다. 톨스토이가 ××〔혁명〕 전 러시아의 귀족계급과 부르주아지에게 준 사상적 감정적 역할은 현대 프롤레타리아트에게 주는 그것과는 전연 다를 것이다.

예술작품의 가치 결정의 주양主樣은 가치의 생산자에 있는 것이 아니라 가치의 사용자에 있는 것이다. 그러면 예술작품의 가치를 규정하는 기준은 무엇에 의하여 결정되며 결정치 않을 수 없는가?

"그것은 모두 비평가가 속한 시대와 계급의 필요에 의하여 규정된다. 예를 들면 부르주아 ××〔혁명〕기의 부르주아 비평가의 작품 평가의 기준은 결정하는 것은 ××〔혁명〕적 부르주아지의 계급적 필요(임무)이고 부르주아 퇴폐기의 부르주아 비평가의 평가의 기준은 그 시대에 있어서 그와 동일한 계급의 사회적 필요이다. 그것과 같이 현대에 있어서 프롤레타리아 비평(마르크스주의 비평)의 기준은 현대 프롤레타리아트의 사회적 임무(필요)에 의하여 결정되지 않아서는 안 된다."

— 구라하라 고레히토, 「마르크스주의 문예비평의 깃발 아래로」

—《중외일보》, 1930. 4. 22.

(3)

3. 프롤레타리아 예술비평의 기준

그러면 프롤레타리아 예술비평의 기준을 결정하는 프롤레타리아트의 역사적인 계급적 필요란 무엇인가?

그것은 말할 것도 없이 자본주의와 ×와 그것으로써 비인간적 ××로부터 해방되며 ××××건설을 ××××으로 하는 것일 것이다.

그러므로 유물사관이 우리들에게 가리키는 '프롤레타리아트의 종국의 승리' 라는 계급적 관점, 이것이 우리들의 예술비평의 기준을 결정하는 것이 아니어서는 안 될 것이다. 그러나 우리들의 예술비평의 계급적 관점이란 것이 어디까지 객관적으로 계급적이어야 할 것이다.

"프롤레타리아적 세계관의 기본 성질은 계급적인 것이지만 주관적으로 계급적인 것, 격리시키는 형식주의적의 것이 아니라 객관적으로 계급적인 것, 역사적 종합적인 것이 아니어서는 안 된다."

— 이 마짜, 『구주 프롤레타리아 문학의 길』

모든 예술비평의 기준은 비역사적 비객관적인 주관만으로의 것이어서는 안 될 것이다. 그것은 어디까지든지 역사적인 것, 객관적인 것이 아니어서는 안 될 것이다. 역사적 객관과 일치되는 예술비평의 기준만이 어떠한 역사적 단계에 있어서도 가장 적당한 기준인 것이다.

먼저 말한 바 예술비평가의 초계급적 초시대적인 상임적 절대적 기준은 있을 수 없고, 그것은 모든 예술평가의 기준이 모두 다 주관적인 것을 의미하는 것이냐?

아니다. 역사적 단계에 있어서 계급적인 ××적인 계급의 계급 필요는 역사의 객관적 필요와 전연 일치되기 때문이다.

> "그 시대에 있어서 역사적으로 진보적인 계급의 눈을 가지고 세계를 보는 예술가는 최대한도에까지 객관적 진실에 접근해갈 수가 있다. 왜 그러냐 하면 그때 주관(전위적 계급의 이데올로기의) 의욕은 객관(사회관계)의 발달의 선線과 전연 일치되기 때문이다."
>
> — 렐레비치, 「아등我等의 문학적 불화」
>
> —《중외일보》, 1930. 4. 23.

(4)

그러므로 역사적 계급에 있어서 ××적 계급의 계급적 필요에 의하여 결정된 예술평가의 기준은 ××계급의 그것보다 훨씬 객관적이요 정당한 것이다.

> "××〔혁명〕기의 부르주아지를 대표하는 비평가의 평가의 기준은 그 시대의 귀족계급의 그것보다도 역사적으로 보다 객관적이고 ××〔혁명〕

적 프롤레타리아트의 견지에서의 평가의 기준은 ××〔몰락〕되어가는 부르주아지의 그것보다 훨씬 객관적인 것이다."

— 구라하라 고레히토, 「마르크스주의 문예비평의 깃발 아래로」

그러므로 역사적 객관적 필요와 일치되는 프롤레타리아트의 계급적 필요에 의하여 결정되는 즉 마르크스주의로 ××〔무장〕한 예술비평만이 가장 객관적이요 정당한 것이다.

이것은 마르크스주의를 승인하는 이에게만 정당한 진리가 아니라 그것을 승인하거나 말거나 어디까지든지 역사적인 객관적 진리인 것이다.

역사의 객관과 배치되는 주관만으로 인하여 필연적으로 기만적만일 수 없는 부르주아적 소부르주아적 또는 아나키즘적 등의 모든 반마르크스주의적 예술비평은 역사의 객관적 법칙에 의하여 극복되지 않아서는 안 될 것이며 또한 극복될 것이다.

그러면 '프롤레타리아트의 종국의 승리'라는 계급적 필요에 의하여 결정된 우리들의 예술비평가의 기준은 어떠한 것인가? 여기에 대하여 레닌이 논리에 대해 말한 것처럼 아, 루나차르스키가 말한 일이 있다.

"문학작품의 평가의 기초에 두지 않아서는 안 될 규준은 여하한 것이 아니어서는 안 될 것인가? 먼저 제일로 내용의 견지에서 여기에 접근해 보자. 여기에 문제는 일반적으로 명확하다. 기본적 규범은 여기에선 프롤레타리아 윤리에 대하여 말한 거와 같다. — **프롤레타리아트의 일의 발달과 승리에 조력하는 모든 것은 선이고 그것을 해하는 것은 악이다.**"(강조 안막)

— 「마르크스주의 문예비평의 임무에 관한 테제」

여기에 예술평가의 확연한 마르크스주의적 기준이 있는 것이며 이 기준에서만이 마르크스주의 예술비평은 그 무기를 확보할 수 있을 것이다.

여하히 예술에 있어서 뛰어난 예술작품이라 하여도 프롤레타리아트의 승리를 돕지 않는 한에는 아무런 가치도 없는 것이다. 프롤레타리아트의 승리를 돕는 예술작품만이 그 가치를 가질 수 있는 것이다.

그러나 프롤레타리아트가 결국의 승리라는 것은 결단코 ××〔정치적〕 승리만을 의미하는 것이 아니다. 프롤레타리아트가 완전히 해방되기 위하여는 ××××〔정치혁명〕만 통과하여야 할뿐더러 경제적 문화적 ××〔혁명〕을 통과하여야만 완전히 해방될 수 있을 것이다.

그러므로 프롤레타리아트의 승리의 관점에서 예술작품의 평가를 한다는 것은 결코 ××〔정치〕적 관점에서만의 평가를 한다는 것을 의미함은 아니다.

그러나 여기에 문제가 있다. 프롤레타리아트의 승리는 다만 프롤레타리아×× ××〔트의 해방〕을 전제로 하지 않아서는 안 된다는 것이다.

> "×××〔피착취〕계급 아닌 부르주아지는 벌써 봉건제도 태내에서 그것이 후에 ××〔전복〕된 계급보다도 문화적으로 넘을 수 있었다. 반대로 경제적으로 ×××〔피착취〕계급인 프롤레타리아트는 자본주의의 영역 내에 있어서 그것이 ××〔전복〕할 ××〔지배〕적 부르주아지보다도 문화적으로 넘을 수 없다."
>
> — 부하린, 「부르주아 ××〔혁명〕과 프롤레타리아 ××〔혁명〕」

부하린도 말한 거와 같이 부르주아지는 부르주아 사회 ××〔혁명〕의 전아戰野에 있어서 벌써 경제적 문화적으로 지배하는 계급에 성숙하고 있어서 그들에게는 ××〔정치〕적만이 문제였던 것에 반하여 프롤레타리아트는 ××××〔정치혁명〕을 통과하여 ××××을 ××한 뒤에만이 경제적 문화적 완전한 해방을 수행할 수 있는 것이다.

—《중외일보》, 1930. 4. 24.

(5)

그러므로 '프롤레타리아트의 승리'라는 관점도 ××××을 통과하고 난 소비에트 러시아에 있어서와 ××과 같이 ××을 ××××××××에 있어서와는 당연히 차이가 있을 것이다.

그러므로 필연적으로 ××과 같은 ××××××에 선 사회에 있어서는 모든 힘이 ××××에 집중되지 않아서는 안 될 것이다. "×× 없고는 현대문학은 있을 수 없다." — 와 루진 「××적 교육과 문학상의 제 문제에 대하여」라는 소비에트 러시아의 '나·포스토' 일파의 이론은 ××에 있어서도 ××할 것이다.

그러므로 조선에 있어서 ××××에서 유리된 모든 프롤레타리아 예술가들은 여하히 그들이 계급적 투사를 운운하지만 그 실實 그들은 계급적 투사가 아니라 투쟁을 회피하는 비겁자 이외에 아무것도 아니다.

프롤레타리아 예술가들의 ××적 무관심은 폭로되어야 할 것이며 또한 극복되어야 할 것이다. 프롤레타리아 예술가들은 역사적 정세를 이해할 역사적 통찰을 가질 필요가 있는 것이다. 조선의 객관적 필요가 우리들 예술가들에게 무엇을 요구하는가를 실천을 가지고 응하여야 할 것이다.

조선의 객관적 필요는 예술가에게 노동자 농민의 ××적 ××자가 되기를 요하는 것이다.

"문학은 만약 그 대표자가 ×××과 동일한 가슴으로 호흡을 않는다면 결코 위대한 시대와 동일 수준에 달할 수 없을 것이다."

— 와 루진, 「××적 교육과 문학상의 제 문제에 대하여」

와 루진의 말한 바는 정당하다. 그리하여만이 프롤레타리아 예술가들은 '×〔당〕의 걸은 슬로건을 대중의 슬로건'으로 하기 위한 광범한 아지프로의 역할이라 할 수 있을 것이다.

레닌은 「×〔당〕의 조직과 ×〔당〕의 문학」에서 이처럼 말한 일이 있다.

"문학은 ×〔당〕의 문학의 아니어서는 안 된다."

"문학의 일은 프롤레타리아트의 일반 임무에서 독립한 개인적 일이어서는 안 된다는 것이다. ×〔당〕에 속치 않은 문학자는 가거라! 문학자 — 초인은 가거라! 문학의 일을 전全 프롤레타리아트의 임무의 일부분이 아니어서는 안 된다. 노동××〔계급〕의 의식적 ××〔전위〕에 의하여 운전되는 단일한 위대한 ××××〔사회민주〕주의라는 기계 차륜車輪의 '한 차륜이며 레지'가 아니어서는 안 된다."

그러므로 ×〔당〕에서 떨어진 예술가들은 극복되어야 할 것이며 매장되어야 할 것이다.

나는 소비에트의 비평가 보론스키의 말을 인용하겠다.

"다음과 같은 시대 시기가 있다. 즉 그때에는 실용예술, 실용과학, 선전, 시평, 설교가 정칙正則으로 우월적 지위를 띠우고 있다. 그때에는 예술가와 학자는 무엇보다도 먼저 선전자가 아니어서는 안 된다. 이론적 혹은 구체적 지식의 문제는 나중에로 돌이키게 된다. 보다 더 강렬한 단순한 시기이다. 그 시기에는 예술가든지 학자든지 그가 산 인간이고 미래의 창조자와 같이 일보라도 전진하려고 생각한다면 선전까지도 거절하고 "손에 펜 대신에 ×을 메고 혹은 ××× 옆에 서지 않아서는 안 된다. 그 시기에 있어서는 선전에 종從하는 것까지 책임이다."

보론스키의 극좌적 말도 결정적 모멘트에 절박한 그들께는 정당하였던 것이다.

그러므로 프롤레타리아 예술비평의 '프롤레타리아트'의 승리라는 관점은 프롤레타리아트의 ×적 승리라는 게 그 원동적 기준이 되지 않아서는 안 될 것이다. ××적 ××에 직접 조력되는 예술작품을 형이상학적으로 관념적으로 생각해서 다만 직접 아지프로작품으로서 생각하여서는 안 될 것이다. 직접 아지 프롤레타리아트의 ××적 ××에 직접 조력助力되는 예술작품은 거기에 조력되지 않은 보다 훨씬 가치를 가질 것이다.

그러나 ××적 ××에 직접 조력되는 예술작품을 형이상학적으로 관념적으로 생각해서 다만 직접 아지프로작품으로서 생각하여서는 안 될 것이다.

직접 아지 프롤레타리아트의 ××적 ××에 직접 조력되는 많은 작품을 가질 수 있다.

리베딘스키 『일주간』, 세라피모비치 『철류鐵流』, 그라드고프 『시멘트』, 파제에프 『파멸』 또는 고바야시小林多喜二의 『해공선蟹工船』 『부재지주』며 에른슈타인 〈전투함 포첸킨〉 〈10일〉, 직直 『전선』, 프토킨의 『징기스칸의 후예』며 도리운의 『도르구시프』 등 같은 것은 직접 아지프로작품이라고는 볼 수 없지만, 그러나 ××적 ××에 직접 조력하는 위대한 힘을 가진 작품들인 것이다.

또한 내가 여기서 말한 것은 우리들의 예술작품 평가에 있어서 직접 ××에 조력하는 예술작품만이 가치를 갖고 그 이외의 모든 예술작품은 아무런 가치도 없다는 것을 말함은 결단코 아니다.

—《중외일보》, 1930. 4. 25.

(6)

위고의 『레미제라블』, 쉴러의 『××적 드라마』, 괴테의 『파우스트』, 톨스토이의 많은 작품 또는 보들레르의 『루테누』 같은 퇴폐적 문예작품이며 또는 베토벤, 슈베르트, 쇼팽의 작곡이며, 라파엘, 밀레, 세잔느, 피카소, 콘체르프스키, 마시코프노흐의 미술작품 또는 아벨칸스무르나우, 세토흐, 랑구 등의 영화 등은 직접 프롤레타리아트의 ××적 ××에 이익을 주지 못하지만(해가 되는 반동적 요소를 다분히 포함도 하였지마는) 한편으로 그 ××성으로라든지 건강한 미를 주는 점으로라든지 역사적 인식의 의의로서라든지 또는 그 뛰어난 예술성으로 말미암아 그 뛰어난 기술적 형식을 프롤레타리아 예술 형식에 비판적 섭취가 될 수 있다는 점에서 — 그것은 직접으로 프롤레타리아트의 종국의 승리에 이익이 되는 점으로 우리들은 그런 예술작품의 다대한 가치를 누구보다도 승인하는 것이[다].

마르크스주의 비평은 ××××에 직접 이익이 못 된다고 그것의 가치를 부정함은 결코 아니다.

다만 ××××에 직접 이익되는 예술작품이 우리들의 예술의 원동력이요 역사적 점點이다. 그 이외의 것은 다만 거기에 종속한 파생적인 것이라는 것이다.

그러므로 우리들의 예술평가의 기준을 결정하는 '프롤레타리아트의 종국의 승리' 라는 관점은 ××적 ××라는 관점이 그 원동력이고 중심점이 되지 않아서는 안 될 것이다.

즉 **'프롤레타리아트의 종국의 승리' 라는 광범한 일반적 기준 이외에 '프롤레타리아트의 ××적 ××' 라는 기준이 있어야 할 것이다.** 그러면 이러한 기준에서 갖지 않아서는 안 될 마르크스주의 비평은 구체적으로 여하한 방법에 입각해서 비평의 임무를 다할 수 있을 것인가?

—《중외일보》, 1930. 4. 26.

(7)

4. 예술작품의 사회학적 분석

마르크스주의 비평은 그 고론高論으로 무엇보다도 먼저 예술작가의 사회학적 분석이 필요하다. 말할 것도 없이 마르크스 급及 레닌의 과학적 사회학의 정신에 있어서 그것을(사회학적 분석, 안막 주) 갖지 않을 수 없다는 점에서 무엇보다도 많이 딴 모든 비평과 다른 것이다!!(루나차르스키, 「마르크스주의 문예비평의 임무에 관한 테제」) 변증법적 유물론에 입각한 마르크스주의자는 모든 현상을 일정불변한 고정된 것으로가 아니라 동적으로 그 발전상에 있어서 고찰하여 모든 현상을 개개의 제 현상에서 분리된 구별된 고립된 단위로가 아니라 그것을 그 전체상에 있어서 제 현상의 인과적 운동 중의 주요한 일환으로 이전의 조건의 결과로 또 장래의 '건件의 원인' 을 고찰한다.

그리고 비평가 마르크스주의자는 생산력만이 사회진화의 행정行程을 안출案出하고 형성하는 모든 것을 결정하는 요인으로 본다.

"즉 생산 및 생산과 같이 생산물의 교환임을 사회질서의 기초라는 것, 역사상에 나타난 일체의 사회에 있어서 생산물의 분배 및 여기에 따른 사회의 계급적 또는 신분적인 구성은 무엇이 여하히 생산되고 그리고 여하히 그 생산이 물物교환되는가에 의하여 결정되는 것, 그러기 때문에 모든 사회적 변화 급及 ××적 ××의 구극究極 원인은 인간의 두뇌 속에 구할 것이 아니라 즉 영겁의 진리 급 정의에 대한 인간의 지견智見의 증진에 구할 것이 아니라 실로 생산방법 급 교환방법의 변화에 구할 것이다. 즉 그것을 그 당시의 철학에 구할 것이 아니라 실로 경제에 구한 것이다."

— 엥겔스, 『반뒤링론』

"인간은 그 생활의 사회적 생산에 있어서 일정한 필연적인 하등이 의지에서 독립한 관계에 들어간다. 이 생산관계의 총화가 사회의 경제적 구조, 즉 법률적 정치적 상부구조가 그 위에 서게 되고 또 일정한 사회의식이 거기에 조응하고 있는 진실한 기초를 형성하고 있다.

—《중외일보》, 1930. 4. 27.

(8)

물질적 생활의 생산방법은 사회적 정치적 정신적 생활과정 일반을 결정한다. 인간의 의식이 그의 존재를 결정하는 것이 아니다. 오히려 그 역으로 그의 사회적 존재가 그 의식을 결정하는 것이다."

— 마르크스, 『경제학 비판』

그처럼 마르크스주의는 사회의 생존투쟁 속에서 전개되는 물질적 생산력만이 사회진화의 원인, 역사의 추진력이라는 것, 마르크스의 말과 같이 "물질적 생산력만이 — 기타 여하한 요소도 아니다 — 사회생활의 각종의 역사적 형태를 만들어내는 객관적 조건을 구성한다."라고 본다.

그리하여 사회심리, 사회의식, 사회의 의지 급 감정 — 즉 모든 사회적 인간의 심리는 일부는 생산력에 제약된 경제관계에, 일부는 경제 위에 발생된 사회적 정치질서에 의하여 규정된다고 본다.

비평가 마르크스주의자는 이데올로기적 생산물로서의 모든 예술현상도 다른 이데올로기적 현상과 같이 그러한 결점에서 보는 것이다.

그러므로 마르크스주의 비평은 마르크스와 레닌이 남기고 간 이러한 사회학적 정신에 의하여서만이 예술작품의 사회학적 분석을 하지 않아서는 안 될 것이다.

여기에 대하여 이 마짜는 다음과 같이 말한 일이 있다.

> **"(1) 부여된 예술현상이 사회적 발전과 여하한 단계에 있어서 도출되었는가**
>
> **(2) 그것을 도출한 사회적 강제적 힘은 여하한 것인가 급及**
>
> **(3) 그것은 사회의 물질적 급 이데올로기적 힘의 변증법적 발전 속에서 여하한 위치를 점하고 있는가.**
>
> 그리하여 우리들의 과제는 먼저 제일로 자본주의 사회의 ××소부르주아지 대자본 급 프롤레타리아트의 이해의 모순이 서구라파의 새로운 예술, 새로운 문학 속에 여하히 반영하였는가의 해명, 제이로 제 유파급 제 경향의 상위는 실로 각자 계급의 욕구(혹은 2, 3의 계급의 욕구의 종합)에 의하여 나온 것이라는 것의 증명에 틀림없다. 여기에 의하여 부여된 예술적 급 문학적 제 경향의 '××성'의 문제는 해결되고 예술 급 문학의 발전의 행정에 있어서 그 변증법적 의의는 결정될 것이다."
>
> —『현대 구주의 예술론』의 서론(강조 안막)

그러므로 마르크스주의 비평은 예술현상을 사회적 현상의 하나로 보며 부여된 예술작품이 사회발전의 여하한 계단에 있어서 나왔는가, 여하한 사회의식 사회심리를 통해서 나왔는가, 그리하여 그 예술작품은 사회에 여하한 반작용을 할 것인가를 가장 객관적이요 과학적인 마르크스와 레닌의 사회학적 정신을 가지고 분석하여 할 것이다.

즉 비평가 마르크스주의자는 딴 모든 현상을 할 때와 같이 예술현상, 유물변증법을 가지고 분석할 것이란 것이다.

그러나 비평가 마르크스주의자는 다만 예술작품의 사회학적 분석만이 필요한 것이 아니다.

아 루나차르스키는 이처럼 말한다.

> "진실한 완성된 마르크스주의자에게 우리들은 다시 그 환경에 대한 일정한 행동을 요구한다. 비평가 마르크스주의자는 가장 큰 데에서 가장 적은 데까지 이르는 문학적 성좌星座의 운동의 필연적 법칙을 설명하는 문학적 천문학자는 아니다. 그는 투사요 그는 건설자이다."
>
> —「마르크스주의 문예비평의 임무에 관한 테제」

그러므로 비평가 마르크스주의자는 예술작품의 사회학적 분석만 할 것이 아니라 그 사회적 분석에서 얻은 결과를 가지고 마르크스주의 평가의 기준인 '프롤레타리아트의 ××의 선이 되느냐 악이 되느냐'를 가장 명확히 구명하여야 할 것이다. 그리하여 그는 예술작품의 계급적 의의를 명확히 함으로써 프롤레타리아트의 ××나 악이 되는 모든 부르주아적 소부르주아적 요소와 과감히 싸워 그것을 극복시켜야 할 것이며, 또는 프롤레타리아 예술이란 이름 아래에서 나온 사이비 프롤레타리아적 요소를 폭로하는 동시에 진정한 프롤레타리아 예술을 보다 더 전진시켜야 할 것이다.

> "××주의의 입장을 일순이라도 물러가지 않고 프롤레타리아 이데올로기에서 일보라도 떨어지지 않고 여러 가지 문학적 작품의 계급적 의의를 명확히 하면서 ××주의 비평은 문학에 있어서의 반 ××적 현상과 기탄없이 ××하고 스메나우에프적 자유주의를 폭로하는 동시에 프롤레타리아트와 같이 나아가며 또한 그것과 같이 나갈 수 있는 모든 문학층에 대하여 가장 큰 절도 신중 인내를 나타내지 않으면 안 된다."
>
> —「문학 영역에서의 ×〔당〕의 정책에 대하여」
>
> —《중외일보》, 1930. 4. 29.

(9)

그러므로 마르크스주의 비평은 예술작품의 비평에 있어서 언제나 예술작품의 내용비평부터 하지 않아서는 안 된다.

그러나 내용비평에만 종시終始되어서는 안 될 것이 내용비평에 따른 제2단段의 기술비평을 하지 않아서는 안 될 것이다.

다만 마르크스주의 예술비평은 언제나 내용비평에 기술비평이 종속되지 않아서는 안 된다는 것이다.

5. 마르크스주의 비판은 내용(이데올로기적 피시코이데올로기적) 비판부터

왜? 그것은 일부는 직접으로 경제에, 일부는 경제 위에 발생한 사회적 ××질서에 의하여 규정된 사회적 인간의 심리 — 이것은 계급으로 나뉘어 있는 사회에 있어서 언제나 필연적으로 계급적 필요를 띠우고 나오게 되며 따라서 이 사회적 인간의 심리도 금번은 딴 상층건축과 같이 계급 ×〔투〕쟁의 ××로써 되는 것이다. —는 예술작품에 있어서 주로 내용(이데올로기적 피시코이데올로기적)을 통해서 결정되기 때문이다.

> "어떤 몇 개의 계급 혹은 광범한 사회적 성질을 가진 커다란 집단의 심리와의 연계는 각 예술작품에 있어서 주로 내용을 통해서 결정된다."
>
> — 루나차르스키, 「마르크스주의 문예비평의 임무에 관한 테제」

그러므로 먼저 말한 바 예술작품의 평가의 마르크스주의적 기준인 "프롤레타리아트의 ××에 악이 되느냐 선이 되느냐."도 예술작품에 있어서 주로 내용으로 쓰인 것이다.

또한 루나차르스키가 "문학에 있어선 정히 그 예술적 내용이 즉 형상 속에 포함된 혹은 형상과 결부된 사상과 감정과의 물결이 전 작품의 결정적 모멘트로써 나타난다."(「동테제」)라고 정당히 규명한 것같이 예술작품에 있어선 그 내용인 사회적 인간의 심리, 다시 말하면 이데올로기적 피시코이데올로기적 내용이 그 결정적 요소인 것이다.

여하간 내용이든지 일정한 형식에 노력함은 물론이다. 그러나 형식은 어디까지든지 예술의 객관적 내용인 이데올로기와 피시코이데올로기를 이론적 추리로서가 아니라 형상을 가지고 표현하려는 수단에 지나지 못한 것이다.

형식주의자들은 말한다. — "형식이 내용을 결정한다." 또는 "예술작품에 있어선 형식이 전부이다."

그러나 그리 말하는 것은 형식주의자인 그들 부르주아 예술가들이 그들이 속하고 있는 계급의 ××기의 역사의 객관과 전연 배치되는 주관만으로 또한 플레하노프도 말한 바 그들 예술가들의 외에 아무것도 아닌 것이다(이 점에 대하여 《조선지광》 3월호 「프로예술의 형식 문제」에 쓴 일이 있다).

그러나 유물론적 마르크스주의적 방법은 예술작품에 있어서 그 내용이 결정적 요소이고 형식은 다만 그 보조적 요소이라는 것을 우리들에게 가르친다.

그러므로 마르크스주의 비평은 예술비평에 있어서 무엇보다 먼저 예술작품의 내용비평부터 하여야 할 것이며 기술비평은 다만 내용비평에 종속되지 않아서는 안 될 것이다.

—《중외일보》, 1930. 5. 1.

(10)

그러면 마르크스주의 비평은 예술작품의 내용비평을 여하히 할 것인가?

무엇보다도 먼저 예술작품의 내용을 이데올로기적 내용과 피시코이데올로기(심리)적 내용으로 명확히 구별해서 고찰할 필요가 있는 것이다.

따라서 내용비평, 그것도 이데올로기적 내용비평과 피시코이데올로기적 비평으로 구별되어야 할 것이며 또한 그 두 가지를 완전히 갖지 않아서는 안 될 것이다.

그러나 마르크스주의 비평은 내용비평에 있어서 이데올로기적 비평부터 하여야 할 것이다.

그것은 예술에 있어서 그 내용이 결정적 요소인 동시에 내용 그것에 있어서도 이데올로기적 내용이 되는 것은 ××××와 ×× 그것을 ××으로써 비인간적 존재로부터 ××되며 ××××××××××을 ×××××으로 하는 ××× 프롤레타리아 예술의 사상과 감정이 아니어서는 안 됨은 물론이다.

프롤레타리아 예술의 내용이 되는 프롤레타리아 이데올로기는 ××〔혁명〕적 마르크시즘에 관철된 ××〔혁명〕적 프롤레타리아트 — 프롤레타리아트 전위의 이데올로기인 것이다.

그러므로 그것은 ××〔혁명〕적인 동시에 프롤레타리아트적이어야 할 것이며 또한 어디까지든지 혼합계급적 성질을 띠지 않는 순계급적 성질의 것이 아니어서는 안 될 것이다. 이러한 관점에서 현금까지의 우리들의 예술작품을 가장 엄밀히 비판해볼 때 우리들은 거기에 ××〔혁명〕적 프롤레타리아 이데올로기를 통해서가 아니라 부르주아적 이데올로기를 통해서 나온 것을 보는 것이다.

예를 들면 개량주의적 혹은 일화견주의적日和見主義的 요소 — '계급투쟁' 대신에 '계급 협조'를, '인터내셔널주의' 대신에 '국가주의'를 주장하는 자의 사이비 프롤레타리아 이데올로기를 많이 볼 수 있는 것이다.

—《중외일보》, 1930. 5. 2.

(11)

조선의 자칭 프롤레타리아 예술가들은 예술작품에 있어서 '노동자 농민'이며, '스트라이크'이며, '소작쟁의'에 또는 '가난한 생활'만 묘사하면 그것이 프롤레타리아 예술작품으로 아는 것 같다.

현금 프롤레타리아 예술작품이란 레테르를 붙이고 나온 기만적인 사이비 프롤레타리아 예술작품을 얼마나 많이 보느냐.

'노동자 농민', '스트라이크', '소작쟁의', '가난한 생활' — 이런 것을 묘사하는 것이 문제가 아니다. 그것을 여하한 '눈'을 가지고 즉 여하한 이데올로기를 통해서 묘사하느냐가 문제이다.

××〔혁명〕적 마르크시즘에 관철된 프롤레타리아 전위의 '눈'을 가지고 묘사하는 다시 말하면 ××〔혁명〕적 프롤레타리아 이데올로기를 통해서 나온 예술작품만이 진정한 프롤레타리아 예술인 것이다.

마르크스주의 비평은 그 모든 부르주아적 소부르주아적 비프롤레타리아 이데올로기를 배격하며 그것을 극복시키는 동시에 진정한 프롤레타리아 이데올로기를 끝까지 옹호하여야 할 것이다.

그러나 먼저도 말한 것처럼 예술작품의 내용은 결코 이데올로기적 방편뿐 아니라 피시코이데올로기적 방면을 갖고 있다. 그 사상적 관념적 방면과 같이 정서적 감각적 방면을 갖고 있다.

그 이데올로기와 피시코이데올로기의 통일체로서만이 예술작품을 보는 것이 가장 정당한 것이다.

그러나 예술작품의 정서적 감각적 방면 즉 피시코이데올로기적 방면은 그 작품의 예술적 형식과 불가분적 밀접한 관계를 갖고 있는 것이다.

그 예술작품이 이데올로기적 내용에 있어서 여하히 프롤레타리아적이라 하여도 거기에 비프롤레타리아 피시코이데올로기를 포함하고 있다면 또한 비프롤레타리아적 형식에 쌓여 있다면(형식에 대해선 나중에 말하겠다), 그 진실한 의미에 있어서 프롤레타리아 예술작품은 아닌 것이다.

그러므로 마르크스주의 비평은 예술작품의 내용비평에 있어서 이데올로기적 내용비평뿐 아니라 피시코이데올로기적 내용비평도 완전히 가져야 할 것이다.

과거의 우리들의 예술비평은 너무나 피시코이데올로기적 방면을 몰각한 이데올로기적 방면만의 내용비평에 지나지 못하였던 것이다.

물론 과거에 있어서 우리들이 예술의 이데올로기적 방면에 우리들의 이론과 비평의 초점을 집중해왔다는 것은 정당하였던 것이다.

금후에 있어서도 예술의 결정적 요소가 이데올로기적 내용인 이상 거기에 대한 관심은 조금도 달라질 리는 없을 것이요 또한 달라져서는 안 될 것이다. 그러나 우리들은 이데올로기적 방면에뿐 아니라 피시코이데올로기적 방면에까지 마르크스주의 비평을 획득할 수 있는 데까지 전진할 필요가 있는 것이다.

물론 이데올로기적 방면에 있어서보다 정서적 감각적 방면 즉 피시코이데올로기적 방면에 있어서는 문제는 그처럼 단순하지 못한 것이다.

그것은 조선의 프롤레타리아 예술가들이 거지반 노동자 농민 속에서 그 ××적 ×× 속에서 나온 것이 아니라 진보적 소부르주아 인텔리겐치아에서 프롤레타리아트의 전열에로의 이행자 전환자이기 때문에 필연적으로 그들은 그 이데올로기적 방면보다도 그 피시코이데올로기적 방면에 있어서 다분히 〔비〕프롤레타리아적 요소를 갖고 있기 때문이다.

—《중외일보》, 1930. 5. 3.

(12)

"우리 작가들의 ××적 이데올로기가 여하히 순수한 것이었더라도 그 예술적 실천에 있어서는 거기에서 현대 프롤레타리아트의 피시코이데올로기의 보편적 타입이 지어지고 있는 그 프롤레타리아트의 피시코이데올로기에서는 꽤 격리되어 있는 많은 요소가 잔존하고 있다는 것이다."

— 이 마짜, 「프롤레타리아트의 ××과 서구 작가」

이 마짜가 현대 서구의 신작가를 비판한 문학의 이 지적은 조선 프롤레타리아 예술가들에게 대해서도 정당한 지적일 것이다.

우리들의 예술작품을 가장 엄밀히 분석해볼 때 거기에는 그 이데올로기적 방면에서가 아니다. 아니 프롤레타리아 이데올로기와 같이 그 피시코이데올로기적 방면에 있어서는 소부르주아적 혹은 봉건적 비프롤레타리아적인 심리유전적 요소가 공공연히 혼합되어 있음을 보는 것이다.

예를 들면 우리들의 예술작품의 정서적 감각적 방면에 있어서 소부르주아적 피시코이데올로기의 유산밖에 못 되는 센티멘털한 로맨틱한 심리를 통해서 나타나는 많은 작품을 본다.

동지 임화의 시와 같은 또한 그것을 모방한 군소시인들의 허다한 시와 같은 — '문학청년' 등의 소부르주아지들에게 귀염받는 그리하여 많은 예술비평가들 사이에 더구나 그것이 공공연하게도 마르크스주의 비평이란 이름 아래에서 많은 '눈물'을 가지고 평가된 그러한 시의 '센티멘털리즘'과 '로맨티시즘'은 다만 소부르주아 인텔리겐치아의 수동적인 비관적인 또한 성급한 주관적인 피시코이데올로기의 유산 이외에 아무것도 아닌 것이다.

생산에 종사하는 또는 ××적 ××을 계속하는 노동자 농민은 그들이 멋대로 감感하는 것처럼 그런 센티멘털한 로맨틱한 심리를 갖고 있는 것이 아니라 어디까지든지 '낙관적'인 리얼리스틱한 심리를 갖고 있는 것이다.

그러한 센티멘털한 로맨틱한 정서적 감각적 요소는 그들 작가가 아직껏 쁘띠부르적 생활 감정을 청산 극복 양기치 못하였기 때문이며 그것을 환호를 가지고 평가하는 마르크스주의 비평은 그 진실한 데에 있어서 마르크스주의 비평이란 이름 아래에서 횡행되는 기만적인 소부르주아적 비평 이외에 아무것도 아닌 것이다.

그러한 센티멘털리즘과 로맨티시즘이며 그것을 진정한 마르크스주의적 평가의 기준으로 평가치 못하는 기만적인 사이비 마르크스주의 비평이 얼마나 우리들의 예술을 퇴각시키기 위하여 의식적 무의식적으로 반동적 역할을 하였는지 모른다.

프롤레타리아 예술은 그 이데올로기에 있어서뿐 아니라 그 피시코이데올로기에 있어서도 비프롤레타리아적 요소를 포함치 않는 순수한 것이 아니어서는 안 될 것이다.

마르크스주의 비평은 그러한 '프롤레타리아트의 ××〔승리〕에 해가 되는' 반동적 요소와 부단히 ××〔투쟁〕하여야 할 것이요 우리들의 예술에서 그러한 유산적 잔재물을 극복 청산 양기시킴으로써 계급 ××〔투쟁〕의 ××〔무기〕로서의 우리들의 예술을 강화보強化保시켜야 할 것이다.

—《중외일보》, 1930. 5. 4.

(13)

우리들의 예술작품이 이데올로기적 방면으로서가 아니라 그 피시코이데올로기적 방면에 있어서 비프롤레타리아적 요소를 다분히 갖게 되는 것은 먼저 말한 거와 같이 그것을 생산하는 예술가들이 소부르주아 인텔리겐치아에서의 이행자 전환자이기 때문에 필연적으로 그들은 노동자 농민과 같은 사상적 관념적 방면은 가질 수 있어도 그들과 같은 정서적 감각적 방면은 갖기 어렵기 때문이다. 다시 말하면 노동자 농민과 같이 알 수 있어도 그들과 같이 감感키는 어렵기 때문이다.

> "그는 자기 앞에 과제를 풀 수가 없었다. 왜 그러냐 하면 그는 옆에서 극히 교양 있는 인텔리겐치아 — 소부르주아의 너무나 냉정한 지智를 가

지고 거기에 접근해 갔으니까. 프롤레타리아 ××을 이해하기 위하여는 다만 그것을 알 뿐 아니라 또한 그것을 감感 않아서는 안 될 것이다."

— 이 마짜, 「프롤레타리아트의 ××과 서구의 신작가」

그러므로 이 문제가 실천적으로 해결되기 위하여서는 조선의 프롤레타리아 예술가들이 다만 예술 탐닉가耽溺家로서가 아니라, 프롤레타리아트의 ××〔혁명〕적 사업에 대한 냉정한 방관자로서가 아니라, 프롤레타리아트의 실천적 투쟁의 적극적 참가자로서, 그리하여 프롤레타리아트의 의식과 생활 감정을 전취하지 않아서는 안 될 것이다.

중국의 동지 득천得釧은 정당히도 다음과 같이 말하였다.

"기교는 서서히 가속되어 만들어지는 것이기 때문에 내용을 충실하게 할려면 작가 자신이 실제로 ××〔혁명〕적 사업에 참가하여 광대한 노동대중 속에 깊이 들어가서 참으로 프롤레타리아트의 의식을 획즉獲則하는 것이 아니어서는 불가능하다."

"어떠한 작가는 ××〔혁명〕문학에 노력하는 것이 ××〔혁명〕적 사업의 일부에 참가하는 것이라고 생각하고 있지만 그러한 견해는 극히 부정확한 것이라고 말할 수밖에 없다. 사회××〔혁명〕의 시기에 있어선 작가는 한 사람의 방관자이어서는 안 된다는 것을 기억하지 않아서는 안 된다."

— 등지장부騰枝丈夫, 「최근의 중국문학과 무산계급」, 《국제문화》 6월호

그리하여야만 이 조선의 프롤레타리아 예술가들에 잔존하여 있는 쁘띠부르적 생활의식과 감정이 청산 극복 양기될 수 있을 것이며 동시에 우리들의 예술의 내용이 ××〔혁명〕적인 동시에 이데올로기적 방면 피시코이데올로기적 방면의 어느 것에 있어서도 비프롤레타리아적 요소를

포함치 않는 순수한 프롤레타리아적인 것이 될 수 있을 것이다.

또한 우리들의 예술이 그리되기 위하여는 한편으로 프롤레타리아 예술의 배아胚芽를 공장 속에 농촌 속에 배양하여 그 속에서 예술적 기능을 가진 예술가가 나올 수 있는 데까지 우리들의 예술운동은 전진하여야 할 것이다.

프롤레타리아 예술의 내용은 그 이데올로기적 방면뿐 아니라 그 피시코이데올로기적 방면에 있어서도 비프롤레타리아적인 것이 아니어서는 안 될 것이며, 그리하기 위하여는 예술작품을 생산하는 예술가 자신은 어떠하여야 할 것이라는 것에 관하여 여태껏 말해온 것을 단적으로 말한다면 우리들의 예술작품은 변증법적 유물론에 입각한 프롤레타리아 리얼리즘에 관철된 것이 아니어서는 안 될 것이며, 그리되기 위하여 우리들의 예술가는 ××프롤레타리아 리얼리스트가 아니어서는 안 될 것이라는 것이다.

(프롤레타리아 리얼리즘에 대해서는 《조선지광》 3월호 「프롤레타리아 예술의 형식 문제」의 (2)를 기다리기 바란다).

여태껏 말해온 것은 주로 프롤레타리아 예술작품에 관한 것이었으나 마르크스주의 비평은 프롤레타리아 예술작품만이 비평의 대상이 아닌 것이다.

프롤레타리아 예술작품뿐 아니라 작품 등의 비프롤레타리아 예술작품도 그 비평의 대상일 것이다.

마르크스주의 비평은 부르주아 소부르주아적 예술작품의 내용에 있어서 그 이데올로기적 피시코이데올로기적 위치를 규정하는 동시에 그것이 그들이 속하고 있는 계급에 얼마나 의식적 무의식적으로 봉사하고 있는가를 구명하며 그리하여 그들의 모든 반동성, '프롤레타리아트의 승리에 악惡' 이 되는 요소성要素性을 폭로하며 또한 그러한 악의 요소와는 가장 준열히 싸워 그것을 극복시켜야 할 것이다.

그러나 마르크스주의 비평은 그러한 작품의 평가에 있어서 그 작품이 우리들에게 대해서의 가치의 제2단적第二段的 심의를 몰각하여서는 안 될 것이다.

> "문학작품의 사회적 내용의 평가에 있어서 극히 중요한 문제는 최초의 분석에 있어서 우리들에게 연緣이 없는 어느 때는 우리들에게 적대하는 현상의 수數 속에 가加하게 된 작품의 우리들에게 대한 가치의 제2단적 심의이다."
>
> "비평가 마르크스주의자는 여하한 때에 있어서도 어떤 작품 혹은 어떤 작가가, 예를 들면 소시민적 현상을 대표하고 있다고 그 결과 그 작품을 일축하는 짓을 하여서는 안 된다. 때때로 그것에도 불구하고 거기에서 큰 이익을 인출하지 않아서는 안 된다. 그러기 때문에 부여된 작품의 출생 급及 경향의 견지에서가 아니라 그것을 우리들의 건설에 이용하는 가능이란 견지에서의 재평가는 비평가 마르크스주의자의 직접 임무이다."
>
> — 루나차르스키, 「마르크스주의 문예비평의 임무에 관한 테제」

그러므로 마르크스주의 비평은 그 작품이 어느 입장에 선 어느 작가가 생산하였는가가 그다지 중대한 문제가 아니라 생산된 작품 그것이 문제인 것이다.

—《중외일보》, 1930. 5. 6.

(14)

프롤레타리아 작가니 부르주아 작가니가 중대한 문제가 아니라 그

실實 결과인 작품 그것이 프롤레타리아트에게 무엇을 주느냐가 문제인 것이다.

현금 조선에 있어서 그 작품을 프롤레타리아 예술가라는 이름 아래에서 나왔으니 프롤레타리아 예술작품이라는 어리석은 자들이 있다.

마르크스주의 비평은 여하히 그것이 ××〔혁명〕적 마르크스주의 예술가란 레테르를 붙인 작가라 하여도 그 결과인 작품 그것이 '프롤레타리아트의 승리에 악惡'이 되는 요소를 포함하고 있을 때엔 그 반동물과 기탄없이 싸울 것이요 설사 그것이 소부르주아 예술가란 레테르를 붙인 작가가 생산한 작품이라 하여도 '프롤레타리아트의 승리에 선'이 되는 요소를 가졌을 때에는 그러한 점으로의 가치를 누구보다도 승인할 것이다.

마르크스주의 비평은 먼저도 말한 것과 같이 기술비평이 내용비평에 종속되지 않아서는 안 될 것이지마는 그러한 내용비평에만 종시終始되어서도 안 될 것이다. 부여된 이데올로기와 피시코이데올로기가 여하히 향수享受되었느냐에 대한 형식적 비평가價가 제2단으로 준비되어야 할 것이다.

—《중외일보》, 1930. 5. 7.

(11)*

6. 마르크스주의 비평은 여하한 형식평가의 규범을 가져야 할 것인가?

비평가 마르크스주의자는 "예술작품에 있어서 형식이 전부이다." 또는 "형식은 내용을 결정한다."라는 형식주의적 관점에서가 아니라 형식

* 1930년 5월 7일의 14회까지 진행되던 연재가, 1930년 5월 17일부터 다시 11회로 연재번호가 잘못 표기되어 있지만 원문과의 비교 등을 위해 수정하지 않고 그대로 두었다.

이란 다만 예술의 객관적 내용인 사회적 인간의 심리를 표현하려는 수단에 지나지 못한다는 관점에서만이 내용평가에서 형식평가로 들어가야 할 것이다.

그러면 마르크스주의 비평은 여하한 형식평가의 규범을 가져야 할 것인가?

루나차르스키는 「마르크스주의 문예비평의 임무에 관한 테제」에서 "형식은 그 내용에 최대한도로 적응하여 거기에 최대의 표현력을 주고 그리하여 그 작품이 대상으로 하고 있는 독자의 범위에 가장 강한 영향을 주는 가능성을 보증하지 않으면 안 된다."라는 일반적 규범을 세워놓고 거기에서 다시 3조목의 규범을 규정하였다.

1. **예술은 형상을 가지고 표현되어야 하고 모든 노출한 사상, 노출한 프로파간다의 그 중에로의 침입은 언제나 부여된 작품의 실패를 의미한다는 것**
2. **작품의 형식의 독자성의 요구**
3. **작품의 대중성**(강조 안막)

루나차르스키가 규정한 이상의 규범은 절대로 정당하다.

우리는 여기에 입각해서 형식평가의 규범에 관한 문제를 전개시키자.

A. 우리는 예술은 형상을 가지고 표현되어야 한다라는 제1의 규범을 갖는다.

대체 예술의 내용이란 무엇인가?

예술의 내용이란 일부는 직접으로 경제관계에 의하여 규정된 사회적 인간의 심리, 다시 말하면 이데올로기와 피시코이데올로기인 것이다.

"그것은 예술의 내용이 되는 동시에 또한 모든 문화현상 — 정치 경제 과학 철학 도덕 등의 내용도 되는 것이다."

"예술과 그러한 문화현상과 구별되는 것은 그 대상의 영역에 있는 것이 아니다."

"거기에서 보는 상위相違는 어디까지든지 방법의 상위인 것이다."

"형상에 의하여 사색하고 논리적이 아닌 산 형상을 빌리어 표현하는 독특한 방법 속에 예술의 본질이 있는 것이다."

—《조선지광》 3월호, 「프롤레타리아 예술의 형식 문제」에서

플레하노프는 『예술과 사회생활』 속에서 다음과 같이 말하였다.

"평론가가 이론적 추리의 조력助力을 빌리어 자기의 사상을 발표하는 데 대하여 예술가는 형상을 가지고 자기의 사상을 표현한다. 그리하여 만약 작가가 형상 대신에 이론적 증명을 가지고 쓰고 혹은 그 형상이 일정한 주제를 제지提止하기 위하여 생각되어 나온 것이라면 비록 그가 연구와 논문을 쓰지 않고 소설과 희곡을 쓰고 있다 하여도 역시 그는 예술가가 아니고 평론가인 것이다."

예술은 사회적 인간의 심리(부하린이 말하는 사회적 관념 형태와 사회적 심리의 양방을 포함한)의 형상화이고 논리적 나열이 아니므로 그것은 인간 지각에뿐 아니라 감정 감각에까지 어필할 수 있는 것이다. 그 작용은 그것이 예술인 이상 여하한 작품이라 하여도 갖고 있는 것이다. 따라서 그것은 예술을 예술로 하는 조건, 예술성인 것이다.

그러므로 마르크스주의 비평은 모든 형상화되지 못한 또한 불충분하게밖에 못된 노출한 사상, 노출한 프로파간다의 예술작품에로의 침입을

언제나 경계하여야 할 것이다. "예술은 형상을 가지고 표현되어야 한다."라는 이 규범은 결코 선험적인 것이 아니고 어디까지든지 역사적인 것임은 물론이다. 그러나 그것이 또한 말할 것도 없이 절대적인 것은 아닌 것이다.

우리는 이러한 규범을 범하고 있다고 볼 수 있는 훌마노프며 우스펜스키의 뛰어난 예술작품을 볼 수가 있으며 또한 동일한 '형상화'라 하여도 단테, 괴테, 푸시킨, 톨스토이, 알스·바세프의 '형상화'와 마야코프스키, 까멘스키, 리베딘스키, 글라뜨고프, 고바야시小林多喜二의 그것과는 전연 실질이 다른 것이요, 또한 같은 현대이면서도 미래파 예술가인 마야코프스키, 까멘스키 등의 형상화와 리베딘스키, 글라뜨고프 등의 그것과는 어느 정도까지 다른 규범에 속하고 있는 것을 볼 것이다.

—《중외일보》, 1930. 5. 17.

(12)

또한 이것은 예술의 대중화에 있어서 그 실천적 투쟁을 통해서 해결될 문제이지만 — 현금 우리들의 예술작품의 거진 전부를 향유하고 있는 '문학청년', '좌익팬', '인텔리' 등의 소부르주아지들에게 귀염받지 마지않는 예술성의 조건과 노동자 농민 속에 뚫고 들어갈 수 있는 예술성(소부르주아지들은 "그것은 예술이 아니다."라고 비명을 토할지 몰라도)의 조건과는 전연 다른 것이다.

즉, 예술이 예술이 되기 위한 '예술로서의' 다시 말하면 예술성의 조건은 결코 상주적 절대적인 고정된 것이 아니라 그것은 역사적 계단에 응하여 변동되며 또한 동일한 시대에 있어서도 그 사회적 내부구성에 의하여 전연 차이를 갖게 되는 가변적인 것인 것이다.

그것은 마치 과학의 과학성에 관한 조건이 시대의 계급에 따라 변동을 갖는 것처럼 — 봉건적 중세과학에 있어서의 그것과 부르주아 과학에 있어서의 그것과 유물사관 유물변증법으로 기초를 갖는 명일의 프롤레타리아 과학의 그것과는 전연 다른 규범에 속하고 있는 것과 같은 것이다.

그러므로 마르크스주의 비평은 "예술은 형상을 가지고 표현되어야 한다."라는 형식적 규범을 확보하여야 할 것이지만, 또한 한편으로 예술이 예술이 되기 위한 예술성의 조건이란 결코 상주적 절대적 고정된 것이 아니라 시대와 계급(또는 층)에 따라 변동되는 가변적이라는 것을 명확히 인식하여야 할 것이다.

또한 마르크스주의 비평은 예술성에 관한 문제와 결부되는 예술성과 예술적 가치와의 구별의 명확한 이해가 필요한 것이다.

—《중외일보》, 1930. 5. 21.

(13)

예술작품이 예술성을 갖지 않아서는 안 되는 것과 매한가지로 그것은 그 자신으로서는 하등의 가치도 없는 것이다. 그것은 가치 이전의 것이다.

어떤 작품이 예술성을 가졌다는 그것이 그 작품의 가치를 의미하는 것이 아니다. '예술적' 이라는 것과 '그 가치' 라는 것과는 전연 다른 범주의 판단에 속하는 것이다.

예를 들면 러시아의 푸시킨, 알스·바세프, 투르게네프, 톨스토이 같은 예술가들의 작품은 어쩌면 현대 소비에트 러시아의 글라뜨고프, 베즈이멘스키, 마야코프스키 같은 프롤레타리아 예술가들의 작품보다 예술성에 있어서 훨씬 뛰어날는지도 모른다. 그러나 그들의 작품은 그 가치에 있어서 말할 것도 없이 훨씬 떨어질 것이다.

예술적으로 완성된 작품은 어떤 의미에 있어서 가치를 가졌다. 그러나 결코 예술성 그 속에 가치가 있는 것이 아니다. 그 예술성이 실현된 작품이 그것이 향유되는 커뮤니티, 즉 인간에게 주는 작용(이익) 그곳에 가치가 있는 것이다.

그러므로 마르크스주의 비평은 프롤레타리아트의 일의 발달과 ××〔승리〕에 조력하는 예술작품만의 가치를 인정할 것이요 그 이외에 여하히 그것이 예술성에 있어서 뛰어난 작품이라 하여도 거기에 조력 못하는 또는 해를 끼치는 작품은 아무런 가치도 승인치 않을 것이다(그러나 ××계급은 그러한 작품의 가치를 환호를 가지고 승인해줄 것이다).

일본에 있어서 히라바야시 하쓰노스케平林初之輔 등의 '예술적 가치와 정치적 가치' 론이며 조선에 있어서 의식적 무의식으로 남용되어 있는 "예술적 가치는 있으나 정치적 가치는 없다." 등의 논리상 모순을 포함한 예술가의 가치, 즉 사회적 가치의 이원론을 첫째로 예술성을 일정불변하는 고정된 것으로 보기 때문에, 둘째는 예술성과 예술가치를 혼동시하기 때문에 나온 인식 부족적 우론인 것이다.

마르크스주의 비평은 그러한 예술가치의 이원론의 문맹성 기만성 반동성을 폭로하는 동시에 또한 그것을 극복시켜야 할 것이다.

B. 다음으로 우리는 형식적 평가의 제2규정인 '형식의 독자성의 요구' 로 들어가자.

—《중외일보》, 1930. 5. 22.

(14)

어떠한 내용이든지 일정한 형식에 노력함은 물론이다. 모든 부여된 내용은 다만 하나의 최고의 형식만이 거기에 적응한다고 볼 수 있다. 예술작품은 그 내용과 형식이 완전한 변증법적 통일을 가져야만 그 정채精彩한 가치를 가질 수 있을 것이다.

그러므로 마르크스주의 비평은 예술작품의 내용과 형식과의 불통일로 말미암은 커뮤니티에게 주는 효과의 약화를 명확히 지적할 필요가 있는 것이다.

조선의 프롤레타리아 예술이 그 이데올로기적 내용이며 피시코이데올로기적 내용(물론 심리적 방면에 있어서는 먼저도 지적한 거와 같이 아직 소부르주아 심리의 유산밖에 못 되는, 예를 들면 센티멘털리즘이며 로맨티시즘과 같은 비프롤레타리아적 요소를 다분히 포함하고 있지만)에 있어서 새로운 것이지만 그 형식에 있어선 아직 부르주아적 소부르주아적인 유산적 형식의 전통에서 변증법적 해방을 못하고 있는 것이다.

또한 조선의 프롤레타리아 예술이 아직껏 자기 독특한 형식을 획득지 못한 원인의 또 하나는 조선의 공업화의 불철저며 일상생활의 비합리성 그것이다.

왜 그러냐 하면, 소비에트 러시아의 예술비평가인 프리체도 『예술사회학』 속에서 말한 거와 같이 어떠한 시대의 예술형식이든지 그 시대의 생산형식에 의하여 종국으로 규정되기 때문이다. 물론 생산형식은 언제나 직접으로 예술형식에 영향한다고는 볼 수 없다.

그것은 플레하노프도 말한 거와 같이 계급으로 나뉘어 있는 사회에 있어선 사회의 계급구성과 계급적 이해의 지반 위에 성장하는 계급심리를 통해서 간접으로 반영한다.

그러므로 조선의 자본주의적 생산의 불철저는 우리들의 예술의 완전한 형식적 방법론 도달을 어렵게 하는 것이다(프롤레타리아 예술은 현금엔 자본주의 사회 내부에 있어선 혹은 자본주의의 포위 중에 있어선 ××주의적 형식은 완전히 획득할 수는 없는 것이다. 그러므로 그것은 결단코 프롤레타리아예술이 여사如斯한 형식으로 노력 아니하지 않음을 의미함은 아니다).

이러한 원인을 가지고 본다면 조선의 프롤레타리아 예술이 아직껏 유산적 형식의 영향에서 변증법적 해방을 못하고 있는 것 오히려 필연적인 것이다.

그러나 우리는 여하히 우리들의 예술내용이 과거의 유산적 형식의 기계적 혼합으로 인하여 반작용을 받고 있는가를 안다.

이 마짜가 다우지스텔을 비판하며 다음과 같이 말하였다.

> "그는 프롤레타리아트와 연緣이 없는 문학적 전통의 안경을 통해서 그것을 보고 있기 때문에 프롤레타리아트와 프롤레타리아××과를 정당히 명확히 볼 수가 불가능한 것이다.
>
> —《중외일보》, 1930. 5. 24.
>
> (15)
>
> 그의 문학적 행동은 문학에 있어서 가공되지 않는 소화되지 않는 형식적 전통의 이용이 이데올로기의 위에 여하한 반작용을 미치는가라는 것의 예로 된다."
>
> —「프롤레타리아트의 ××과 서구의 신작가」

그러므로 어느 정도까지 성공하여온 조선의 프롤레타리아 예술은 현금에 있어선 과거의 유산적 형식인 자연주의 표현파적 신감각파적 형식

등의 기계적 혼합을 벌써 반동적인 것으로 단연코 양기시켜야 할 것이며, 또한 ××주의적 형식의 획득에 용감한 걸음을 내놓아야 할 것이다.

(따라서 마르크스주의 비평도 형식적 방면에 있어서의 노력의 중점을 새로운 내용에 의한 구형식의 변증법적 극복 과정 위에 집중시켜야 할 것이다.)

여기에 필연적으로 우리는 "예술적 유산에 대하여 프롤레타리아트는 여하한 태도를 취할 것이냐."라는 문제에 당면하는 것이다.

(여기에 대해선 C 다음에 쓰겠다).

마르크스주의 비평은 형식적 평가의 제2규범에서 또한 아니어서는 안 될 중대한 임무를 가졌던 것이다.

우리들의 예술작품을 가장 엄밀히 비판해보자. 그것은 거지반 유산적인 자연주의적 표현파적 혹은 신감각파적인 분석적 개인주의적 형식에서 나온 작품들인 것이다.

아무리 이데올로기적 피시코이데올로기적 방면에 있어서 ××〔혁명〕적이요 프롤레타리아적이라 하여도 그 형식적 방면에 있어서 비프롤레타리아적 요소를 포함하고 있다면 그것은 진실한 의미에 있어서 결코 프롤레타리아 예술작품은 될 수 없는 것이다. 프롤레타리아 예술은 그 이데올로기적 피시코이데올로기적 내용에서뿐 아니라 그 형식적 방면에서도 어디까지든지 혼합 계급적 성질을 띠우지 않는 순수한 프롤레타리아적의 것이어야만 할 것이다.

물론 조선의 프롤레타리아 예술이 과거의 유산적 형식의 영향에서 변증법적 해방을 수행치 못하고 그러한 자연주의적 표현파적 혹은 신감각파적 형식에서 머물러 있고 아직까지 자기 독자 형식을 갖지 못하는 것은 두 가지 중대한 원인에 기인하고 있는 것은 사실이다.

즉 조선의 프롤레타리아적 예술가들은 먼저도 말한 것과 같이 대부분이 노동자 농민 속에서 그 ××적 ×× 속에서 나온 것이 아니라 진보적 소부르주아 인텔리겐치아에서의 이행자 전환자이기 때문에 그들은 그 이데올로기적 방면에서가 아니라 그 심리적 방면에 다분히 비프롤레타리아적 심리의 요소는 필연적으로 비프롤레타리아 형식의 요구를 갖게 하는 것이다.

그러므로 그러한 형식적 방면의 비프롤레타리아적 요소를 양기하기 위하여는 무엇보다 조선의 프롤레타리아 예술가들에게 잔존되어 있는 비프롤레타리아적 심리의 잔재물의 청산 극복 양기가 요구되는 것이며 그리되기 위하여는 먼저도 말한 거와 같이 조선의 프롤레타리아 예술가들이 노동자 농민의 ××〔혁명〕적 ××〔투쟁〕에 적극적으로 참가하여 그 프롤레타리아트의 의식과 생활감정을 ××하여야 할 것이며 또한 한편으로는 공장 속에 농민 속에서 그 ××적 ×× 속에서 훈련된 예술적 기술가가 나올 수 있는 데까지 우리들 예술운동이 전진하여야 할 것이다.

—《중외일보》, 1930. 5. 25.

(16)

자본주의 사회의 ××은 동시에 부르주아 소부르주아 예술의 ××을 의미하지 않으면 안 될 것이다.

현금 부르주아 소부르주아 반동예술가들은 그들이 속하고 있는 계급의 ××〔반동〕으로 인한 예술의 객관적 내용인 사회내용의 상실로 말미암아, 그리하여 그들의 부르주아 소부르주아 이데올로기의 완전한 파산으로 인하여 그들은 필연적으로 예술적 처소處所를 형식에 구하게 되고 따라서 그들은 예술에 있어서 형식이 전부가 되는 것이다.

그리하여 외면적 허구적 형식의 장식을 갖추고 내용의 불안, 내용의 공허를 은폐하며 동시에 예술의 계급성과 공리성을 극력 부정함으로써 의식적 반의식적으로 몰락기에 선 그들이 속한 계급의 수세적守勢的 역할을 하는 것이다.

조선의 부르주아 소부르주아 형식주의 예술가들은 그 일종인 것이다.

마르크스주의 비평은 그들을 사회적 근거 위에서 분석하여 그들의 정체를 폭로하는 동시에 그들의 지배계급에 수세적 세력이 되는 반동성을 극복시키기 위하여 과감히 싸워야 할 것이다.

C. 다음으로 우리는 형식평가의 제3의 규범인 '작품의 대중성'에로 들어가자.

비평가 마르크스주의자는 '예술의 대중화'에서 문제되는 '예술작품의 대중성'에 관한 명확한 이해가 필요한 것이다.

우리들의 예술은 대중화되지 않아서는 안 된다. '×〔당〕의 슬로건을 대중의 슬로건'으로 만들기 위하여 우리들의 예술은 ×의 대중화와 결부되어 대중화되지 않아서는 안 된다.

그 한 조건으로서의 대중성 있는 예술작품의 생산이 문제될 것이다. 예술작품의 대중성은 그 내용에 있어서보다 그 형식적 방면에 보다 더 기인하는 것이다. 《조선지광》 3월호 「프롤레타리아 예술의 형식 문제」(1)에서 "루나차르스키는 예술작품의 대중성은 내용의 성질에 있어서보다 그 형식적 성질에 보다 더 기인한다."고 정정한다.

그러므로 우리들의 예술은 '문학청년', '좌익팬', '인텔리' 등의 소부르주아지들에게 귀염받는 협착狹着한 전문가적 귀족적 형식을 양기하고 수십만 수백만의 광범한 노동자 농민 속에 깊이 뚫고 들어갈 수 있는 레닌이 말한 바 "대중에 이해되며 대중에 사랑받으며 그리고 대중의 감정과 사상과 의지를 결합 향상" 시킬 수 있는 예술적 형식을 가질 수 있는 데까지 전진하여야 할 것이다. 그리해야만이 "×의 슬로건을 대중의 슬로건으로 하기 위한 광범한 아지프로"의 힘을 강화 확보시킬 수 있을 것이다.

> "×은 진실한 대중적 독자 ― 노동자 급 농민의 독자에 향한 문예의 창조의 필요를 강조할 필요가 있다. 우리들은 문학에 있어서의 귀족주의의 편견을 대담히 결정적으로 타파하고 묵은 기교의 모든 기술적 도달을 이용하면서 기백만의 대중에 이해되기에 적응한 형식을 만들어내지 않아서는 안 될 것이다.
>
> ―《중외일보》, 1930. 5. 27.

(17)

> 다만 그 위대한 과제를 수행한 때에만이 처음으로 소비에트 문학과 아울러 그 미래의 전위인 프롤레타리아 문학은 그 문화적 역사적 사명을 다할 수 있을 것이다."
>
> ―「문학의 영역에 있어서 당의 정책에 대하여」

그러므로 "격리된 분리된 모든 형식, 전문가적 탐미가의 협소한 범위를 대상으로 하던 모든 형식, 모든 예술조건성 급及 세련성 등은 마르크스주의자에 의하여 비판되지 않아서는 안 될 것이다."(루나차르스키, 「마르크스주의 문예 비평의 임무에 관한 테제」) 그러나 비평가 마르크스주의자는 루나차르스키도 말한 바 "프롤레타리아트의 상층 부분 전혀 의식적인 ×원, 벌써 얼마만의 문화적 수준을 획득한 독자에 향하고 있는 것 같은 작품의 의의를 부정할 수 없는 것이다."(동 테제)

왜 그러냐 하면 마르크스주의 비평은 그 직접적인 커뮤니티의 수보다도 먼저 프롤레타리아의 전 계급적 견지에서 본 의의와 가치를 보게 된 때문이다.

그것이 뛰어난 프롤레타리아 작품일진대 그것은 그것을 향유하는 문화적으로 고급적인 층에만 이익을 줄 뿐 아니라 간접적으로 계급적 전체의 총화에 위대한 역할을 할 것이다. 글라뜨고프의 『시멘트』며 예술작품은 아니래도 마르크스의 『자본론』「×××〔공산당〕선언」, 엥겔스의 『반뒤링론』 같은 것은 좋은 예가 될 것이다.

그 작품이 다만 소수의 지식계급 속에만 커뮤니티를 가질 뿐 아니라 그 위에 소수에 지나지 못한 그들에게만 의의와 이익이 있는 것이라면 마르크스주의 비평은 완전한 권리를 가지고 그 무가치를 선언할 것이다.

여지껏 말해온 형식적 성질의 규범에 입각하여 프롤레타리아 예술은 여하히 하여 신형식적 대법륜적大法倫的 도달, 다시 말하면 ××주의 형식을 획득해 나갈 수 있을 것인가?

여기에 과거의 예술적 유산에 대한 프롤레타리아트의 태도가 문제되는 것이다.

> "××〔혁명〕적 계급, ××××〔사회주의〕 사회의 건설자로서의 프롤레타리아트의 새로운 예술에 대한 태도는 과거의 모든 현상을 대하는 태도와 동일하지 않으면 아니 된다. 즉 프롤레타리아트는 사회적 발전에 있어서 생활에 적응한 요소로서 나타나고 있는 그 모든 결과를 파악하고 또 자기의 것으로 만들지 않으면 안 된다. 이 견지는 물질적 현상 급及 생산적 시스템에 관한 뿐 아니라 예를 들면 봉건적 예술의 제 형식에 관해서까지 적응된다."
>
> "만약 우리들이 모든 생활에 적응하는 과거의 형식을 파악하고 자기의 것으로 한다면 우리들은 우리들에게 보다 더 가까운 것, 우리들에게

가장 가까운 생산적 형식에 의하여 인출引出되어 있는 것의 형식을 파악하고 자기의 것으로 만들지 않아서는 안 되는 것은 물론이다. 이것은 논리로서가 아니라 사회적 발전의 변증법적 걸음에 의하여 결정되는 필연성인 것이다."

— 이 마짜, 『현대 구주의 예술』의 결론

그러므로 프롤레타리아 예술가들은 예술적 유산 — 특히 과거의 ×× 예술의 형식의 과학적 연구가 필요하다. 그러나 최근 10년간의 부르주아 예술가들의 쉬임 없는 형식적 탐목探木의 결과인 미래파 입체파 표현파 구성파 신원시파 급及 신감각파에 대하여는 그것이 자본주의 시대에 인출되었다는 이유를 가지고 그 형식적 방법론적 도달의 의의를 전연 부정할 수 있을 것이냐? 물론 부否! 부!이다.

왜 그러냐 하면 프롤레타리아 예술의 형식적 완성은 과거의 예술적 유산의 거부 위에서 도달하는 것이 아니라 그 비판적 섭취와 비판적 계승 위에서만 가능하기 때문이다.

그러므로 프롤레타리아 예술가들은 마르크스가 헤겔이며 아베르 바하 급及 기타의 밑에 리얼리스트의 유산을 거절한 것이었다는 의미에 있어서 예술적 유산을 거절하지 않는 것이다(마르크스주의 비평은 예술의 변증법적 발전을 인식지 못하는 일체의 과거의 예술성을 무시하는 예술적 멘셰비키며 좌익적 소아병자 등의 형이상학적 관념론을 타파하여야 할 것이다).

여기에 대해선 룻뽀루도 말한 일이 있다.

"사회주의의 건설은 자본주의의 연와煉瓦가 주고 지어지지 않으면 안 된다. 왜 그러냐 하면 그 이외의 재료는 당분간 아무 데에서도 발견되지 않을 터이니까. 그러나 자본주의 문화는 단순하게 보존되어서는 안 된다.

그 유산을 비판적 섭취하고 분석하기에는 일정한 규준이 필요하다.

즉 자본주의 문화의 성분과 요소와를 정당히 비판할 것을 허락하고 무엇이 제거되고 무엇이 유지되어야 할 것을 제지提止하고 레닌이 말하는 것과 같이 중요한 것과 중요하지 않는 것과를 분리하는 것을 조력하는 방법을 필요로 한다.

레닌의 의견을 따르면 마르크스주의는 노동자계급을 위한 그러한 방법이다. 자본주의 문화는 변증법적 유물론의 입장에서 분석되지 않으면 안 된다."

—『레닌주의와 철학』

—《중외일보》, 1930. 5. 28.

(18)

프롤레타리아트는 모든 문제의 객관적 비평의 가능성을 주는 유물론적 마르크스주의적 방법을 갖고 있다. 그는 그 방법으로써 인류가 축적해온 모든 과거의 유산적 기술을 '프롤레타리아 예술에 플러스와 마이너스'의 관점에서 비판적으로 계속 섭취하는 것이다.

그러나 그것은 결단코 기계적인 것이 아니라 변증법적으로 계승 섭취되는 것이다.

"새로운 시스템은 일찍이 일차도 과거의 시스템의 '좋은 요소'를 기계적으로 혼합하는 것으로 지어진 것은 없다. 그래서 문학의 범위에 있어서도 이데올로기에 있어서의 형식에 있어서 과거의 영향에서 변증법적 해방만이 프롤레타리아 문학의 강화를 인도하는 것이다."

— 렐레비치, 『우리들은 유산을 거절하고 있느냐?』

그리하여 그 계승과 섭취는 프롤레타리아 예술의 굴복을 의미하는 것이 아니라 반대로 과거 예술의 변증법적 극복을 의미하는 것이다.

그러나 마르크스주의 변증법적 유물론은 행동의 방법론, ××의 방법론이다.

> "마르크스주의에 의한 자본주의 문화의 ××은 현실의 실천적 ×× 없고는 생각할 수 없다는 것을 승인하지 않아서는 안 된다."
>
> — 룻뽀루, 『레닌주의와 철학』

그러므로 우리들의 예술적 유산의 비판적 섭취와 계승 그 ××주의적 형식의 완전한 도달을 위한 준비는 결코 논리적 발전 속에 구할 것이 아니라 실천적 ××〔투쟁〕 속에 즉 실천적 작품행동 속에서만 구할 것이다(즉 이 문제의 실천적 해결자는 예술가 자신이고 비평가가 아닌 것이다).

조선의 현실, 조선의 노동자 농민의 현실이란 ×××이의 ×× ××이고 ××한 ××을 위한 광범한 노동자 농민대중의 준비이고 프롤레타리아트의 ××로의 길인 것이다.

—《중외일보》, 1930. 5. 29.

(19)

그러한 ××한 현실은 광범위한 의미로의 모뉴멘털한 예술은 창조치 않고 예술의 형식에 의한 '선전 선동만'을 창조하는 데 지나지 못할는지도 모른다. 혹은 우리들은 인류가 축적해온 예술적 유산의 형식적 방법론적 도달의 극히 적은 퍼센트밖에 이용 못할는지 모른다.

그러나! 그 극히 적은 퍼센트에 있어서도 우리들의 생활에 적응하는 우수한 것을 우리들 쪽으로 전환시키리라는 것, 그리고 그것은 미래의 위대한 ××주의 예술의 건설을 위한 한 '기둥'이 되며 '서까래'가 되리라는 것은 의심할 여지도 없는 것이다(나는 예술적 유산에 관한 문제와 거기에 결부되는 신형식 탐구에 관한 것은 「기계와 예술」이란 제목으로 새로 발표할 것이다).

결론

우리는 마르크스주의 예술비평은 여하한 기준에서 방법론을 갖지 않아서는 안 될 것이라는 것을 보았다.

그러나 우리는 다시 현 계단에 있어서의 마르크스주의 예술비평은 그 중심적 임무를 어디다 두어야 하느냐라는 문제의 결정적 해결이 요구되는 것이다.

조선의 당면한 ××적 경제적 제 조건은 사회민주주의자와 ××××자와의 차이는 다만 사회민주주의자들이 주장하는 거와 같이 ××의 문제의 해석 가운데 있는 것이 아니라 보다 더 본질적인 문제 가운데 있다는 것을, 즉 프롤레타리아트의 역사적 이해를 가장 대담히 정확히 대표할 수 있는 것은 유일의 ××××이라는 것을 명확히 하는 동시에, 또한 그 주체적 조직역량의 강화 확보, ×〔당〕의 대중화를 위하여 양여兩餘의 모든 부분의 활동을 여기다 종속시킬 것을 요구하는 것이다.

물론 여사한 프롤레타리아트와 ××운동에 봉사하려는 예술, 그것도 그 진실한 자태를 나타내야 할 것이다.

즉 프롤레타리아 예술은 ××××의 사상으로 일관되는 동시에 더 명확히 말한다면 우리들의 속하는 동시에(×〔당〕에 속하지 않은 예술가는 가거라!) 그 모든 역량을 '×〔당〕의 대중화'에 종속시킬 것이라는 것, 구체적 ×으로 그것은 '〔당〕의 사상적 ××적 경향의 촉진 확대를 위한 ××, 다시 말하면 ×〔당〕의 걸은 슬로건을 대중의 슬로건하기 위한 광범한 아지프로'에 그 중심적 역할을 갖지 않아서는 안 될 것이라는 것이다.

이것이 가까워오는 프롤레타리아 ××〔혁명〕사업에 참가할 수 있는 한 ××〔무기〕로서의 예술에 대한 새로운 노동자 농민의 현실의 요구인 것이다.

여기에 있어서 예술의 일부분인 예술비평의 중심적 임무도 결정될 것이다.

즉 그것은 우리들의 예술을 ×〔당〕의 예술로 만들기 위한 그리하여 '×〔당〕의 걸은 슬로건을 대중의 슬로건으로 하기 위한 광범한 아지프로' 사업 그것에 예술비평도 결부시켜야 하는 그것이다. 그러나 그러하기 위한 근본적 조건은 예술비평가는 ××〔혁명〕적 마르크시즘의 분석의 ××〔무기〕로 하여야 할 것이고 그렇지 못한 때는 그는 그 본질에 있어서 부르주아 소부르주아 수중의 무기로 전화될 것이다.

예술비평을 ××××〔볼셰비키〕화 하자!

이것이 우리들의 결론이다.

1930. 4. 27.

부기 : 급속히 쓰느라고 많은 조루粗漏와 오류를 가졌는 듯해서 14회분 이후는 새로 붓을 댄 것이나 급히 경성부京城府를 떠나게 되고 해서 자연 늦어진 것이다. 오식과 누자漏字가 많아서 더구나 6, 7회분은 전연 의미가 통치 못하는 구절이 있는 것은 용서하기를 바란다.

동지 제군! 이 문제의 적극적 논의를 전개하자!

1930. 5. 10. 동경에서

—《중외일보》, 1930. 5. 30.

조직과 문학

문학이 ×〔당〕의 문학이 되지 않아서는 안 된다. 부르주아적 도덕에 대하여 부르주아적 영리적 출판에 대하여 부르주아적 문학의 야합과 개인주의와 '귀족적 아나키즘'과 이익의 추구에 대하여 사회주의적 프롤레타리아트는 ×〔당〕의 문학을 제창하고 그 원칙을 발전시키며 될 수 있는 한에 완전한 형태에 있어서 실제로 적용하지 않으면 안 된다.

×〔당〕의 문학의 원칙이란 어떠한 것이냐? 그것은 사회주의적 프롤레타리아트에 있어선 문학 사업은 개인 혹은 집단 이익의 수단이어선 안 된다는 것뿐만 아니라 문학의 사업은 프롤레타리아트의 일반적 임무에서 독립한 개인적인 사업이 되어서는 안 된다는 말이다. ×〔당〕에 속치 않은 문학자를 쫓아라! 문학자 — 초인을 쫓아라! 문학의 사업은 전全 프롤레타리아트의 임무의 일부분이 아니 되어서는 안 된다. 전 노동계급의 의식적 전위에 의하여 운전되는 단일한 위대한 사회민주주의적 기계조직의 '한 차륜車輪과 레지'가 되지 않아서는 안 된다. 문학의 사업은 조직적 계획적 통일적인 사회민주당의 활동의 일구성 부분이 되지 않아서

는 안 된다.

“비교는 죄다 절뚝발이다.”라고 독일의 □언言은 말한다. 나의 말하는 문학과 한 차륜과의 비교도 ‘절뚝발이’ 다. 소위 언론의 자유, 비평의 자유, 문학창작의 자유 기타 운운을 타락墮落시키고 파괴시키고 ‘관료화’ 하는 비교를 보고 비명을 내는 히스테릭한 인텔리겐치아도 있을 것이다. 사물의 본질에서 말하여 그러한 비명은 부르주아 인텔리겐치아적 개인주의의 표현 이외의 아무것도 아니다.

말할 것도 없이 문학은 기계적인 평균 평등화 및 다수결에서 가장 연緣이 먼 것이다. 말할 것도 없이 이 사업에 있어서 개인적 고찰, 개인적 경향에 대하여, 사상 및 환상 내용 및 형식에 대하여 커다란 보증 및 보증하는 것이 절대로 필요하다. 이것은 죄다 논의할 여지도 없는 것이다. 그러나 이 모든 것은 다만 다음의 사항을 즉 ×〔당〕의 사업 가운데 문학의 분야는 다른 분야와 일률一律히 동일시할 수 없다는 것을 설명할 뿐인 것이다. 이 모든 것은 문학의 사업은 사회민주당의 다른 사업의 다른 분야와 밀접히 결부되어 있지 않으면 안 된다는 부르주아 급及 부르주아 데모크라시의 규율에 있어서 기괴한 무연無緣한 원칙을 결코 뒤집는 것은 아니다. 신문은 각종의 ×××의 ××이 되지 않아서는 안 된다. 문학자는 반드시 ×〔당〕 조×에 속할 것이다. 출판소, 서점, 독서당, 도서관 기타 서적에 관한 각종의 사업은 모두 ×〔당〕의 것이 되지 않아서는 안 된다. 조직된 사회주의적 프롤레타리아트는 이 모든 활동을 감시하고 이 모든 것을 통제하고 이 모든 활동 중에 한 예외도 없이 프롤레타리아트의 생명 있는 사업의 생명 있는 물결을 도입하고 그리하여 낡아진 반半 ‘오브로모프’ 적 반半영리적 원칙 — ‘작가는 다만 쓰고 독자는 다만 읽는다’ —에서 그 모든 지반地盤을 제거하지 않으면 안 된다.

—《중외일보》, 1930. 8. 1.

우리들은 물론 아시아적 검열과 구라파 부르주아지에 의하여 더럽힌 문학의 사업을 그처럼 개조하는 것이 일조一朝에 행할 수 있다고 말하지 않으리라. 우리들은 천박한 계통화를 주창하거나 혹은 약간의 규정을 가지고 문제를 해결할 수 있었다고 주창하는 사상에서는 가장 먼 것이다. 아니 공식주의는 이 영역에 있어선 어디서보다도 문제가 되지 않는다. 문제는 아我×의 모두가 전全 러시아의 의식적인 사회민주주의적 프롤레타리아트의 모두가 이 새로운 임무를 의식하고 명확히 이것을 촉진하여 어디서든지 이 해결에 종사하도록 하게 하는 것이다. 노예적 ××의 ××에서 겨우 탈출한 우리들은 부르주아적 영리적 문학관계의 속박 가운데 들어가고자 원치도 않고 또 들어가지도 않을 것이다. 우리들은 □□에서의 자유라는 의미에서뿐만 아니라 자본에서의 야심에서의 다시 그 이상 부르주아적 무정부주의적 개인주의에서 자유라는 의미에 있어서 자유로운 출판을 시작하고 싶다고 원하며 또 시작할 것이다.

이 최후의 문구는 독자에 대한 패러독스(역설) 내지 조소로 보일 것이다. 어째서이냐?라고 열렬한 자유의 옹호자이었던 인텔리겐치아는 아마 부르짖으리라. 어째서이냐? 군君은 문학의 창작과 같은 델리킷한 개인적인 사업을 집단에 종속시키려고 하느냐? 군은 개인적 사상적 창작의 절대적 자유를 부정하느냐?

제군諸君! 안심하여라! 먼저 제일一로, 우리들은 ×〔당〕의 문학과 그것의 ×〔당〕의 통제에의 종속에 대하여 말하고 있는 것이다. 각 인人은 자기의 말하고 싶은 것을 조그마한 제한도 없이 말하며 쓰는 자유를 갖고 있다. 그러나 모든 자유 ××(그 중에도 포함하여)도 또한 ×〔당〕에 반대하는 견해를 선전하기 위하여 ×〔당〕의 이름을 이용하는 자들을 ×방하는 자유를 갖고 있는 것이다. 언론과 출판의 자유는 완전한 것이 아니어서는 안 된다. 그러나 ×〔결〕사의 자유도 역시 완전한 것이 아니어서는 안 될 것이 아니냐? 나는 군에게 언론자유의 이름을 가지고 하고자 하는 바를 말하며 쓰는 완전한 권리를 허許할 의무가 있다. 그러나 군은 나에게 ××의 자유의 이름을 가지고 제멋대로 방언放言하는 인간을 거절할 권리를 허許치 않아서는 안 될 것이다. ×〔당〕은 임의의 결사이고 만약 그것의 반反×〔당〕적 견해를 선전하는 ×〔당〕원에게서 자기를 깨끗이 하는 일이 없다면 필연적으로 처음에는 사상적으로 후에는 물질적으로 멸망하고 말 것이다.

제이二로, 부르주아 개인주의 제군! 나는 제군에게 제군의 절대적 자유에 대한 언사는 '한 허식'에 지나지 못한 것이라고 말하지 않으면 안 된다. 황금의 권력 위에 세워진 사회에선 근로대중은 보다 더 빈궁하게 되고 소수 부호에 기식하고 있는 것 같은 사회에선 진실한 현실의 '자유'는 있을 수 없는 것이다. 작자 제군! 군은 군의 부르주아 출판자에서 자유이냐? 군은 봉棒에 낀 그림이 된 포르노그래피와 신기한 무대기술의 '추구'로서의 매음을 요구하는 부르주아 사회에서 자유이냐?

만일 절대적 자유라는 그것이 부르주아적 혹은 아니키즘적 사구辭句(왜 그러냐 하면 세계관으로서의 아나키즘은 부르주아 정신을 뒤집어놓은 이외에 아무것이 아니니까)에 지나지 못하지 않느냐? 사회에서 주거하고 사회에서 자유로 될 수 없는 것이다. 부르주아 작가 미술가 작업의 자유란 돈지갑 출판 부양의 마스크에 가려진 종속에 지나지 못한다.

우리들 사회주의자는 허위의 간판을 벗겨버리고 이 허식을 타도하자. 그것은 비계급적 문학예술(그것은 사회주의의 무계급사회에 있어서만이 가능할 것이다)을 획득하기 위해서가 아니라 허위적으로 자유인 기실 부르주아와 결부한 문학에 대하여 진실히 자유인 공공연히 프롤레타리아트와 결합한 문학을 대립시키기 위함이다.

그것은 자유로운 문학이 될 것이다. 왜 그러냐 하면 이욕利慾이 아니고 야심이 아니고 사회주의의 이상과 노동자에로의 향진向進은 언제나 새로운 것과 새로운 힘을 문학 가운데 가加할 것이니까 그것은 자유로운 문학이 될 것이다. 왜 그러냐 하면 이 문학은 포식한 여주인공과 권태와 비만에 번뇌하는 '상층 수만인'에로가 아니라 일국의 정예精銳이고 그 나라의 힘과 미래와 □형□하는 수백만 수천만의 근로대중에 봉사하는 것이니까. 그것은 사회주의적 프롤레타리아트의 경험과 현실의 운동에 의하여 일류一類의 ××적 사상과 최후의 말을 풍부히 하는 급及 과거의 종합(원시적 공상적 형식에서 사회주의의 발전을 완성시킨 과학적 사회주의)과 현재의 경험(동지 노동자의 현실의 투쟁) 사이에 부단不斷의 상호작용을 짓는 자유로운 문학이 될 것이다.

사업에 착수하여라! 동지 제군! 우리들의 앞에는 곤란한 그러나 새로운 위대한 고귀의 임무 — 사회민주주의적 노동운동과의 밀접한 부단한 연계에 있어서 광범한 다면적인 다양의 문학적 사업을 조직하는 것이 놓여 있는 것이다. 모든 사회민주주의적 문학은 ×〔당〕 것이 아니어서는 안 된다. 모든 신문 잡지 출판소 등은 직접 재조직활동에 즉 그것은 모두다 어떠한 원칙 위에서는 상태의 □□에 착수하지 않으면 안 된다. 다만 그때에만이 '사회민주주의적' 문학은 진실히 여차如此한 것이 되고 다만 그때에만이 그것은 부르주아 사회의 권내에서 부르주아의 노예에서 분리하고 진실히 전위적인 최후까지 ××적인 계급과 융합할 수가 가능할 것이다.

—《중외일보》, 1930. 8. 2.

조선 프로예술가의 당면의 긴급한 임무

—××〔공산〕주의 예술을 확립시키자

(1)

문학(예술)은 ×〔당〕의 것이 되지 않아서는 안 된다. ×〔당〕에 속치 않은 문학자(예술가)를 쫓아라! 문학자 — 초인을 쫓아라!

— 레닌

1.

현재의 객관적 정세는 세계자본주의의 상대적 안정의 ×××××××의 위기의 증대 등과 아울러 ××〔혁명〕적 대중의 시대를 현출하고 있는 것이다. 즉 제2기에서 제3기로 들어선 세계 자본주의는 1929년 말부터 공황이 나타나기 시작하였으며 노동의 공세는 급격히 강화되고 소위 대중의 ××〔혁명〕적 앙양시대를 현출하였고 코민테른은 이 새로운 정세에 처하여 새로운 방향의 재건을 행하고 있다. 거기에 응하여 자본의 공세도 날로 격화되어오고 이 양자는 서로 적대하여 여기에 첨예화한 계급대립을 현출하고 있으며 모든 사회적 세력은 이 두 계급에 서로서로

속하여 서로 대립되어 격렬한 ××〔투쟁〕을 계속하지 않으면 안 될 일반적 정세에까지 다다른 것이다.

이리하여서 프롤레타리아트의 계급전선에 있어선 모든 방면에 새로운 방향 전환을 행하고 있는 것이며 그것은 정치 경제에 있어서뿐만 아니라 문화전선에 있어서도 명확히 보이는 것이다.

프롤레타리아트의 계급투쟁의 일익으로서 그 임무를 다하여야 할 프롤레타리아 예술운동도 이 일반적인 객관적 정세에서 독립하여 존재할 수 없는 것이다. 이 새로운 방향 전환은 일반적 정세에서 다소 시간적으로 뒤떨어졌지만 현금에야 모든 국가에 있어서 — 소비에트동맹뿐만 아니라 가까운 일본이며 프랑스며 폴란드, 체코슬로바키아 등의 자본주의국의 주主 프롤레타리아 예술의 ×〔전〕열에 있어서 다 같이 인정되는 상태이다.

즉 모든 국가에 있어서 프롤레타리아 예술은 제3기의 일반 정세에 응하여 더욱더욱 첨예한 ×〔공〕세를 취하기 시작하여 '볼셰비키' 에까지 전진하고 있는 것이다.

1929년 10월 20일에서 27일에 긍亘하여 모스크바에서 열린 '러시아 프롤레타리아작가동맹' 즉 라프의 제2회 총회에서 '볼셰비키화' 가 결의된 것을 보아도 알 것이다(《나리테라투로 포스트》 지에 접하여). 소비에트 프롤레타리아 예술의 ××주의에로의 방향 전환은 물론 첫째로 소비에트 동맹 내의 정세에 의하여 환기된 것이지만 또한 그것은 제3기의 세계적 정세에서 그리된 것이고 이러한 방향 전환은 단지 소비에트동맹에서뿐 아니라 제3기의 일반적 ×〔정〕세에 응하여 모든 국가의 프롤레타리아 예술 진영에서도 일어나고 있는 것이다. 소비에트동맹 내의 예술운동의 신방향은 동시에 전 세계 프롤레타리아 예술운동의 신방향이 아니어서는 안 될 것이다. 일본에 있어서도 금년 4월에 열리었던 '일본프롤레타리아작가동맹' 제2회 대회에 있어서 이 이데올로기의 방향 전환을, 즉

'예술운동의 볼셰비키화'를 결의하였으며 거기에 따라 극장동맹, 미술동맹, 음악동맹에서도 이 일반적 정세에 응하여 새로운 걸음을 내놓은 것이다. 따라서 조선에 있어서의 프롤레타리아 예술운동도 일반적인 객관적 정세에서 제외될 수는 절대로 없는 것이다. 그것이 진실로 영웅적으로 감행하고 있는 조선 프롤레타리아트의 유일의 ××과 결부된 예술일진댄 그것은 조선의 노동자 농민의 ××〔혁명〕적 대중 ××〔투쟁〕의 급속한 파장에서 뒤떨어져서는 안 될 것이다.

이리하여 조선 프롤레타리아 예술운동은 신시대에로 전진하지 않으면 안 될 새로운 계단에 당면한 것이다. "예술운동을 볼셰비키화"하자! 이것이 조선 프롤레타리아 예술운동의 당면한 중심적 과제이며 만약 이 과제의 수행을 게을리 하는 때에는 우리들의 예술은 노동자 농민대중의 ××〔혁명〕적 앙양에서 제거되고야 말 것이다.

그러면 우리들의 새로운 방향 전환인 '예술운동의 볼셰비키화'란 무엇이냐? 그것은 국제 프롤레타리아트의 세계적인 단일한 유기적 메카니즘 가운데 자기를 결부시키고 명확한 계급적 기초에 선 조선 프롤레타리아트의 조직적 기구 가운데 우리들의 예술운동이 자기의 프롤레타리아적인 진실히 계급적인 기초를 가지려는 것을 말함이다.

—《중외일보》, 1930. 8. 16.

(2)

그러므로 우리는 '예술운동의 볼셰비키화'를 새로이 제출하여 이 중심적 과제를 수행할 긴급하고도 고귀한 임무를 가진 것이다. 또한 과거에 있어서 우리들의 과제이던 예술사의 제 문제 — 예술대중화 문제, 프롤레타리아 리얼리즘 문제, 예술비평 문제 등도 현금에야 이 새로운 각도에서 근본적으로 해결시켜야 할 것이다. 동지 임화의 「프로예술운동의 당면한 중심적 의무」는 이 '볼셰비키화'를 처음으로 상정시켰던 것이다.

우리들의 '예술운동을 볼셰비키화' 하자! 이 신시대에로의 비약의 준비는 언제나 조선 프롤레타리아트와 그 ×〔당〕이 당면한 임무의 관점에서의 우리 예술운동 내부의 자기비판의 광범한 전개일 것이며 우리들의 광범 비판은 먼저 우리들의 조직과 우리들의 작품 위에 향하여 전개되지 않아서는 안 될 것이다. (조직에 관하여서는 동지 임화의 「프로예술운동의 당면한 중심적 의무」가 있으므로 나는 주로 작품 그것에 대하려 한다.)

2.

우리는 과거에 있어서 '노동자 농민의 생활을 그려라' '전위의 눈을 가지고' 또는 "예술의 역할은 노동자 농민에 대한 ×〔당〕의 사상적 정치적 영향의 확대 확보에 있다. 즉 노동자 농민에게 ××〔공산〕주의를 선전하고 ×〔당〕의 슬로건을 대중의 슬로건으로 하기 위한 광범한 아지프로에 있다."라고 프롤레타리아 예술가의 임무를 규정하였던 것이다.

그러면 과연 이 슬로건을 우리 프롤레타리아 예술가들은 그 작품 가운데 구체화하였던가? 우리들의 작금의 작품에 대하여 가장 준열한 자기비판을 가질 때에는 우리는 극히 적은 부분을 제외하고는 그것을 구체화 못하였던 것을 대담히도 자기 스스로 인정치 않으면 안 될 것이다. 그것은 다만 '반자본주의적'인 혹은 '다만 노동자 농민적'이라는 색채 때문에 일반으로 '프롤레타리아 예술' 혹은 '무산계급예술'이라고 불러왔던 그 실實 퍽이나 막연한 진실한 의미에 있어서 '사회민주주의 예술'이었던 것이다.

××〔공산〕주의의 세계관만이 프롤레타리아의 세계관인 이상 프롤레타리아트의 예술은 필연적으로 ××〔공산〕주의 예술이어야 할 것이며 ××〔공산〕주의 예술만이 진실한 프롤레타리아 예술인 것이다. 사회민주주의 예술과 ××〔공산〕주의 예술과는 다만 견해의 상이로 보이는 양자의 존재가 아니고 결정적으로 상용相容 안 되는 계급적 입장에서 선 대립이고 백 퍼센트의 적대인 것이다.

그런데 현금 조선의 프롤레타리아트는 지배계급의 끊임없는 ×××적 백색白色××〔테러〕 밑에서도 자신의 계급적 조직을 확보하면서 모든 사회민주주의적 편향과 용서 없는 ××〔투쟁〕을 계속하여 그러함으로써 현실의 ××에 있어서 모든 일화견주의적日和見主義的 유산을 청산시키고 ××〔혁명〕적 프롤레타리아트의 독자성과 창의성을 가장 명확히 보이고 있는 것이다. 현금 ××〔혁명〕적 마르크스주의는 어디까지든지 ××성을 발휘하며 사회민주주의는 어디까지든지 그 일화견주의를 폭로하고 있는 것이다.

—《중외일보》, 1930. 8. 17.

(3)

××〔혁명〕적 프롤레타리아트가 모든 사회민주주의적 제 세력과 가장 예민히 적대하여 그 자신의 독자성을 극도로 발휘하면서 대중적 ××운동의 선두에 서고 있는 이러한 객관적 정세에 있어서 진실로 그것이 프롤레타리아트의 예술이기 위하여는 그것은 과거의 막연한 '무산계급적' 또는 '프롤레타리아적'인 예술 가지고는 적용할 수 없는 것이며 따라서 현재에 있어선 '사회민주주의 예술'이냐 '××〔공산〕주의 예술'이냐 이 양자의 어느 것이며 중간의 중립적 존재는 절대로 있을 수 없는 것이다.

그러나 우리 프롤레타리아 예술운동은 사회민주주의적 관점에서 구별되어야 할 ××〔공산〕주의적 관점에서 가질 수 있는 데까지 이르지 못하였던 것이다.

그러므로 카프(조선프롤레타리아 예술동맹의 약호)는 이것을 명확히 인식하고 이 자기비판으로부터 우리들의 신시대로의 비약 — '예술운동의 볼셰비키화'는 먼저 사회민주주의 예술에서 ××〔공산〕주의 예술을 명확히 구별시키고 그것과의 결정적 용서 없는 ××〔투쟁〕이 절대로 필요하다는 것을 정당히 이해하여야 할 것이다. 즉 카프의 앞에서는 예술에 있어서 ××〔혁명〕적 프롤레타리아트에 대하여 계급적으로 적대되는 제세력의 명확한 정리, 그러기 위한 무자비한 비타협적 ××의 강화가 놓여 있는 것이다.

카프 예술가는 다만 막연한 '프롤레타리아적' 내지 '무산계급적' 예술이 아니라 진실히 프롤레타리아트의 유일의 ×〔당〕과 결부된 ××〔공산〕주의 예술 확립에 여하한 고가高價의 희생도 아끼어서는 안 될 것이다.

그러면 그러한 ××〔공산〕주의 예술의 확립이란 이 과제의 수행은 여하히 하면 가능할 것이냐? 우리 예술가는 그러하기 위하여 무엇보다도 우리 자신의 이데올로기적 불철저를 극복하고 진실로 ×〔혁명〕적인 마르크스주의적 ×〔관〕점에 서는 것이 절대로 필요하다.

다시 말하면 전위 프롤레타리아트의 입장에 섬을 갖출 유일의 프롤레타리아트의 ×〔당〕이 현재 국제적 국내 정세에 있어 당면하고 있는 과제를 자기의 예술적 활동의 과제로 삼는 데서만이 동지 차석동車石東은 조선 프롤레타리아트의 당면의 임무를 규정하여 이같이 말한다.

"2. ××적 영향력, 자본의 공세의 격화, 대중의 ××적 앙양, 그 밑은 광범히 흐르고 있는 프롤레타리아트의 ××적 영향력에 반비례한 현재의 조직적 미약은 프롤레타리아트의 치명적 결함이며 이 결함이 조선 무산계급운동을 심각한 위기에 직면하게 하고 있다. 조선 프롤레타리아트의 당면한 긴급한 임무는 실로 이 결함을 극복하는 데 있다.

—《중외일보》, 1930. 8. 19.

(4)

그러면 어떻게 하여서 이 결함은 극복되고 현재의 조직적 미약의 계단을 돌파할 것인가? 그것은 무엇보다도 무산계급의 ××〔전위〕인 진실한 볼셰비키적 ×〔당〕을 확대시켜서만 실현될 것이다."

—《무산자》 6월호 부록, 「전위 볼셰비키화의 임무」

이처럼 ××〔혁명〕적 프롤레타리아트가 대중 ××〔투쟁〕의 선두에 서서 ×〔당〕의 확대를 강화를 중심적 과제로 삼고 있는 현재 조선에 있어선 프롤레타리아 예술가들은 자기 자신은 항상 이 정치적 현실에 결부시키고 그 전全 아지프로 역량을 이 볼셰비키적 ×〔당〕 확대의 선線에 집중시켜야 할 것이다.

그때에만이 그는 다만 막연한 프롤레타리아 예술가로서가 아니라 진실한 볼셰비키적 ××〔공산〕주의적 예술가가 될 수 있는 것이다.

3.

그러나 우리는 결코 우리들의 정치적 슬로건을 기계적으로 예술작품 가운데 도입함을 요구하는 것이 아니다. "노동자 농민에게 ××〔공산〕주의를 선전하고 ×〔당〕의 슬로건을 대중의 슬로건으로 하기 위한 광범한 아지프로"를 우리들의 예술의 역할로 규정하였지마는 여지껏 우리는 그것을 예술과의 특수적인 결부에 대하여 명확한 이해가 부족하였던 것이며 따라서 예술작품 가운데 그것을 구체화하지 못하였던 것이다. 여기에 우리들의 결정적 결함을 발견치 않아서는 안 될 것이다.

1927년에도 우리들은 목적의식을 제창하여 방향 전환을 부르짖었으며 일견 그것은 어느 정도까지 해결된 것처럼 보이었다. 그러나 그것은 다만 정치적으로 목적의식이었고 예술작품 가운데 자체화自體化된 목적의식은 되지 못하였던 것이다. 그것은 다만 예술 가운데 정치를 기계적으로 도입한 것이고 예술과의 특수적인 결부를 이해치 못하였던 것이다. 우리는 '예술운동의 볼셰비키화'를 제창하여 새로운 방향 전환에 당면하고 있는 이때에 있어서 과거의 그러한 오류를 다시 한 번 생각할 필요를 갖는 것이다.

우리는 정치적 슬로건을 그대로 예술적 상上 슬로건으로 하는 것이 아니라 그 슬로건 가운데 요약된 계급적 필요를 예술의 형태를 빌리어 구상화具象化하는 것이다.

우리가 ××〔공산〕주의 예술을 확립시키자는 견해를 가지고 그것은 다만 정치를 기계적으로 예술 가운데 도입시키자는 소위 '정치'주의의 확립이라고 보는 견해를 철저적으로 비판치 않으면 안 된다. 현재에 있어서 전위의 관점에서 현실을 파악한다는 것은 가장 정확히 객관적으로 현실을 파악하는 것이며 프롤레타리아 리얼리즘에 관철된 예술가는 당연히 전위의 관점에서 서지 않으면 안 될 것이며 따라서 ××〔공산〕주의의 입장에서 일보 퇴각도 않는다는 것은 프롤레타리아 리얼리즘의 예술 완성의 길에서 유일한 방법이고 그리하여야만 진실한 프롤레타리아 예술, 즉 ××〔공산〕주의 예술을 확립시킬 수가 가능한 것이다.

그러면 "×〔당〕의 정치적 사상적 영향의 확대 확보를 위하여 우리 예술가는 여하히 할 것인가? 우리는 과거에 언제나 내걸어왔던 노동자 농민을 그린다."라는 너무나 막연한 일반인 제정提定에서 제재의 선택에 관한 ××〔공산〕주의적 기준에 대하여 또한 그것을 묘출描出하기 위한 예술적 태도에 대하여 의식적인 ××적 노력이 절대로 필요한 것이다. 왜 그러냐 하면 우리들의 예술이 전위프롤레타리아트의 임무를 자기의 임무로서 예술영역 내에 수행하려는 '예술운동 볼셰비키화' 운운云云을 세움으로써 제재의 선택에 대한 명확한 ××〔공산〕주의적 기준을 규정할 수 있기 때문이다.

—《중외일보》, 1930. 8. 20.

(5)

그러므로 ××예술가는 첫째 프롤레타리아트의 ××적 과제와 결부된 '전위의 관점', 즉 프롤레타리아 리얼리즘의 관점에서, 둘째로 프롤레타리아트와 그 ×〔당〕이 국제적 국내적 정세에 있어서 당면하고 있는 과제와 밀접히 결부된 제재에 향하여야 할 것이다.

그때에만이 우리 예술가는 조선 프롤레타리아트와 그 ×〔당〕이 현재에 있어서 당면하고 있는 과제를 자기의 예술적 활동의 과제로 하는 임무를 다할 수 있을 것이며, 막연한 프롤레타리아 예술이 아니라 진실히 프롤레타리아트의 예술인 ××〔공산〕주의 예술 확립의 첫걸음을 내놓을 수 있기 때문이다. 그러나 이 과제를 수행치 못하는 때에는 우리들의 예술은 필경 사회민주주의 예술과 하등 본질적 차이를 갖지 못함이다.

소위 '프롤레타리아 예술가' 제군! 제군은 군들이 멋대로 생각하는 것을 쓰고 말할 완전한 자유를 가져야 할 것이다. 그러나 카프는 막연한 '프롤레타리아적' 내지 '무산계급적' 예술을 생산하는 그 실實 사회민주주의 예술을 생산하는 반××주의적 분자들을 추방할 완전한 권리를 확보하여야 할 것이다. 그때에만이 우리들의 조직은 진실로 볼셰비키적 ××〔혁명〕적 조직이 될 수 있을 것이다.

××〔공산〕주의 예술로의 방향 전환은 이데올로기의 방향 전환이고 구체적으로 ××〔공산〕주의의 확립의 임무는 결코 용이한 것이 아니며 우리들의 예술투쟁에 있어서 가장 처음으로 고난苦難한 임무일 것이다.

'볼셰비키화'의 임무는 프롤레타리아 예술가의 창조의 사회적 활동성의 앙양, 그들의 이론적 마르크스·레닌주의적 수준의 앙양, 조직에 있어서의 볼셰비키적 제 세력의 확장, 계급적으로 적대되는 제 세력과의 무자비한 비타협적 ××〔투쟁〕, 조직 내부의 자기비판의 광범한 전개, ××운동에 대한 끊임없는 관심과 현실을 보는 눈과 그것을 표현하기 위한 ××〔공산〕주의적 교양이 절대로 필요한 것이다.

그러나 우리는 여하한 박해와 고난 밑에서도 이 임무의 수행을 위하여 용감히 전진할 것이다.

만약 우리들이 이 곤란하고도 고귀한 임무를 수행할 수 있는 때에는, 즉 진실한 볼셰비키적 ××적 예술가로서 사회민주주의 예술에 적대하여 ××〔공산〕주의 예술의 거대한 첫걸음을 내놓을 때에는 우리들의 중심적 과제는 이 생산된 작품을 여하히 하여 광범한 노동자 농민 가운데 대중화시키겠느냐라는 데 귀결될 것이다. 즉 ××〔공산〕주의 예술의 볼셰비키적 대중화일 것이다. 왜 그러냐 하면 여하히 하여 우리들의 예술이 노동자 농민대중에게 결부시킬 수 있느냐는 것은 여하히 하여 우리들의 예술이 명확한 계급적 기초에 설 수 있느냐, 다시 말하면 여하히 하여 진실한 프롤레타리아트의 유일의 ×〔당〕과 결부된 ××〔공산〕주의 예술의 입장에 설 수 있느냐라는 것과 분리해서 생각할 수 없는 문제이기 때문이다.

우리는 예술운동의 '볼셰비키화'의 방침의 확립과 아울러 예술대중화 문제를 이 새로운 각도에서 새로이 상정시킴에 당하여 우리는 과거의 김기진 씨 등이 제출하였던 예술대중화, 그 실實 사회민주주의적 예술대중화를 철저적으로 비판하여 그 정체를 폭로시킴으로써 우리들의 ××〔공산〕주의 예술의 볼셰비키적 대중화의 정확한 방침을 확립시켜야 할 것이다.

—《중외일보》, 1930. 8. 21.

(완)

김기진 씨 등은 첫째로 여하한 예술을, 즉 어떠한 이데올로기를 노동자 농민대중에게 침투시키겠느냐를 명확히 이해 못하고 소위 '수그리라'는 것을 가지고 ××〔혁명〕적 프롤레타리아트의 이데올로기를 검열 또는 대중의 의식수준에 추수하여 염색연화染色軟化시키고 일화견주의적 혹은 자유주의적인 이데올로기를 가지고 거기에 대용함을 주장하였으며, 둘째로 우리들의 대상을 '노동대중'이란 일구로 캄프라치하여 그 대상을 명확히 규정 못하였던 것이다. 그러므로 이것은 구실口實에 있어서 씨氏의 사회민주주의로의 전락을 폭로하는 막연한 '프롤레타리아 예술'이란 이름에서의 사회민주주의 예술의 대중화였고 또한 우리들의 대상을 조선 프롤레타리아트와 그 ×〔당〕의 기본적 조직인 선線과 관련시키지 못한 막연한 '노동대중'이었던 것이다. 이리하여 그것은 끝에서 끝까지 사회민주주의 예술대중화이었던 것이다.

그러나 우리들이 새로이 제출시키는 예술대중화는 어디까지든지 ×

×〔공산〕주의 예술의 볼셰비키적 대중화인 것이다.

우리는 과거에 있어서 '프롤레타리아 이데올로기'라고 간단히 말하였다. 그 한限에 있어서 그것은 의심할 여지도 없이 절대로 정당할 것이다. 그러나 그것은 프롤레타리아트의 이데올로기에 대한 정확한 이해가 있은 뒤에 말이다. 그러나 우리는 그것을 정확히 이해 못하였던 것이다. 그러므로 우리들은 첫째로 우리들이 대중화하려는 이데올로기에 대한 명확한 규정이 필요한 것이다.

우리들의 예술의 내용은 국제 프롤레타리아트의 세계적인 단일한 유기적인 메커니즘 가운데 자기를 결부시키고 명확한 계급적 기초에 선 조선 ××〔혁명〕적 프롤레타리아트의 이데올로기를 노동자 농민 속에 침투시키는 것이며 그것이 만약 ××〔혁명〕적 프롤레타리아트의 이데올로기의 침투가 아닐진댄 그것은 반동적 이식 이외에 아무런 의의도 갖지 못할 것이다.

둘째로 우리는 우리들의 대상에 관한 정확한 규정이 또한 필요한 것이다. 우리는 과거에 있어서 조직과 미조직 노동자에 구별한 것 같은 전연 관념적인 형식주의에 떨어졌던 것이다. 조직과의 미조직과의 구별은 그 의식적 수준의 상위相違이고 이 상위를 가지고 우리들의 대상을 구별한다는 것은 일화견주의적 오류인 것이다. 우리들의 대상을 결정하는 유일의 규준은 ×〔혁명〕적 프롤레타리아트의 조직의 선線인 것이다. 그러므로 우리들의 예술의 대상은 조선 ××〔혁명〕적 프롤레타리아트가 조직하지 않으면 안 될 광범한 노동자 농민일 것이다. 그러나 그 중심적 목표는 현재 조선 ××〔혁명〕적 프롤레타리아트가 그 전력을 집중시키고 있는 중요산업의 대공장 노동자, 빈농일 것이다. 이것이 우리들의 예술 대중화의 대상인 것이다.

그러므로 우리들의 예술은 ××〔혁명〕적 프롤레타리아트의 이데올로기를 중요산업의 대공장노동자 급及 빈농 사이에 광범히 침투시키지 않으면 안 된다. 그러나 우리들의 대상이 ××〔혁명〕적 프롤레타리아트의 조직의 중심적 목표인 중요산업의 대공장노동자 급 빈농에 둔다는 것은 결코 그 이외를 무시함을 의미하는 것은 아닌 것이다. 실업자 인텔리겐치아 소시민 등도 우리들의 예술의 영향하에 끌어넣어야 할 것이다. 그러나 그것은 실업자 인텔리겐치아 소시민을 대상으로 하여 실업자적 인텔리겐치아적 소시민 예술의 허용을 의미하는 것은 절대로 아니다. 대상을 프롤레타리아트로의 조직 기구에 두고 ××〔전위〕프롤레타리아트의 이데올로기를 내용으로 하는 ××〔공산〕주의 예술을 그들에까지 대중화시킴을 의미하는 것이다.

우리는 이 예술, ××〔공산〕주의 예술의 볼셰비키적 대중화를 하는 데서만이 그 예술운동의 볼셰비키화의 임무를 수행할 수 있을 것이며 또한 ××〔공산〕주의 예술을 확립시킬 수 있을 것이다.

그때에만이 레닌이 그의 논문 「×〔당〕의 조직과 ×〔당〕의 문학」에서 우리들에게 가리킨 "문학(예술)은 ×〔당〕의 것이 되지 않아서는 안 된다." "문학의 사업은 전 프롤레타리아트의 임무의 일부분이 아니어서는 안 된다. 전 노동계급의 의식적 전위에 의하여 운전되는 단일한 사회민주주의적(주: 현재에 있어선 ××〔공산〕주의적) 기구 조직의 한 '차륜車輪과 레지'가 아니어서는 안 된다. ×〔당〕에 속치 않은 문학자를 쫓아라! 문학자—초인을 쫓아라!" 이 철鐵의 원칙을 조선에 있어서 실현시킬 수 있을 것이다.

동무들! 볼셰비키적 ××〔공산〕주의 예술가 제군! 이 극히 곤란하고도 고귀한 임무의 수행을 위하여 전 역량을 집중시키자!

1930년 8월 8일 야夜

부기: 동무들! 이것은 동지 임화의 「프로예술운동의 당면한 중심적 임무」와 아울러 우리 카프 예술가의 당면한 임무를 논한 것이다. 동무들의 광범한 논의 있기를 바라며 아직 제출되지 않은 '볼셰비키적 대중화'를 동무들의 손으로 내어놓아야 할 것이다. (막漠)

—《중외일보》, 1930. 8. 22.

조선朝鮮에 있어서 프롤레타리아 예술운동藝術運動의 현세現勢*

서문

조선 프롤레타리아 예술운동에 관해서는 일본에 거의 알려져 있지 않다. 일선日鮮 프롤레타리아 예술가가 함께 예술운동 볼셰비키화를 당면의 중심적 임무로 하여, 일선 프롤레타리아 예술운동의 조직적 연결을 새로이 중대한 과제로 여겨야만 하는 현재에 있어, 이 글은 단지 이러한 의미에 있어서만 의의를 지닐 것이다.

1. 조선의 현 정세

경제공황의 와중에 ××자본주의의 최근에 있어서 모든 발전은 식민지 제국諸國의 ××와 국내에 있어서 노동자계급 및 광범한 농민대중에 대한 극도의 ×〔착〕취와 억×〔압〕에 직접 의거했다. 제국주의는 경제공황의 중하重荷를 자본주의적 산업합리화의 강행으로 국내의 노동자계급

* 원제는 「朝鮮に於けるプロレタリア藝術運動の現勢」로 《나프ナプ》에 일본어로 실린 것을 엮은이가 번역했다.

에게 전가轉嫁시키려고 할 뿐 아니라, 경제공황으로부터의 활로를 식민지××, ××에 대한 착취와 억압을 극도로 강화하는 것에서 구하려 하고 있다. 즉 ××제국주의는 판매시장 및 원료시장으로서의 ××에 대한 공세를 격화시켰다. ××주의자, 동척회사, 식산은행, 금융조합에 의해 환기된 ××에서의 만성적 농업공황은 조세가중租稅加重 및 물가폭락으로 인해 매우 격화되었다. 공황은 조선에서 노동자계급의 생활수준을 악화시키고, 농민의 토지 상실 및 도시 중간층의 영락零落을 촉진시켰다. 임은賃銀은 저하하고, 노동시간은 연장되고 합리화는 주로 노동자 특히 부인 및 청년의 노동 강화에 의해 이루어지고, 공업에서의 실업은 농업에서의 실업의 증대와 ××노동자의 일본으로부터의 귀국 그리고 ××농민의 만주로부터의 귀국으로 인해 격화되었다.

자본주의가 식민지 억압과 착취의 세계적 체계로 발전하고 있는 한, 우리들의 눈앞에 소용돌이치는 세계경제공황은 자연히 제국주의의 식민지 통치의 위기로, 식민지에서의 제국주의의 헤게모니의 위기로 전화한다. 이리하여 ××에 있어 제국주의는 제2차 ××××의 위기를 목전에 두고, 백색白色××××〔테러리즘〕을 더욱 ×폭화暴化했다. 1928년 2월부터 개시된 ×××대×거擧는 지금도 계속되고, 일체의 ××적 조직은 집회를 금지당하고, 언론출판의 자유는 최후의 일편一片까지 박탈당하고 있고, 식민지 ××교육은 무제한으로까지 강화했다. 치안유지법은 개改×되어 감옥은 증설되었으며, 소위 사상경찰思想警察은 대확장되고 이동경찰移動警察이 개시되었다. 실로 극단의 반동적 바람이 휘몰아치고 있다.

동시에 ××제국주의는 대부분이 그 독립성을 상실한 토착부르주아지에 접근하여 그들을 회유하고 있다. 민족개량주의적 부르주아지에게 '자치'를 약속하는 것으로 그들을 매수하고 그들의 적극적 협력에 의해,

새로운 ××적 조류에 대한 방파제를 쌓고 있다. ××에 있어서 ××적 앙양의 증대, 중국 및 인도××, 소비에트동맹의 사회주의 건설사업의 약진적 성공 앞에 두려움을 느낀 민족개량주의적 부르주아지는 소위 '공민권획득운동'에 광분하고, 국민당 및 중국반反×〔혁〕명을 모방할 만한 선례로 생각하며, 인도의 간디주의를 밀수입함으로써 ××제국주의와의 협력을 구하여, 반反소비에트적 사주를 계속하고 있다.

그렇지만 공황의 결과, ××제국주의에 대한 민족해방투쟁 특히 프롤레타리아트의 계급투쟁은 격화되었다. ××제국주의자의 교묘한 ××정책과 ××적 백색×××에도 불구하고, 민족개량주의자의 ××운동에 대한 방해에도 불구하고, 노동자 농민 학생 대중의 급격한 좌익화는 전국적인 대중의 ××적 투쟁으로 나타나게 되었다. ××에 있어서 ××적 파조波潮의 습래襲來를 알리는 경종警鐘이었던 원산 제네스트와 전×프롤레타리아트에 의한 지지가 있었던 이후, ××제국주의 지배에 의한 백색×××의 폭풍우를 일으키고, 광범한 ×× 전全 피압박대중은 ××〔혁명〕적 ×〔봉〕기의 전국적 범람으로 그들의 강력한 진행을 전개했다. 노동자의 스트라이크 투쟁의 훌륭한 책략과 광범한 범람 — 부산 섬유노동자 제네스트, 신흥 탄광부의 영웅적 투쟁, 평남 해원海員 스트라이크, 평양 고무공工 제네스트 등 — 과 함께 오늘날 ××농민을 전면적으로 지배하고 있는 ××적 앙양의 강력한 추진력과 속도를 지닌 풍부한 범람 — 단천端川 농민의 투쟁, 용천龍川 기타 지역의 소작쟁의 등 — 의 새로운 정치적 가치와 발전 경향은 피압박 도시중간층에게까지 ××적 자극을 주고, 그것은 학생 대중의 전全×적인 규모의 반反제국×〔폭〕동動과 최근 각지에서 제창된 청년동맹, 개량주의단체 신간회 및 근우회槿友會의 해소논쟁으로 나타나게 되었다.

이와 같이 현재 조선에서 진행되고 있는 노동자 농민 소시민 학생의

××적 투쟁도, 그리고 그것이 항상 전全 피압박대중의 적극적 지지를 얻고 있음에도 불구하고, 1925년 이내의 연쇄적 억압에 의한 노동계급의 조직적 역량 미약화와 무력화로 인해, 충분히 목적의식적으로 지도되지 못한 채 적극적인 원조가 불가능하면서 대부분이 어쩔 수 없는 참담한 패배를 하게 되었다. 이들의 ××적 투쟁에서 나타났던 조선 무산계급 해방운동의 최대 결함과 약점은 실로 '×〔당〕의 미약, ×〔당〕이 대중적 기초 위에 뿌리를 펼친 진실한 볼셰비키적 ×〔당〕' 으로서 존재하지 못한 점에 있다. 이에 코민테른 집행위원회는 1928년 '12월 테제' 에서 ××의 현 정세와 계급 관계에 대한 과학적 평가를 내린 후, ××××주의자의 당면한 기초적 활동을 '×〔당〕 볼셰비키화를 위한 강력한 투쟁' 이라고 규정했다. 조선에서 제국주의가 그 전선全線에 대하여 계급투쟁조직을 변화시켜, 억압기관의 파쇼화에 따른 민족개량주의와의 협력을 통해 그것을 시도해보려 한 것에 대해, 조선 프롤레타리아트는 ××적 비약의 촉진과 준비로 광범한 노농대중의 ××화에 프롤레타리아트의 승리를 가능하도록 만들기 위해 그리고 ××적 노동자 운동의 지위 강화를 위해, 모든 정력을 기울이고 있었던 것이다.

이상이 경제공황 와중의 제국주의하 식민지 ××의 현재 정세이다.(조선 프롤레타리아 예술운동이 전개되고 있는 이들 객관적 제 정세를 정당하게 이해함으로써 비로소 조선에 있어서의 예술전선의 현세를 정확하게 알 수 있을 것이다.)

그렇다면 이와 같은 일반적 정세하에서 조선에서의 예술전선은 어떤 상태에 있는가? 그것은 계급투쟁의 격화가 — 자본주의적 안정의 진감震撼, 부르주아 지배기구의 파쇼화, 민족개량주의자와 제국주의자의 결합, 프롤레타리아 대중의 급진화의 증대 등 — 예술전선상에도 반영되어, 프롤레타리아 예술은 볼셰비키화의 도정으로, 부르주아 예술(민족주의 예술, 예술을 위한 예술, 사회민주주의 예술 등 일체)은 파쇼화의 도정으로 나아가고, 이리하여 조선예술전선은 계급적 관계가 '계급 대 계급'에 따라 엄연히 적대하고 투쟁하는 양진영으로 대치되어 있고, 중간적 존재인 소부르주아 예술가는 그 어딘가에 가담하지 않으면 안 되는 지경이 되었다. 이것이 계급투쟁의 격화에 의해 특질지워진 현금의 조선 예술전선의 기본적 특징이다. 그렇다면 조선 프롤레타리아 예술운동은 어떠한 상태에 있는가?

2. '카프' 예술가는 어떻게 싸우고 있는가?

조선 프롤레타리아예술동맹은 1925년 7월 '카프'(조선 프롤레타리아 예술동맹의 약호, C.A.P.F)를 결성함으로써 주체를 확립했다. 그 후 카프는 극단적인 억압하에서 부르주아 예술가(특히 민족주의 문학파)의 방해와 많은 곤란한 조건과 조우하면서도 항상 조선 프롤레타리아트와 함께 하고 있다. 조선 무산계급 해방운동 투쟁전선의 일익으로서, 끊임없이 대열의 우익적 편향이나 극좌적 편향 현상을 극복하고, 말기 자본주의 예술의 예술지상주의, 개인주의, 낭만주의, 민족주의의 영향을 청산해 나가면서 부르주아 예술의 영향을 격파하고, 그 지도권 탈취를 위한 과감한 투쟁을 계속해옴에 따라 7개의 지부와 3백여 명의 동맹원을 획득하였으며, 노동자 농민에 대한 문화적 ××운동의 확고한 지위를 구축하여 대중은 프롤레타리아 예술운동에 점점 더 큰 지지를 보내왔다. 그런데 1929년까지 '카프'의 예술적 활동은 문학 영역에 국한되어 있었지만, 조선 프롤레타리아트의 급속한 성장과 프롤레타리아 예술운동의 진전에 따라, 조직 역량을 모든 분야로 확대하고 예술적 활동범위를 광범하게 전개할 것이 요구되면서, 1930년 4월 카프 조직을 재편성하여 문학부, 연극부, 영화부, 미술부, 음악부의 기술 부문을 세움으로써 카프는 조직상 비약적인 발전과 함께 약진적 성과를 얻을 수 있었던 것이다.

그러나 많은 뛰어난 작품을 만들어내고 속도를 더욱 더한 발전을 이루어내었음에도 불구하고, 조선 프롤레타리아 예술운동은 현재 곤란하고도 중대한 시기에 당면해 있다. 조선 프롤레타리아 예술운동이 최근까지 전全 분야에 걸쳐 위축되고 활발한 빛을 띠지 못한 것은 조선 프롤레타리아 예술운동의 발전과 노동자 농민의 ××〔혁명〕적 대중투쟁력의 성장 사이의 불균형 때문이었다. 경제공황의 결과 ××에 있어서의 계급투쟁은 격화되었다. ××제국주의자의 억압과 민족개량주의자의 방해에 대항하여 노동자 농민 학생 대중의 왕성한 자연생장성自然生長性은 ××〔혁명〕적 대중투쟁력의 전면적 고조를 가져왔다. 또 최근에 ××화되고 있는 대중의 무산계급이론에 대한 마르크스주의 출판물의 요구와 프롤레타리아 예술운동에 대한 관심은 급격히 증대했다. 한편 ××제국주의는 그들이 농단壟斷하는 일체의 문화기관을 운용하여, 민족개량주의자를 포함한 그들이 사육하는 주구走狗와 무산계급 해방운동에 적대하는 일체의 무기를 전면적으로 동원하여 ××〔혁명〕화하고 있는 대중의 의식을 마비시킴으로써, 더욱더 광범한 프롤레타리아층으로 그 세력을 확대하고 있는 ××주의사상을 방축放逐하고 부르주아 이데올로기하에 대중을 밀어넣는 작업을 정력적으로 수행하고 있다. 이리하여 조선에서의 부르주아 예술은 프롤레타리아 예술에 대한 파시즘적 공세를 더욱 강화시켰다. 이러한 제 조건은 ××에 있어 ××주의 예술운동의 임무를 한층 부가시켰다. 이러한 현실적 변화는 그 단계에 상응하는 전환과 발전을 요구한다. 이리하여 자본주의 제3기의 국제적 영향, 조선 프롤레타리아트와 농민의 ××적 물결의 전면적 고조 — 그 국면하의 조선 프롤레타리아트와 ×〔당〕의 당면한 과제 — 코민테른 집행위원회의 '12월 테제'가 지시했던 ××프롤레타리아트의 귀중한 기준과 지침은 과거 1년간 카프 맹원에 의한 예술운동 볼셰비키화의 문제를 제기하게 만든 것으로(임화林和의 「조선 프로예술운동의 당면한 중심적 임무」 권환權煥의 「조선 예술운동의 구체적 도정」 안막安漠의 「조선 프로예술가의 당면한 긴급한 임무」 등) 1930년 9월 카프중앙위원회로 하여금 극히 보족적補足的이었지만 예술운동 볼셰비키화를 위한 결정을 내리게 했다.

그렇다면 조선 프롤레타리아 예술운동 볼셰비키화의 임무는 카프에 무엇을 요구했던가? 그것은 카프가 볼셰비키적 자기비판을 전개하여 활동상의 오류와 결함을 검토비판함으로써 철저하게 시정하고, 조선 프롤레타리아트와 ×〔당〕의 당면한 임무 '볼셰비키화를 위한 ×행行적 투쟁'을 자신들의 예술적 과제로 삼아 그 과제를 실천으로 옮기는 임무에, 카프의 조직 구성과 활동 방책을 레닌주의적 의미에 적합하게 만드는 것이었다. 즉 카프를 사상적으로 마르크스 레닌주의의 기초 위에 공고히 하여, 일체의 사회민주주의적 영향을 격파하고, 노농勞農통신운동을 광범위하게 발전시키며, 참된 ××주의 예술을 대중화함으로써 민족개량주의 이데올로기를 포함한 일체의 부르주아 이데올로기를 분쇄하고, ××주의 예술 이데올로기의 영향하에 대중을 획득하는 임무를 실천적으로 수행하는 것이었다. 그렇다면 카프 예술가 제군은 예술운동 볼셰비키화, ××주의 예술의 확립이라는 이 곤란한 임무를 어떻게 실천적으로 구체화하고 있는가?

一. 카프는 최근, '볼셰비키화'를 위한 투쟁으로 돌진하기 위한 하나의 광대한 교화운동으로서의 노농통신원운동이라는 활동을 시작한《군기群旗》를 발간했다. 작년 12월부터 발간된《군기》는 3천 부 이상의 발행

부수로 전선全鮮 각지에 지국을 확대하고 있고, 직장으로부터의 투쟁보고가 다수 게재되고 있다. 조선 프롤레타리아 예술운동이 현재 예술대중화의 슬로건을 제출하고 있지만 그것은 통신원운동의 확대강화에 의해서만 그 실천적 방책을 얻을 수 있는 것으로, 기타 이데올로기, 대상, 제재, 형식에 관한 제 문제는 그 가운데서 효과적으로 해결할 수 있을 것이다. 노농통신원운동은 조선 프롤레타리아 예술운동이 예술대중화의 슬로건을 실천적으로 달성하는 방책일 뿐 아니라, 그것은 봉쇄되었던 지하층으로부터 노동자 농민 출신의 예술가를 길러낼 수 있을 것이다. 그렇지만 현재의 《군기》는 지배계급의 야×〔만〕적 검열제도(원고제출제原稿提出制)하에 있고, 편집원들인 카프 맹원은 ××주의 사상의 불철저라기보다는 다분히 사회민주주의적 요소를 포함하고 있다. 이것은 속히 극복하지 않으면 안 된다. 그럼으로써 다시 대중의 지지는 보다 적극적으로 될 것이다. 일본에서의 《전기戰旗》를 중심으로 한 노농통신원운동의 경험은 우리 조선에 있어서도 받아들여야만 하는, 하루바삐 섭취해야만 하는 귀중한 국제적 교훈인 것이다.

二. 카프의 이론적, 비평적 활동은 충분하게 전개되고 있지 못하다. 카프의 중심 이론가는 박영희, 김기진, 윤기정, 권환, 임화, 안막 등인데, 1930년부터 현재까지의 이론적 비평적 활동은 예술운동 볼셰비키화를 위한 원칙상 구체적 방침을 위한 논의가 중심이었는바, 민족주의 문학이론 비판, 사회민주주의적 영화론의 폭로, 작품의 내용과 형식의 문제, 마르크스주의 예술비평의 기준에 관한 문제 등이었고, 창작비평 등은 극히 희박할 수밖에 없었다. 카프가 이론적 비평적 활동에 있어 충분하지 못했던 주된 원인은 기관지를 가지고 있지 못한 점 그리고 우리들의 이론과 작품에 대해 부르주아 자유주의적 태도를 취하고 있던 부르주아 출판물이 보이콧을 함으로써(민족개량주의적 출판물 특히 《동아일보》《조선일보》 등은 상업주의의 성공을 위해 카프 예술가들의 이론과 작품을 게재하였지만 계급투쟁이 첨예화한 요즘에는 완전 보이콧의 태도를 취하고 있다) 카프의 이론적 비평적 활동은 동반자적 출판물 《조선지광朝鮮之光》 등에 국한됨으로써 충분한 활동이 어려웠던 데에 기인하는 것이라 할 수 있지만, 특히 카프 내에 있어서도 우익적 경향을 대표하는 김기진 등이 '예술운동 볼셰비키화'의 근본문제가 제기되자 굳게 침묵을 고수한 것 때문이기도 하다. 침묵자는 오늘날 기회주의자의 제 특징 즉 추수성追隨性, 불不결단성, 타협성, 불명확성에 의존하여 이 중대하고도 어려운 문제제기에 대하여 수동적으로 수수방관하고 투쟁에 참가하지 않고, 예술운동 볼셰비키화를 위한 ××〔혁명〕적 투쟁으로부터 완전히 떨어져 나가버림으로써 적 진영으로 옮겨가고 있다. 그들은 조선 프롤레타리아 예술운동에 있어 한때는 탁월한 동지였고(김기진 한설야 등은 현재 카프 중앙부에 있다) 그런 까닭에 카프의 당면한 임무 즉 예술운동 볼셰비키화를 위한 구체적 방침 확정은 그들의 적극적인 견해를 필요로 하는 것이었다. 그러나 그들은 마지막까지 침묵을 고수함으로써 카프의 모든 예술적 활동을 완전히 사보타주했다. 그리하여 두 개의 전선 — 특히 우익 기회주의자에 대한 투쟁, 사상적 강고함을 보지保持하기 위한 투쟁, 추수성, 무원칙, 타협성 — 모든 볼셰비키적 방침의 왜곡에 대한 투쟁은 카프가 당면했던 임무를 성공적으로 수행하기 위한 전제조건이었다.

三. '카프' 작가의 최근의 실천적 활동은 약진, 향상向上 전환의 경향이 보인다. 카프 작가를 대표하는 이기영, 송영, 윤기정, 조중곤, 김겸도金兼滔, 엄흥섭 등이 최근 발표한 작품은 그들이 당면한 임무 — ××주의 예술의 확립이라는 임무를 과감히 실천적으로 수행하고 있는 것을 입증

한다. 특히 일선日鮮 프롤레타리아트의 단결을 제재로 한 송영宋影의 「교대시간」 등에서 볼 수 있는 ××〔혁명〕적 제재에의 노력심화는 조선 프롤레타리아 작가의 ××적 지위를 강화시켰다. 그렇지만 이들 카프 작가의 마르크스 레닌적 사상의 불철저함과 기술의 미완성으로 인해 이들의 작품에서는, 사회민주주의 작가는 선택하는 것이 불가능하고 다룰 수 없는 방법에 의한 표현은 조금밖에 발견되지 않는다. 그들의 ××적 제재에의 정력적 노력도, 코민테른 집행위원회의 '12월 테제' 및 프로핀테른의 '1930년 9월 테제'에서 지시된 조선 ××주의 운동의 당면과제와는 극히 불충분하게 결합되어 있을 뿐 아니라, 그들의 작품 대부분은 ××적 노동자의 비현실적인 묘사, 마르크스주의적 분석비판이 결여된 파업, 농촌의 현 정세를 이해할 수 없는 농민의 원시적 묘사, 사회민주주의 작가와 그리 멀지 않은 자본가의 폭로 등에 끝나고 있어, 특히 엄흥섭 등에 이르러서는 소부르주아 예술가의 작품과 하등 본질적 차이를 느끼지 않을 정도이다. 그들 작품의 극히 일부를 제외한다면, 그 순수한 ××주의 이데올로기를 발견하는 것은 꽤 어려울 것이고, 다이내믹한 구성과 묘사는 완전 결여되어 있을 것이다. 그렇지만 최근 카프 작가 제군의 마르크스 레닌주의 사상의 완성을 위한 ××주의적 기술획득 노력의 증대 경향은, 조선 프롤레타리아 문학을 참된 ××주의 문학에까지 고조시킬 전제조건을 만들어가고 있음을 입증한다. 카프 문학 내의 연구회(이론연구회, 소설희곡연구회, 시연구회)는 최근 더욱 활발해지고 있고, 조직적 생산을 착착 진행함으로써, 소부르주아 작가에게도 자극을 주어 조선의 뛰어난 동반자 작가 유진오, 이효석 등을 자기 진영으로 획득하는 데에 성공했다. 금년 1월에 발표된 유진오의 소설 「여직공」 「형님」은 카프 당면의 임무라는 관점으로 보아 주목할 만한 작품이었다.

四. 카프 영화부는, 1930년 4월 이래 사회민주주의적 영화조직과의 투쟁을 과감히 진행함으로써 확립되었다. 전前신흥영화동맹(1929년 12월 14일)이 조직된 것을 전후로 해서 계급적(사실은 사회민주주의적) 수사를 앞세웠던 일군의 영화 그룹이 이 신흥영화동맹이라는 조직을 성城의 울타리로 삼아 소시민적 영화운동을 전개하기 시작했다. 그들(그 지도자는 김유영, 서광제 등이다)은 자신의 반反×〔혁〕명성과 반反프롤레타리아적 성격을, 부르주아 저널리즘상에 사이비××주의 영화론을 발표하여 '좌익적 언사'를 농락하는 것으로 은폐하고, 카프의 적극적 지지자같이 환상을 뿌림으로써 노동자 농민을 기만해왔다. 그런데 1930년 4월 카프가 조직을 재편성하며 영화 부문을 신설하기 위해 그들 조직(신흥영화동맹)의 카프에의 해소를 권고하자, 여러 나라의 모든 개량주의자들이 그러한 것처럼, 그들은 자신들의 모든 가면과 장식을 벗어던지고 카프에 대한 악선전을 부르주아 저널리즘에 뿌리고 결국에는 조직적 항쟁(그들은 카프 중앙부의 여러 사람에게 ××의 협박장을 보낼 정도의 만용을 부리기도 했다)을 시도함으로써, 조선 프롤레타리아 예술운동을 교살시키려는 음모를 꾀할 정도로 사실상 ××자본주의의 사주使嗾를 받고 있다. 김유영 등은 '서울키노' 및 '시나리오작가협회'를 조직하기는 했지만 대중의 "박멸하자!"는 부르짖음에 지금은 만용조차 완전히 상실해버렸다(일본프롤레타리아영화동맹이 그들과 조직적 연결을 맺었던 것이나 북천철부北川鐵夫가 나프 창간호에서 "우리가 조선의 ××적 영화 제작상영조직인 서울키노영화공장 그리고 현재의 신흥영화동맹과의 연결될 수 있었던 것은 참으로 획기적 일로 환영할 만한데…"라고 말하고 있는 것은 따라서 당시 조선에서의 프롤레타리아 영화 운동에 대한 이해방식이 잘못되었다는 것을 의미한다).

카프는 이들 소부르주아적 분자에 대한 무자비한 비타협적 투쟁, 그들의 좌익적 언사의 배후에 숨어 있는 적대계급의 목소리(김효식, 「영화운동의 출발점의 재음미」, 1930년 8월 《중외일보》 소재所載 ― 를 매우 예리하고도 무자비하게 폭로했다)를 강력하게 폭로함으로써 카프 영화부를 성장시키고 공고히 할 수 있었다. 최근 카프 영화부 직속으로 '청복키노'가 결성되어, 카프 영화부의 강호 감독하에 조선에서의 ××적 노동자운동을 제재로 한 갑영甲英 원작 「지하촌」(전 10권)을 완성했다. 이 영화는 조선 최초의 프롤레타리아 영화로서 특히 그것은 카프 영화인의 당면임무인 영화운동 볼셰비키화를 실천적으로 수행하고 있다는 점에서 높이 평가하지 않을 수 없을 것이다. 지금 카프 영화부에 있는 제군諸君은 소부르주아적 잔재를 청산하지 않고서는 그 영화기술 방면에 있어 완전히 아마추어적 경계를 벗어날 수 없는 것이다.

五. 다음으로 카프의 연극, 미술, 음악 활동은 어떠한가? 이 3개 부문에서의 카프의 실천적 활동은 문학이나 영화 분야보다 훨씬 미약하다. 특히 음악 부문은 지금 결원 상태로 있을 정도이다. 그럼에도 불구하고 작년 봄 수원에서 조선 최초의 프롤레타리아 미술전람회를 개최했던 것, 9월에는 최승일이 동반자적 경향을 지닌 연극조직의 협력을 얻어 르메르뗑의 〈탄갱부炭坑夫〉, 옵트뮬라의 〈하차荷車〉, 싱클레어의 〈2층 남자〉를 상연한 것은 조선 프롤레타리아 예술운동에 있어 하나의 큰 전진이었다. 특히 수원에서 열린 프로미술전람회의 거대한 성과(지배계급에 의해 150점 가운데 50점이나 빼앗겼음에도 불구하고 노동자 농민 그것도 미조직 대중뿐 아니라 조직된 대중에 의해 적극적 지지를 받았던 사실)는 조선 프롤레타리아 예술의 영향력을 일층 확대시킨 것이었다. 최근 미술 부문에서의 강호姜湖, 정하보鄭河普 등의 만화 활동은 주목할 만하다. 음악 영역에서도 최근 두세 명의 이론가에 의해 음악에서의 계급성, 노동자 농민의 음악적 요구, 프롤레타리아 음악의 생산과 대중화에 대한 최초의 제기를 볼 수 있게 되었다.

이상이 카프가 당면한 임무 즉 예술운동 볼셰비키화의 임무를 위력적으로 수행하기 위해 최근 벌이고 있는 예술적 활동의 전폭全幅이다.

이상 열기列記한 최근 예술적 활동의 실천적 성과는, 카프가 예술운동 볼셰비키화를 위한 강력한 투쟁이 불충분함을 증명하는 것이기도 하다. 카프의 예술적 활동이 불충분하다는 사실은, 결코 지배계급의 억압만이 그 원인인 것은 아니며 카프가 당면한 임무 수행을 위한 올바른 방침을 정확한 조직적 방책 위에서 발견하지 못했다는 사실에 기인하는 것이기도 하다. ××주의 예술의 강화, 새로운 지위를 얻기 위한 투쟁, 파시즘화하고 있는 부르주아 예술 특히 사회파시즘화하고 있는 사회민주주의 예술에 대한 투쟁, 동반자 예술가의 획득을 위한 투쟁 그리고 우익적 편향에 대한 투쟁은 올바른 조직적 방침을 필요로 하는 것이기도 하다. 게다가 현재 카프는 볼셰비키적 결정을 결정했을 뿐 그것을 충분히 강력하게 수행하고 있지 못하다. 중앙부에서는 전全 조선 각지에 대해 지령은 고사하고 어떠한 연락도 취하고 있지 못하다. 그런 까닭에 각 지부에 대한 통제는 전혀 이루어지지 않고, 각 지부원은 명부상으로만 카프 맹원이고, 예술적 활동은 거의 수행하고 있지 못하다. 물론 이 책임의 대부분은 카프 중앙부가 지지 않으면 안 된다. 현재 이들을 둘러싼 주관적 제 조건은 카프의 새로운 조직상 방책을 문제삼지 않을 수 없게 되었다. 전국에 산재하는 카프 지국의 예술적 활동을 직접 카프 기술부의 각 부문으로 직속시키고 또한 동반자적 예술가를 카프의 영향력 아래에 둠으로써, 카프를 예술의 각 부문 즉 문학, 연극, 영화, 미술 등의 전문적 기술별 전국동맹으로 재조직하기 위한 준비활동의 하나로서, 재조직준비위원회를 갖추지 않으면 안 되게 되었다. 임화는 「조선 프로예술운동의 당면한 중심적 임무」에서 특히 이것을 강조했다. 이러한 조직상에 있어 특별히 어려운 방책은 카프의 통일적 집합적 조직자로서의 기관지 발행을 필요로 하게 되었다는 점이다. 그러므로 현재 카프는, 어떤 어려운 조건 속에서도 자신의 기관지를 확립하는 것에 최대의 노력을 기울이고 있는《군기》를 중심으로 한 노농통신원운동을 일층 광범위하게 확대 강화해야 하는바, 이것이 카프로서는 우선 무엇보다도 중대한 일인 것이다. 그를 위한 전제조건은《군기》를 참된 ××주의적 입장으로 고양시키는 것이다. 카프는 두 개의 전선 특히 김기진 등의 우익적 일탈에 대한 투쟁의 불철저함을 지적하지 않으면 안 된다. 이들 기회주의자들은 말로는 카프의 볼셰비키화를 위한 방책을 옹호하고 있다. 그러나 실천적으로 그들은 일체의 예술적 활동을 완전히 사보타지하고 있고, 사실상 카프가 당면한 실천적 활동 즉 볼셰비키화 투쟁으로부터 이탈하려고 하는 적適계급의 기도를 지지하고 있는 것이다. 그들의 우익적 편향 및 타협적 기운에 대한 투쟁은 정력적으로 전개하지 않을 수 없게 되었다. 이 투쟁은 현재 불충분하지만 이루어지고 있다. 동맹 전체의 이론적 비평적 활동 특히 양주동 일파의 민족개량주의 문학이론에 대한 마르크스주의적 비판의 중요성은 더욱 커졌다. 부르주아 예술 및 사회민주주의 예술에 대한 투쟁은 카프에게 있어 볼셰비키화를 위한 가장 중요한 임무이다. 한편 카프 예술가의 ××주의 세계관의 불철저함은 속히 극복되어야 한다.

새로운 시기로 들어온 조선 프롤레타리아 예술운동은 지배계급의 ××에 대항하고, 민족주의 문학자가 아무리 방해를 하더라도 기회주의자가 아무리 침묵하고 조소를 하더라도 예술운동 볼셰비키화의 길로 돌진해갈 것이다.

3. 반反××주의 예술의 현상

××제국주의는 조선에서도 그들의 계급투쟁조직을 전선全線에 걸쳐 고치려고 시도하고 있다. 그들은 부르주아 계급지배의 파쇼화에 따라, 민족개량주의적 단체의 부르주아 억압기구로의 견인으로부터 사회파시즘화를 시도하려고 할 뿐만 아니라 그들의 모든 문화기관까지 전면적으로 사회파시즘화를 위해 동원하려고 시도하고 있다. ××제국주의자는 민족개량주의적 부르주아에게 자치를 약속함으로써 그들을 매수했다. 이리하여 민족개량주의자는 자신의 모든 문화기관을 운용하여 반동사상을 전全××에 유포하고, 광범한 프롤레타리아층에 점점 세력을 강화하고 있는 ××주의 사상의 방축放逐을 위해 광분하고 있다.

이러한 사태는 조선 부르주아 예술을 점점 파시즘적으로 만들었다. 최근 부르주아 예술의 파시즘적 공세는 문학 영역에서 특히 강화되었다. 조선의 민족개량주의 문학자(양주동, 정노풍 등)는 조선에서의 ××적 조류 앞에 두려움을 느껴, 민족주의 문학이라는 간판하에 민족부르주아지의 환상을 선전하고, 프롤레타리아 예술에 대한 이론적 기초도 없는 악선전과 ××주의를 적대시하는 이론을 퍼뜨림으로써 제국주의의 대변자 역할을 다하고 있다. 그렇다면 그들 민족주의 문학론이라는 것은 어떠한가?

> "우리들이 조선 민족이 당면한 현실을 정확히 보고 성찰한다면 계급적 민족의식이란 있을 수 없다. 왜냐하면, 이 민족이란 오늘날 민족적 존멸의 교차점에 있어서 — 중략 — 그러므로 이제 조선 민족을 살리는 의식은 — 이것을 조선의식이라고 부른다면 — 계급적 민족의식이라고 할 수는 없다. 즉 단순한 맹목적 민족의식도 아니고 소小계급의식도 아니며 세

계정세만을 문제삼는 국제의식도 아닌 것이다."

— 정노풍, 「조선문학건설의 이론적 기초」, 1929년 10월 《조선일보》로부터 인용

이처럼 그들의 이론적 기초를 형성하고 있는 것은 '종주국의 민족은 지배계급의 위치에 있고 식민지 민족은 피압박계급에 자리잡고 있다.' 고 말하는 것이다. 그것은 여러 층의 계급에 의해 형성되는 '민족과 민족' 이 상호간 '계급대립의 관계' 를 맺는다는 것은 있을 수 없다는 상식조차도 이해하지 못하는 무지의 자기폭로이고, 이렇게 부르짖음으로써 그들은 식민지 프롤레타리아의 투쟁과 자본주의 국가에서의 프롤레타리아트 투쟁의 ××〔혁명〕적 결합을 방해하려고 하는 제국주의의 의도를 그 실천상에서 실현시키려고 하는 것이다. 그들과의 투쟁은 카프가 장기간 오랫동안 계속해온 것이다. 그들 민족주의 문학 깃발 아래에서 이광수, 염상섭, 김동인 등의 작가는 반反××주의적 작품으로, 그들의 신문 즉 《동아일보》《조선일보》를 가득 채워, ××〔혁명〕화하고 있는 대중의 의식을 마비시키는 데에 모든 노력을 다하고 있다. 최독견 등의 에로문학파도 그들 속에 있는 일종의 변종에 불과하다. 영화 영역에서는 나운규, 안종화 등에 의해, 연애와 방랑으로 현실로부터의 도피처를 맛보게 하는 아편과도 같은 영화가 홍수를 이루고, 일본으로부터 도카와 마토遠川滿等가 조선으로 건너와 조선의 토착 부르주아 영화인들과 결합하여 반동영화 〈금강산〉을 상영함으로써, 애도할 만한 제국주의의 충실한 충복을 보게 된 것이다. 특히 국민당과 중국 반反혁명을 찬미하고 인도의 간디주의를 밀수입하고 있는 민족개량주의자 최대의 신문인 《동아일보》는 정의는 승리한다는 식의 개량주의적 영화를 전국 각지에 보내어 개량주의 이데올로기로의 대중 획득을 대규모로 수행하고 있다. 연극에서는 윤백남, 이세기, 박승희 등에 의해 반동적 극을 상연하는 '신흥극장' (축지縮地에

있던 홍해과洪海果 등이 지도한다) '연극시장' 등이 자유극의 가면으로 은폐한 反프롤레타리아 연극과 속악한 신파극(하지만 연극에서의 부르주아지의 활동은 극히 미약한 것에 불과하다) 및 예술을 위한 예술의 전당을 고수하려고 애쓰고 있는 기사들이다. 관제미술전이지만 '선전鮮展'을 시초로 '서화전', 금년에 새롭게 출범한 부르주아 음악가 조직인 음악가협회에 모인 분자들의 끊임없는 공작, 라디오 레코드 등에 의한 반동적 민요, 유행가, 종교가는 점점 광범위하게 퍼져가고 있는 것이다.

그리고 이들 모든 부르주아 예술의 파쇼화는 조선 노동자 농민 대중 투쟁의 ××적 파도를 막으려 하는 ××제국주의의 보호 아래에 놓여 있고, 또 그러한 기도하에 전면적으로 동원된 것에 불과하다.

계급투쟁의 첨예화는 소부르주아 예술경향상에 급속한 자기분화를 가져왔다. 작가 유진오, 이효석 등 중요한 문학자 다수가 프롤레타리아 예술 진영으로 옮겨왔고, 타 분야에서 소부르주아 미술가 조직인 '녹향호綠鄕號' '동미전東美展'은 점점 반동화되어 자신의 반혁명성을 드러냈다. 특히 '녹향호'는 소위 '쉬르리얼리즘'을 부르짖으며 카프 미술부에 대해 공공연하게 항쟁할 것을 선언했다. 영화 영역의 경우 신흥영화동맹 즉 현재의 서울키노를 중심으로 한 일시 급진적이었던 소부르주아동맹은 위에서 말한 것처럼 완전히 ××제국주의의 앞잡이로 사실상 전락한 것을 들 수 있다.

그들은 현재 일본 제국주의의 보호 아래 반××주의 예술전선에서 하나의 반동적 대동맹을 결성하려 하고 있다. 민족개량주의적 출판물인 《동아일보》《조선일보》를 비롯하여 《삼천리》《별조別朝》《신여성》 등 모든 부르주아 출판물에서 그들의 반혁명성을 옹호하고, 그들의 반××주의 예술운동에 박차를 가하고 있다. 지배계급의 검열제도는 한층 흉폭해지고 부르주아 출판물의 보이콧, 부르주아 예술의 파시즘화는 결국 자본주의 제3기의 성격 즉 계급투쟁의 격화, 자본의 공세를 반영한 것이다.

이상에서 본 바와 같이 조선에서의 예술전선은, 현재 계급투쟁이 격화된 국면 아래에서 '계급 대 계급'에 따른 양 진영, 즉 ××주의 예술전선과 반反××주의 예술전선으로 결정적으로 적대시하고 있다. 이것이 현재 조선 예술전선의 기본적 특질이다.

4. 일선 프롤레타리아 예술운동의 조직적 연결에 관하여

자본주의 제3기의 격화된 계급투쟁은 여러 주요 국가에서 프롤레타리아트의 투쟁과 식민지 및 반半식민지 민족의 ××〔혁명〕적 투쟁이 단지 친교를 맺는 것을 문제로 제기하지 않는다. 현재의 급무는 여러 주요 국가에서의 프롤레타리아트의 투쟁도 여러 식민지에서의 反××주의 투쟁과의 긴밀한 연대를 맺는 것이다. 제국주의의 내외정책이 지닌 제 모순의 격화에 따라 두드러지게 진전해온 식민지 및 반半식민지의 노동자운동 및 ××운동은 프롤레타리아트의 깃발 아래 전개되고 있다. 식민지 ××운동에서의 프롤레타리아트의 헤게모니는 자본주의 제 국가에서 ×× 및 ××를 위한 투쟁과 식민지 ××운동을 합일시키는 직접적 계기를 만든 것이다.

조선에서 ××주의 운동의 성쇠는 일본의 ××운동에 대해 특별한 영향을 미치는 것이다. 조선 민족부르주아지와 일본 부르주아지의 결합이 공고해지고 있는 지금 일선 프롤레타리아트의 연결은 점점 더 중대한 의의를 지니게 될 것이다.

일본 및 조선에서의 프롤레타리아트 예술운동은 이제 볼셰비키적 공세를 취하기 시작했다. 이런 시기에 일선 프롤레타리아 예술운동의 조직적 연결은 최우선적으로 요구되는 것이다. 1930년 11월 하리코프에서 개최된 '국제 프롤레타리아 작가회의'의 일본 문학운동에 관한 결의 가운데에서도 강조되고 있는 것처럼, 나프(NAPF)는 조선 프롤레타리아 예술운동에 매우 주의를 기울여 최대의 원조를 하지 않으면 안 된다. '나프'와 '카프'는 조직적 연결을 속히 확립해야만 한다. 이것이 일선 프롤레타리아 예술운동이 당면한 중대한 과제이다.

1931. 2.

—《나프ナプ》, 1931. 3.

1932년의 문학 활동의 제 과제

(이상 80행 략)

(1)

정치경제의 영역에 있어서의 제 정세는 필연적으로 문화의 영역에 있어서는 심각히 반영되었다.

> "계급××〔투쟁〕의 첨예화, 자본주의의 익익도益益度한 가加하는 공황, 사회민주주의의 파시즘으로의 변질 급 익익益益 광범한 프롤레타리아층에 그 세력을 미치고 있는 것이다. 이러한 것이 다른 영역에 있어서와 동일한 문화 — 예술, 문학의 영역에 있어서의 근본문제의 프롤레타리아트에 의한 자×적 제기 급 자×적 해결을 가능급 필요로 한다."
>
> "부르주아 문화는 막다른 골목에 들어가고 있다. 위기는 부르주아 문화의 일체의 영역 — 철학도 자연과학도 예술도 포함하였다. 이 위기에서의 활로를 부르주아 의식은 사상적 반××〔동성〕에서 구하려 한다."

이러한 하리코프 대회의 정당한 평가는 대회 후 일 년이 경과한 현금에 있어서 일층 확증되었다.

현금 부르주아지는 그들이 운영하는 일체의 기관을 운용하고 사회민주주의자 등을 포함한 그들의 사식飼食하는 ××를 프롤레타리아 운동에 적대되는 일체의 ××를 전면적으로 동원하고 좌익화하면서 있는 대중의 의식을 마비함으로써 익익益益 광범한 프롤레타리아 층에 노력을 확대시키면서 있는 ××〔공산〕주의 사상을 방축放逐하고 부르주아 이데올로기하에 대중 획득을 정력적으로 행하며 있다. 그리하여 부르주아 문화는 파시즘적 공세를 일층 강화하였다. 이러한 제 조건은 근로대중적 기초 위에서 그들의 문화를 말살하려는 임무에 일층의 중요성을 가하였다.

더구나 전全 세계의 프롤레타리아트의 당면의 가장 중요한 전략적 목적은 "제일로 근로계급의 다수자 획득과, 제이로 노동 제계급 이외의 근로대중(농민, 도시 소부르주아지)의 기본적 부분을 우리들의 ×××××× 영향하에 두는 것이다."(××××결행위원회 제11회 총회 결의 참조) 이 시급적 목적은 프롤레타리아트의 가장 막대한 긴급한 목적으로써 각성된 것이며 이 목적달성을 위하여 여지껏 과소평가되어오던 문화운동이 극히 거대한 힘을 가졌다는 것이 프로핀테른 제4회 대회 특히 제5회 대회에서 강조된 것이다. 즉 ×××× 제5회 대회에 있어서의 '프롤레타리아트의 문화 교육시설의 역할과 임무'가 중요한 문제로서 논의되고 결정된 것이 그것이다.

국내의 문화의 영역에 있어서의 정세도 동일하게 설명할 수 있다. 조선의 당면한 ×××국내적 정세는 부르주아 예술(일체의 예술을 포함한)을 익익益益 위기에 몰아넣고 그리하여 부르주아 예술은 그들의 활로를 익익 파시즘화하는 데서 구하려고 하고 있다. 최근에 있어서의 부르주아 문학의 파시즘적 공세는 부르주아 예술의 영역에 있어서 가장 강화된 분야이다.

양주동의 소위 '계급적 민족주의파' 이광수 김동환 염상섭 등의 '민족주의파' 등, 과거에 있어서도 조선 민족××〔개량〕주의적 부르주아지의 계급적 필요에 의한 반동적 역할에 있어서 적극성을 표시하던 일군은 최근에 와서 일층 파시즘적 공세를 강화하였다. 그것은 이론상에 있어서 양주동의 「문단측면관」(1930년 신년 《조선일보》), 「문단제사조의 종횡관」(《동아일보》)이며 이광수의 「여餘의 문학적 태도」 등에서, 창작적 방면에 있어서는 이광수의 『이순신』 『단종애사』 「혁명가의 아내」, 윤백남의 「대성」, 김동인의 『젊은 그들』 등에 있어서의 반동적 민족주의 사상의 노골적 표명이 그것이다. 일명에 있어서 에로티시즘 니힐리즘 등과 같은 사상에 대하여 무관심한 태도를 취해오던 소위 '순수예술파'의 제류諸流가 이전에 가지고 있던 반동화에 있어서의 소극성을 방기하고 적극적 공세를 취하기 시작하였으며 최근에 와서 급격히 대두한 정인섭, 이하윤 씨 등의 ×××× 제군에 의한 해외문학파의 반동적 구염은 노골화하였다. 이들 '해외문학파'는 《문예월간》을 기관지격으로 발행하고 국제 부르주아 문학의 수입, 소비에트 프롤레타리아 문학운동에 대한 반××적 왜곡 '효과주의론강' 등에 나타난 창작방법(메서드)에 있어서의 관념적 조류의 밀수입뿐만 아니라 그들은 문학적 역域 이외의 제극諸劇 등에서의 '무산예술연구회' 등을 조직하여 문화운동에 있어서 적극 역할을 상賞하고 있다. 이들 반××주의 문학운동에 관하여서는 동지 송영의 「조선문단의 개관」의 각성을 바란다.

이러한 일체의 부르주아 예술가가 반××주의 작품으로 그들의 신문잡지를 채우고 문화반동에 있어서 적극성을 표명하게 된 그것은 민족개량주의적 부르주아지의 계급적 필요를 반영한 그것은 그리함으로써 ××〔혁명〕화하여 가는 대중의 의식을 마비시키고 광범한 노동자 농민 학생층에 익익 노력을 증대시키고 있는 ××〔공산〕주의 사상의 방축을 위하였었다.

—《조선중앙일보》, 1932. 1. 11.

조선 프롤레타리아 예술운동 약사*

서기 1914~18년간에 있었던 세계대전의 여파로 일어난 만세사건을 전후로 조선에서는 처음으로 신문화운동이 일어났다. 조선에 있어서 신흥 부르주아 출신 지식계급은 당시 전 세계를 주름잡고 있었던 반봉건적인 자유주의 사상에 강한 영향을 받아서 조선에서도 정치, 교육의 영역뿐만 아니라 문화의 영역에서 이 자유주의 사상이 풍미하게 되었다. 그러나 당시의 신문화운동이라는 것은 사실 문학운동에 국한되었던 것이었고 전반적인 의미에 있어서 광범위한 문화운동은 아니었다. 그리고 그 문학운동이란 것도 당시 일본에 유학한 조선인 학생들에 의해서 직수입된 직역적인 것이었고, 결국 당시 발표된 문학작품은 거의가 다 외국 것의 모방에 지나지 않았다. 당시 지배적 위치에 있던 문학은 자연주의 문학인데 그 예술적 견해는 '예술을 위한 예술'을 주창하는 예술지상주의이고 그 예술의 내용이란 것은 반봉건적, 자유주의적인 것이긴 하지만 거의가 개인의 연애문제를 주로 할 뿐 당시의 문학자는 현실에 대한 정

* 원제는 「朝鮮 プロレタリア藝術運動 略史」로 일본어로 쓴 것이다.

치적 관심을 오히려 부정하여 소위 예술의 상아탑을 형성하였다. 이와 같은 자유주의 문학은 당시의 문학청년들에게 열광적으로 환영받아 당시의 대표적 문학자인 이광수, 염상섭, 주요한 등의 작품은 전全 출판물을 지배했다.

그러나 1924~25년경부터 이 자연주의 문학에 반대하고, 그 비공리적인 예술지상주의적 견해에 반대하여, "예술은 생활을 위한 것이고, 예술의 내용은 개인의 애욕 묘사에 그치는 것이 아니라 조선의 현실을 묘사하는 것이고 그 개정을 꾀하는 데 있다.' 는 공리적인 견해를 가지고 그 후 조선프로예맹의 조직자인 박영희, 김기진, 이익상 등의 '신경향파' 가 기성작가인 이광수, 염상섭 등을 부르주아 작가라고 이름 붙였던바 여기에서 이 두 파의 이론투쟁은 당시 조선 문단에서 최고로 중요한 사건이었다. 박영희, 김기진 등의 신경향파는 유치한 것이긴 하지만 사회주의적 색채를 띠었으며, 프로예술운동은 이 일파에 근원을 가지고 있다. 당시 김기진은 '파스큘라' 라는 모임을 지도하고 있었고, 같이 신경향파로 간주되는 송영, 이적효 등은 '염군사' 라는 프롤레타리아적 문화운동을 목적으로 하는 조직을 창립하여 이들 일파는 그 당시 자연주의 문학자의 노력을 능가하는 정도로 발전하였다. 그리하여 1925년, 일본으로부터 프로문학자 나카니시 이노스케中西伊之助의 조선 방문을 계기로 '파스큘라' 와 염군사가 합하여 중립작가를 가입시키고 박영희, 김기진, 송영, 이호, 이량, 김영팔 등의 발기하에 '조선프롤레타리아예술동맹' 을 조직하여 그 약칭을 카프(KAPF)라고 했던 것이다. 이것이 조선에 있어서 프로예술운동이 통일적이고 조직된 운동으로 전개된 최초의 것이지만 그 당시의 프로예술가는 아직 프롤레타리아적 사상에 투철하지도 못했고 오직 일본의 프로예술운동의 선구자인 《씨 뿌리는 사람》의 이론이나 작품을 직접 이입한 것에 불과했으며 사상적 방면뿐만 아니라 기술적 방면에 있어서도 극히 미완성적인 것이었다. 그러나 이처럼 유치함에도 불구하고 카프를 조직함으로써 주체를 확립하기에 이른 조선 프로예술운동은 다른 부르주아 문학운동과는 달리 통일적으로 전개된 것이었다. 그리하여 조선 프로예술운동은 출발하여 지금까지 8년의 역사를 가지게 되었는데 편의상 그 역사를 다음 3기로 구별하여 보기로 한다.

제1기(1925년~1927년) 카프의 창립에서 방향 전환론의 제창까지. 방향 전환 이전기
제2기(1927년~1930년) 1927년 방향 전환 제창부터 1930년 4월 카프의 조직 확대까지
제3기(1930년 4월 이후) 1930년 4월 카프의 조직 확대 이후부터

제1기의 카프의 활동은 어떠했는가

조선 프로예술운동은 카프를 창립한 것에 의해 조직적인 운동으로 전개된 것이지만, 문학, 영화, 미술, 음악의 전 예술에 걸친 광범위한 것은 아니었고 단지 문학운동에 지나지 않았다. 카프는 기관지로 《문예운동》을 발간하였는데 이것만 보아도 알 수 있다. 카프의 이론적, 비평적 활동은 당시 주로 《동아일보》, 《조선일보》의 양 신문 및 《조선지광》, 《문예시대》 등의 잡지를 중심으로 전개되었다. 그 중 가장 중요한 것은 이광수, 염상섭이 지도하는 기성 부르주아 문학자와의 이론투쟁, 당시 상당한 세력을 가지고 있던 무정부주의 예술이론과의 투쟁, 같은 프로예술가이지만 예술작품의 내용과 형식에 관한 논쟁이 있을 때 이론적 지도자는 박영희, 김기진이었고, 조중곤, 윤기정, 한설야는 박영희, 김기진의 지도

하에 있는 비평가였다.

이광수, 염상섭 등의 부르주아 문학자와의 논쟁은 주로 박영희가 상대가 되었는데, 그 내용은 부르주아 문학자가 "예술은 초시대적이고 초계급적이다. 예술은 예술 자신을 위하여 존재하고 예술은 어떠한 계급투쟁의 수단이 될 수 없다."라는 의견에 대하여 박영희는 "예술은 어떠한 시대에 있어서도 그 시대의 사상을 반영하며 그 계급적 성질을 가지는 것이다. 즉 봉건계급의 예술은 봉건계급의 이익을 위해서 존재하고 부르주아 예술은 부르주아의 이익을 위해서 존재한다. 그러므로 예술은 계급대립이 존재하는 사회에서는 당연히 의식적이든 무의식적이든 계급투쟁의 일 무기이다. 그러므로 이광수 등의 부르주아 문학은 결국 부르주아 계급의 이익을 위해 활동할 것이므로 박멸시키지 않으면 안 된다. 우리는 노동자계급을 위한 예술을 계급적 투쟁의 무기로 한다."라고 논하였는데 당시는 박영희 등의 이론이 압도적 승리를 거두고 있었다.

다음 아나키스트와의 논쟁은 카프의 조중곤이 상대했는데 그 내용은 무정부주의 예술가가 "프롤레타리아 예술은 결코 마르크스주의 예술이 아니라 아나키즘의 예술이다. 노동자 및 농민의 해방은 오직 아나키즘에 의해서만 이루어질 수 있고, 그러므로 아나키즘은 그들 자신의 사상이고, 따라서 프로예술은 아나키즘 예술뿐이고 카프 이론가의 마르크스주의적 예술이론은 사이비 프로예술이다."라는 논리에 대해서 카프의 조중곤은 "아나키즘은 공상적 사회주의의 일종이고 어디까지나 과학적인 프로의 사상은 아니다. 오직 마르크스주의만이 프로의 사상이고 그 해방을 위한 무기이다. 아나키즘의 공상적 사이비 프로예술론을 박멸하자."고 하며 수회에 걸친 이론을 발표하였다.

다음 카프 내의 이론투쟁은 박영희, 김기진 두 사람간에 전개된 것으로 그 내용은 김기진이 "예술비평의 태도는 예술작품의 내용뿐만 아니라 형식의 완성도 요구하지 않으면 안 된다."라는 이론에 대하여 박영희가 「투쟁기에 있어서 비평가의 태도」라는 논문에서 "프로예술운동의 초기에 있어서는 예술작품의 내용만 프로적이면 충분하다. 형식의 완성을 구하는 것은 오히려 위험하다."고 반대한 것이었다.

이와 같이 제1기에 있어서 조선 프로예술운동의 이론적 비평적 활동은 적대하는 부르주아 예술, 아나키즘 예술에 대한 공격에 전 역량이 집중되었으며, 그렇게 해서 그들은 "예술도 계급투쟁의 일수단으로 본다."고 하는 견해를 대중화하는 데 성공했다. 그러나 그들의 이론적 활동은 거의 다 박영희, 김기진 등 2, 3인의 손에 의해 전개된 것이었다.

이 당시의 창작 활동은 주로 윤기정, 송영, 조중곤, 조포석, 이기영, 한설야, 최서해, 이익상 등에 의해 전개되지만 그 중 특히 기술적 수준이 높았던 작가는 송영, 최서해, 조포석 등이었고, 사상적으로 확고했던 작가는 조중곤, 윤기정, 이익상 등이었다. 그 외에 임화, 유완희, 박팔양, 이상화 등의 시인에 의해서 조선에서는 처음으로 프로시가 발표되었다.

제1기에 있어서 소설 작품의 내용은 주로 노동자, 농민, 소시민의 빈곤한 생활을 묘사하는 것이고, 그것은 몇몇 개인의 불평을 표현하는 데 지나지 않아 진실한 의미에 있어서 프로작품이라고 하기에는 지나치게 소박하다. 당시 작품은 프로작품이라고 해도 사실 사상적으로는 소부르주아 인텔리겐치아의 반자본주의적 불만을 표현한 것에 불과하고 또 노동자 생활의 묘사라고 하더라도 소작쟁의라든가 파업이라든가 집단적 운동은 거의 주제로 되지 않고 개인 개인의 생활뿐이었다. 그리고 그들의 작품 거의가 다 당시 일본의 프롤레타리아 작가 가네코 요분金子洋文, 마에다가와고 이찌로前用河廣一郎, 하야마 요시기葉山嘉樹의 작품의 모방에 불과하고 독자적인 조선의 현실을 정확히 반영한 것은 아니었다. 그러나 그들의 작품은 당시 사회주의 사상의 수용과 함께 연애소설만 애독

하던 당시 청년 학생들에게 강한 영향을 끼쳤던 것이 사실이다. 당시 발표되었던 최서해의 「홍염」, 송영의 「석공조합대표」, 「석탄 속의 부부」, 이기영의 「전도사」 등이 이들 프로문학작품의 대표작이었다. 특히 조포석의 「낙동강」이라는 작품은 당시 비평가의 비평의 중심이 되어 프로작품이 최초로 기성작가인 이광수, 염상섭 등의 작품에 비교하여 예술적 가치가 어느 정도 있는 것으로 되었다.

제1기에 있어서 프로시 운동은 카프의 유완희, 임화, 이상화, 박팔양 등에 의해 전개되었는데 당시 발표된 그들의 작품은 '자연과 인생' 만을 감상적으로 노래한 부르주아시와 비교할 때 독자들에게 신선미 있는 것이었고, 특히 그들의 '전진하세…… 싸우러……' 라는 스트라이크의 슬로건과 같은 격렬한 구호는 당시의 혈기 있는 문학청년들에게 환영받은 것이었다. 당시의 대표적 시인은 임화와 유완희였다.

이상과 같이 제1기의 조선 프로예술운동은 초기로서 필연적 현상이긴 하지만 카프를 창립한 동맹원들이 사상적으로 결합하여 통일적으로 이루어진 조직적인 운동이 아니었고 일정한 방침에 의한 계통 있는 것으로서가 아니라 개개인의 개별적 운동과 같은 것이었다. 그리고 기관지 《문예운동》도 2호까지 내고 발행 금지를 당했지만 사실 《문예운동》을 그들의 예술적 활동의 무대로 이용하는 것은 불가능하였고, 대부분은 당시의 다른 잡지를 이용하였다. 또 카프에 의한 활동은 문학 분야에만 국한된 것이었고 다른 예술 부분은 처녀지였다. 그리하여 1927년 예술운동의 방향 전환론이 제창되기에 이르렀고 이후 카프 및 조선 프로예술운동은 이 시기부터 조직상, 예술상, 활동상 거대한 변천이 있게 되었다. 그러므로 1927년 방향 전환론의 제창부터 제2기라고 부른다.

제2기 카프의 조직 구성과 지부

이 방향 전환기는 조선 프로예술운동사상 가장 이론투쟁이 격렬했던 화려한 전개기이고 카프에 있어서 획기적 변천의 계기였다. 그러면 당시 예술운동의 방향 전환론은 어떠한 정세하에서 발표된 것이며, 그 내용은 무엇인가?

1927년 조선에 있어서 정치운동은 전체적으로 경제주의적 편향 및 일정한 '정치적 플랜'의 결여를 인정하면서 급격히 '경제투쟁으로부터 정치투쟁으로'라는 슬로건을 내걸고 소위 조선 운동의 방향 전환이라는 것을 선언하기에 이르렀다. 당시 일본에서는 사회주의 운동의 지도적 이론가였던 야마카와 히토시山川均의 이론이 '청산적 해당주의'로서 배격되고 대신에 후쿠모도주의福本主義가 전 좌익운동을 지배하기에 이르렀는데, 이 후쿠모도주의는 조선에도 직역적으로 이입되어 각 사회단체가 '경제투쟁에서 정치투쟁으로'라는 슬로건을 내건 방향 전환을 제창하였고, 그것이 예술운동에 직접 주입되기에 이르러서는 조선 프로예술운동에 있어 방향 전환에 관한 선언이 1927년 카프 중앙위원회 명의로 발표되었던 것이다.

그 방향 전환론의 내용이란 것은 첫째, 조선 프로예술운동은 단순한 예술운동에만 시종할 것이 아니라 정치운동에 적극적으로 참가할 것, 둘째, 카프의 조직을 예술가만에 의한 협애한 것이 아니라 '문호개방'을 실행하여 대중적 조직으로 할 것, 셋째, '혁명적 이론 없이 혁명적 실천 없다.'는 이유로 이론투쟁의 활발한 전개를 꾀할 것 등이었다. 그러면 이 방향 전환이 제창되고 나서 카프 및 카프를 중심으로 한 프로예술운동은 어떠한 것이었나?

첫째, 조직상에 있어서 카프는 거대한 변화를 겪었다. 카프는 단순한 예술가만의 조직이 아니라 대중조직이라고 선언한 방향 전환론에 의하여 예술가 및 예술에 관심을 가진 자뿐만 아니라 예술에 전연 관심을 가지지 않은 일반 청년학생도 카프에 가입시키게 되었다. 그래서 카프는 금세 수백 명을 초과하게 되었고 다른 사회단체에 비해서도 대중적 조직이 되었지만 이로 인하여 오히려 비예술적 요소가 충만한 지방 지부에 있어서 카프는 거의 예술적 요소를 가지지 않은 정치적 조직의 모습을 나타냈다.

〈그림 1〉 조선프롤레타리아예술동맹 조직표

조선프롤레타리아예술동맹 = 중앙위원회
- 서무부
- 조직부
- 교양부
- 출판부

이상의 조직(〈그림 1〉)에서도 볼 수 있듯이 예술조직으로서의 특수한 조직이 아니라 정치조직의 모습을 나타냈다.

둘째로 예술적 활동에서는 기관지 《문예운동》을 폐간하고 발행지를 동경 지부로 변경하여 《예술운동》을 기관지로 발행했다. 제1호가 1927년 발행되었는데 그 내용은 본부와 지부의 활동보고, 동맹의 강령과 규약 게재, 박영희의 방향 전환론에 관한 지도이론, 이북만의 방향 전환론의 검토, 카프 중앙부의 테제 등이다. 이것은 카프의 기관지로서 공공연히 발표된 것인데, 명실상부한 동맹의 기관지였다.

그때 이론적 비평적 활동을 한 사람은 박영희, 김기진, 윤기정, 한설야, 임화, 이북만, 김두용, 한식, 조중곤 등이었는데, 이 시기는 조선 프로예술운동에서 가장 이론투쟁이 격렬한 시대였으므로 비평가가 배출되었고, 그들은 '혁명적 이론 없이 혁명적 실천 없다.' 라고 하여 예술적 활동보다는 오히려 이론투쟁으로 시종했던 것이다. 논쟁이 되었던 이론으로 중요한 것은 첫째로 방향 전환론이고, 둘째, 방향 전환론에 관한 검토론이며, 셋째, 예술작품에 있어서 내용과 형식의 문제, 넷째, 예술대중화론, 다섯째, 염상섭 양주동 등의 국민문학이론과의 논쟁 등이다.

방향 전환론의 내용은 위에서 서술한 바와 같이 1927년 7월 카프의 기관지 《예술운동》 제1호에 게재된 박영희의 「예술운동의 방향 전환에 관하여」라는 제목의 논문 및 이북만의 「예술운동의 방향 전환의 검토」 등이 당시 지도적 이론이 되었고, 그 후 이 방향 전환론은 《예술운동》, 《조선지광》 등의 잡지에 다시 비판 전개되었다. 《예술운동》 지에 실린 한식의 「예술운동의 방향 전환의 재검토」, 김두용의 「예술운동 발전의 재음미」 등은 그 중요한 것이었다.

그 후 예술운동 방향 전환론에 관한 이론이 충분히 발전되고 일단락을 맺게 되자, 1928년 초에 '예술작품을 공장, 농촌으로' 라는 슬로건을 내걸게 되었고, 소위 예술대중화론이 각 비평가에 의하여 발표되기 시작했다. 김기진의 예술대중화론이 그 최초의 것인데, 그 내용은 "현재까지의 프로예술운동은 농민을 대상으로 하면서도 전체로서 노동자, 농민이 있는 공장, 농촌에는 주입되지 않고 오직 소부르 학생, 청년에 국한되었다. 따라서 프로예술운동은 '공장으로, 농촌으로' 라는 슬로건을 내걸고 예술을 노동자, 농민 속으로 대중화하는 것에 의해서, 예술의 아지프로의 힘을 강대화하여 무산자계급 해방운동의 일익으로서의 임무를 완성하지 않으면 안 된다."라는 논리였다. 이 이론은 사실 당시 방향 전환론 이상으로 프로예술운동에 대하여 영향을 미쳤다. 그리하여 예술대중화 문제에 관한 각 비평가의 이론이 배출됐는데 그 통일된 이론은 "예술의 대상을 노동자 농민으로, 광범한 공장 농촌에 예술작품을 주입시키자."라는 견해에 일치점을 보인 것이었다. 이 예술대중화 문제는 그것과 관련된 예술의 내용과 형식의 문제를 다시 제출하게 되고, 그것은 다시 예술가의 예술적 태도의 문제로서 '프롤레타리아 리얼리즘'(변증법적 사실주의)을 제출하게 되었다. 예술의 형식과 내용에 관한 문제는 제1기에 김기진과 박영희간에 처음으로 논쟁된 문제였는데 예술대중화를 제기하면서 김기진은 "예술대중화의 구체적 방침의 하나로서 프롤레타리아 예술은 단지 내용뿐 아니라 형식도 중시하지 않으면 안 된다. 오늘날의 프로작품은 아무리 그 내용이 혁명적이라 해도 검열에 통과되지 않으면 아무런 효과가 없다. 그러면 어떻게 하여 검열에 잘 통과되게 할까 — 여기로부터 프롤레타리아 예술에 있어 기술 문제 즉 형식 문제가 제기되지 않으면 안 된다."고 하여 「변증적 사실주의」라는 제목의 논문에서 제창하여, 조선 프롤레타리아 예술운동에서 여태까지 일찍이 없었던 동지적 논쟁을 하게 되고, 또한 다른 한편에서 부르주아 예술가와 '예술의 형식 문제'에 관한 논쟁을 하게 되었다. 곧 임화가 김기진의 "검열제도에 적응" 운운의 논지에 대하여 《조선지광》에 실린 「탁류에 항하여」라는 논문에서 "김기진의 이론은 마르크스주의적 사상관념의 불철저 즉 혁명적 원칙의 폐기로 되는 무장해제론이다."라고 반박하자, 김기진이 다시 임화에 대하여 반박론을 쓰게 되어 몇 번 더 계속되었는데 이 문제에 관하여는 임화의 논문이 다른 비평가의 찬동을 얻었다. 다른 한편, 김기진의 형식 문제에 대한 견해는 양주동, 염상섭 등과 같은 부르예술가의 형식 문제의 제출로 제기되었고 여기에 프로비평가가 끼어들어 논쟁을 보였다. 양주동 등의 "예술은 형식이 제일이다. 내용은 단지 형식에 의해서 결정된다."라는 글에 대하여 박영희, 임화, 김기진, 윤기정, 한설야 등이 각자 논문을 발표하여 "예술작품에 있어서 내용이 제일이다. 형식은 내용에 의해서 결정된다."라는 형식주의에 대한 내용주의의 논쟁으로 되었는데, 이 문제는 1930년에도 다시 한 번 반복되었던 바 《조선지광》 1930년 3월호에 실린 안막의 「프로예술의 형식 문제」는 그 마지막 것이었다.

이 문제 다음에 제기된 이론투쟁은 민족주의 문학이론과 프로예술이론과의 논쟁이다. 민족주의 문학이론은 1925년경부터 프로예술이론에 대하여 국민문학론으로 발표된 것인데 그것이 일정한 계통으로 된 이론으로서 제출되기는 1928년 양주동 등의 이론에 와서이다. 그들 이론의 중심점은 "조선 민족은 민족주의적 사상에 지배되어 있다. 노동자, 농민, 자본가, 지주가 모두 같이 조선 민족이다. 계급적 차별이 문제가 되지 않는다. 그러므로 조선을 대표하는 문학은 민족주의 사상으로 일관된 민족주의 문학이고 계급적 사상을 가진 프로문학은 아니다."라는 것이었는데, 그들의 민족주의 문학이론에 대하여 김기진, 박영희, 임화는 몇 편의 논문을 발표하여 계급적 문학의 정당성, 민족주의 문학의 반동성을 비판했다.

그 후 민족주의 문학자 정노풍이 1929년 10월 《조선일보》 지상에 「조선 문학 건설의 이론적 기초」라는 논문을 발표하여 "조선 민족을 살리는 의식을 조선의식이라고 부른다면, 조선의식은 계급적 민족의식이다. 즉 단순한 맹목적 민족의식이 아니고 소계급의식도 아니고 세계의 정세만 운운하는 국제주의도 아니다."라는 계급적 사상과 민족주의 사상을 절충한 이론을 주장하자 김기진, 임화, 송영 등은 이 이론을 가지고 예술상의 새로운 청산주의라 비판하면서 "정노풍의 이론은 종주국 민족은 지배계급에 속하고 식민지 민족은 피지배계급에 속한다는 논리이지만, 그것은 다층의 계급으로 형성된 '민족과 민족'이 상호 '계급대립의 관계'를 맺을 수밖에 없다는 것을 알지 못한 무지에서 나온 것임을 폭로한다."고 하여 반대하였고, 다시 1930년 1월 박영희의 「1929년 예술논쟁의 귀결로 보아 신년의 우리 진로를 논함」이라는 논문에서 이 문제는 구체적으로 비판되었다. 특히 이 시기는 카프 본부와 동경 지부와의 이론적 논쟁이 생겼다는 사실을 기억하지 않으면 안 된다. 기관지《문예운동》이후 발간된《예술운동》은 이름을《무산자》로 고쳐 1929년 초에 제1호를 발표해서 그 후 본부와 지부는 동지간의 이론적 상위뿐 아니라 감정적 대립이 생겼다. 1929년 6월호의《무산자》에서 김두용은「어떻게 싸울 것인가」라는 논문에서 경성 본부의 박영희, 임화, 김기진, 윤기정에 대해 공격했는데 동경 지부가 해체되면서 그 문제는 중지되었다. 그러면 이 시기에 있어서 카프의 창작적 활동은 어떠했는가.

제1기에 있어서 프로예술작품은 단지 노동자, 농민의 빈곤한 생활의 묘사에 그치었지만 1927년에 들어와 소위 방향 전환론이 제기되자 '프로예술의 내용은 자연발생적인 것보다 목적의식적인 것을 가지라.' 고 주장했는데 그 후의 프로작품은 이전과 전연 다른 것으로 되었다. 즉 작품의 내용은 이전과 같이 빈곤생활의 묘사뿐만 아니라 노동자, 농민의 집단적 투쟁이 주가 되었고, 소위 정치적 사건을 주로 취급했던 것이다.

당시의 작품은 거의 전부가 정치와 예술을 기계적으로 혼합한 것이었고 정치적 사건을 신문기사적으로 쓴 형태였지만 예술대중화론을 발표한 김기진의 프롤레타리아 리얼리즘이 제창되면서부터 점점 작품이 사상적으로 순수화되었을 뿐만 아니라 그 형식에 있어서도 충분히 완성된 모양으로 되었고 여기에 이르러 조선 프로예술작품은 일보 전진하였다. 따라서 1929년도 카프 작가의 작품은 이전과 비교하여 보다 풍부한 제재 및 프롤레타리아적 내용, 형식을 갖춘 모양으로 되었다. 이 시기에 가장 활발했던 작가는 송영, 이기영, 한설야, 김기진, 조중곤, 엄흥섭 등이었다. 시의 영역에서도 이 시기에 거대한 진보를 보였다. 1928년 이전에 프로시는 거의가 다 슬로건을 나열하듯이, 하등 정서적인 점을 인정

받을 수 없는 것이었지만 1928년 임화의 「네거리의 순이」, 「우리 오빠와 화로」라는 시는 이전에 볼 수 없었던 훌륭한 형식과 프로적 내용을 지님으로써 비평가에게 높이 평가되었던 것이다.

당시의 비평가들은 임화에 대해서 조선 프로시의 혜성이라고 하였는데 그 후 김창술, 유완희, 권환, 박세영 등의 시인들은 임화를 모방하여 시를 썼다. 이상에서 볼 수 있는 것과 같이 제2기에 있어서 카프의 활동은 이론적 비평적 활동이 거의 전부였으며, 창작활동은 극히 미약한 것이었다. 그러나 이 시기에 조선 프로예술운동은 제1기와 같이 단순한 부르주아 문학에 대한 반항이나 그 부정에만 그치는 것이 아니라 부르문예이론에 대하여 체계적인 프로예술이론으로 대항하였으며, 이렇게 하여 프로예술이론을 확립하고 예술상의 많은 중요한 문제를 해결했다. 그러나 조선 프로예술운동은 이 시기에 예술의 전 부분을 차지하는 광범위한 것은 아니었고 문학운동에 지나지 않았다고 말해도 좋다. 이 시기 동안에 있었던 문학 부분 이외의 활동이라면 1927년 말경 카프 본부 소속인 '백의극단' 이 창립되고 프로연극운동을 하다가 중지된 일, 1928년 카프 동경 지부가 「조선」이라고 불린 각본을 가지고 상영하려다 중지된 일, 1929년 7월 카프 동경 지부 소속의 프롤레타리아 극장이 조선을 방문하여 경성에서 상연할 예정이었지만 각본 일부가 불허가되어 중지되었던 것 등이고, 기타의 활동은 모두 문학운동에 지나지 않았다. 그러나 한편, 카프의 활동이 문학운동에 국한된 것에 대해 전 조선에 프롤레타리아적 영화, 연극운동이 자연발생적으로 발생, 전개되기 시작하였다. 프로영화운동을 목적으로 '신흥영화동맹' 이라는 조직이 1929년 가을경 창립되어 그 동맹 소속의 김유영, 서광제의 프로영화이론이 신문, 잡지에 발표되기 시작했으며 다른 한편, 프로적 극단이 창립되기 시작했다.

그리하여 카프의 이론가들은 조선 프로예술운동이 문학영역에서 보

〈그림 2〉 조선프롤레타리아예술동맹 조직표

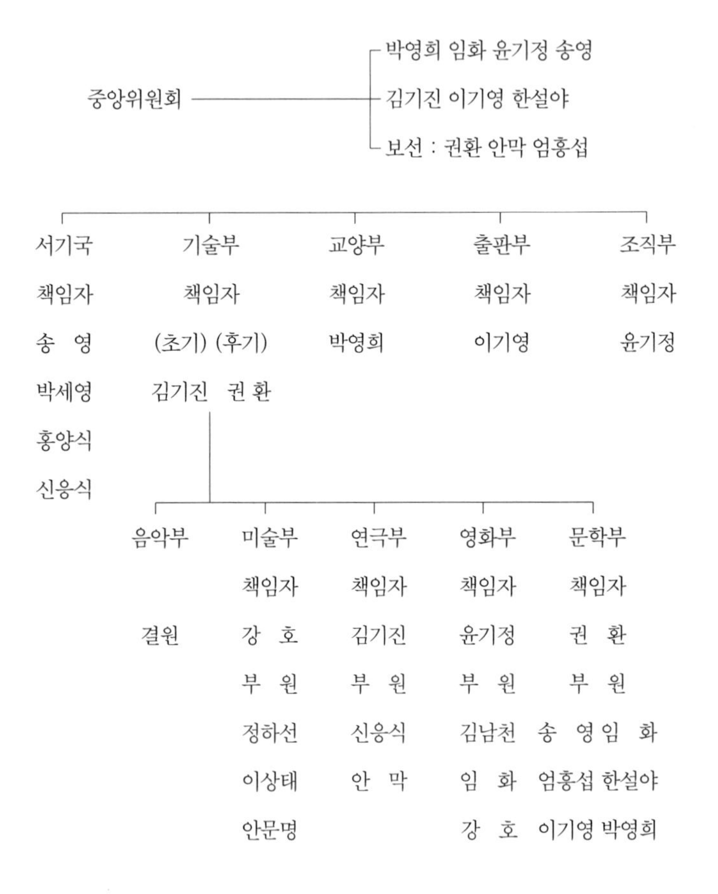

다 광범하게 미술, 영화, 연극 등의 새로운 분야로 확대할 필요를 느끼기 시작하였다. 먼저 박영희, 윤기정 등의 이 문제에 대해 관한 논문이 발표되었고, 1929년 6월 《무산자》 6월호 지상에 김두용이 「어떻게 싸울 것인가」라는 제목의 논문 속에서 예술운동의 범위가 문학 부문에 국한된 것을 전 예술 부문으로 확대하는 데 관하여 구체적 견해를 발표하였으며,

다시 1930년 1월《중외일보》지상에 권환이「예술운동의 과거 현재 및 미래」라는 제목의 논문에서 이 문제에 관하여 다시 발전된 의견을 발표했고, 같은 1930년 3월에는 윤기정이《대중공론》지상에다 카프의 재조직을 논하게 되었다. 박영희 등의 다른 이론가도 거기에 대해 찬동의 의견을 발표했다. 그리하여 1930년 4월 중 조선지광사에서 카프 중앙위원회가 열리고 중앙위원 보선, 회칙 개정, 조직개편 등의 의안을 가지고 회의한 결과 중앙위원으로 권환, 안막, 엄흥섭 3명이 선출된 이외에 카프 조직을 다음(〈그림 2〉)과 같이 변경했다.

이상과 같이 카프의 조직을 변경하고 기술부를 신설하여 그 밑에 각 부를 설치함에 따라 그때까지 문학운동에 국한되었던 프로예술운동을 전 예술 분야로 확대시킨 모양이 되었는데, 그것은 단지 문학 분야를 전 예술 분야로 확대시킨 것일 뿐만 아니라, 1927년 방향 전환론이 제기되고 카프를 예술적 기술자의 조직으로 개편하기 위해서도 기술부를 신설할 필요가 있었던 것이다. 이와 같이 1930년 4월 카프가 조직을 확대함에 따라 그 활동에 있어서도 커다란 변화를 가져왔다. 그러므로 기술부 신설의 이후를 제3기로 본다.

제3기

1930년 4월 카프가 기술부를 설치하고 예술의 각 부문, 즉 문학부, 영화부, 연극부, 미술부 등을 설치함에 따라 카프를 중심으로 하는 조선 프로예술운동은 한층 광범위하게 전개되기 시작했다.

(1) 이론적 비평적 활동

이 시기에 발표된 가장 중요한 이론은 '예술운동의 볼셰비키화론'과 '카프의 재조직론'이다.

1) 예술운동의 볼셰비키화론

예술운동 볼셰비키화라고 하는 말은 1930년 6월 28일부터 《중외일보》에 연재된 임화의 논문 「조선 프로예술운동의 당면한 중심적 의무」 안에서 최초로 사용된 말인데 '예술운동을 볼셰비키화하자.'라는 내용을 가진 이론은 1929년 6월 김두용의 논문 「어떻게 싸울 것인가」를 최초로 잡는다. 1929년 4월 일본에서는 일본프로예술연맹의 나까노 시게하루中野重治가 《전기》 4월호 지상에 「우리들은 전진하자!」라는 제목으로 예술논문을 발표했는데, 그것이 김두용의 논문 속에 그대로 실렸고, 그 논문이 조선에 있어서 예술운동의 볼셰비키화를 제기한 최초의 것이 되었다.

김두용 논문의 내용

조선 프로예술운동은 스스로의 임무에 대하여 정확한 견해가 필요하다. 예술의 역할을 단순한 계급투쟁의 무기로만 이해할 것이 아니라, 그것을 "당의 사상적, 정치적 확대를 위하여 당의 슬로건을 대중의 슬로건으로 하기 위한 광범위한 대중적 아지프로사업으로 이해해야 한다." 즉 조선 프로예술운동은 자기의 역할에 관하여 이상과 같이 정확한 견해를 가지는 것과 더불어, 문학운동에 국한되었던 활동범위를 영화부, 미술부, 음악부로 확대해야만 한다.

이상과 같은 김두용의 논문이 발표됐는데 그것은 예술운동의 볼셰비키화에 관한 논문이고 카프 조직확대론이긴 하지만 극히 유치한 것이었다. 그 후 1930년 1월 《중외일보》 지상에 권환이 「무산예술운동의 별고와 장래의 전개책」이라는 제목으로 발표한 논문은 조선 프로예술운동을 비판하고 당면의 임무를 김두용의 글과 같이 '예술운동의 역할을 당의 조직적, 정치적 영향의 확대, 당의 슬로건으로 하기 위하여(……)' 였다. 권환의 「평범하고도 긴급한 문제」라는 제목의 논문은 다시 이 이론을 발전시킨 것이었다. 그 후 이 이론은 일반 예술 이론가에 의해 광범하게 문제화된 것이지만, 당시 발표된 것 중에 가장 중요한 것은 1930년 6월 20일부터 《중외일보》 지상에 연재된 임화의 「조선 프로예술운동의 당면한 중심적 임무」라는 제목의 논문이다.

임화는 이 논문에서 최근의 국제적 국내적 정세를 분석하고 나서, 그 정세하에서 예술운동의 중심적 임무를 "노동자, 농민에 대한 당의 사상적, 정치적 영향을 확보 확대하고, 당의 슬로건을 대중화하기 위한 광범위한 아지프로사업이다. 즉 조선 프로예술운동은 볼셰비키화하지 않으면 안 된다. 예술운동 볼셰비키화 — 이것이 당면의 임무이다. 예술운동 볼셰비키화를 위한 전제로서 제출된 구체적 임무로는 첫째, 예술동맹을 재조직하는 것, 즉 예술운동이 각 부문, 문학, 연극, 영화, 음악, 미술 등에 확대된 전문적 기술적 전국동맹을 형성해야 한다. 그러나 일시적으로는 불가능하므로 전국동맹 재조직 준비위원회를 설치할 것, 둘째, 기관지를 확립할 것, 셋째, 카프 중앙부 내에 일화견주의를 극복함으로써 카프를 계급적으로 볼셰비키적으로 할 것, 넷째, 노동자 농민의 조직과 유기적 관계를 가질 것"이라고 하면서 예술운동 볼셰비키화의 용어를 가지고 카프의 중심적 임무에 관한 이론을 발표했다. 임화 논문의 발표 이후 1930년 7월부터 《중외일보》 지상에 김남천의 「영화운동의 출발점의 재음미」라는 제목의 논문이 발표되었는데, 그 제목은 영화운동에만 국한되었던 것이지만 사실은 일반 예술 부문까지도 관련된 것이었다. 그것은 임화의 논문과 같이 예술운동 볼셰비키화를 위한 이론이었다.

김남천 논문의 내용은 국제적 국내적 정세에 관한 분석과 영화운동의 당면의 임무를 논한 것인데, 그것은 '신흥영화동맹'의 김유영, 서광제 등 그들의 이론을 비판하는 데서 시작하여 영화운동의 당면의 임무를 임화와 같이 볼셰비키화라는 것으로 규정한 것이었다. 이처럼 조선 프롤레타리아 예술운동의 당면의 임무에 관한 이론의 배출을 보인 것이다. 1930년 8월 18일부터 《중외일보》에 연재된 안막의 「조선 프로예술가의 당면의 긴급한 임무」라는 제목의 논문은 임화, 김남천 등이 "예술운동 볼셰비키화의 임무는 카프를 재조직하는 것, 즉 카프의 조직을 볼셰비키화하는 것"이라고 한 논지에 반대하면서 예술운동 볼셰비키화의 임무는 카프를 재조직하는 것이 아니라 작품을 진정으로 마르크스주의적 이데올로기로 쓰는 것이라고 논하였다. 안막의 논문 내용은 "임화 등의 논리에 반대하여 예술운동 볼셰비키화는 마르크스주의 예술의 확립에 있다. 마르크스주의 예술의 확립은 1927년의 방향 전환기에서와 같이 정치와 예술을 기계적으로 혼합하는 것이 아니라, 현실을 있는 그대로 묘사하는 것, 즉 김기진이 제창한 변증법적 사실주의의 길이다."라고 말한 것이었다. 다음에 1930년 9월 3일 《중외일보》 지상에 권환이 「조선 예술운동의 구체적 과정」이라는 제목의 논문에서 이상의 제씨의 이론과 같이 예술운동 볼셰비키화의 이론을 발표하였다. 권환은 이 논문 속에서 예술운동 볼셰비키화를 위한 구체적 방침을 다음과 같이 논하였다.

① 어떠한 제작을 할 것인가.

ㄱ) 내용 : 혁명적 프롤레타리아의 이데올로기를 내용으로 할 것

ㄴ) 제재 : 조선 프롤레타리아가 국제적, 국내적 정세에 의해 당면한 문제를 제재로 할 것

ㄷ) 형식 : 대중적인 노동자 농민에게 이해시키기 쉬운 형식

마르크스주의적 작품을 이상의 기준에 의해 제작하고 그 노동자 및 농민을 중심으로 하여 가지고 들어갈 것이라고 논하면서 "카프의 전 관심을 볼셰비키화로, 마르크스주의 예술을 대공장 노동자 빈농층으로"라고 결론내렸다. 권환의 이론은 사실 가장 구체적인 이론이었다.

이상에서 볼 수 있듯이 '예술운동의 볼셰비키화' 론에 대한 이론가의 설명은 결코 일치된 것이 아니었다. 그 후 이 볼셰비키화의 이론은 1930년 9월 20일경 《중외일보》 지상에 박영희의 「카프 작가 및 수반자의 문학적 활동」이라는 논문 속에 다시 전개되고, 1931년 정월 《동아일보》 지상에 박영희의 「조선 프롤레타리아 예술운동의 작금」이라는 논문 속에서 다시 문제되었다. 그리하여 예술운동 볼셰비키화의 이론은 1930년도 카프의 이론적 비평적 활동의 가장 중요한 부분이었지만 '예술운동 볼셰비키화' 에 관해서는 카프 전체가 통일된 견해를 가질 수 없었다. 이는 각 비평가의 설명이 그것마다 상이했기 때문이다. 그러면 예술운동 볼셰비키화 이론과 카프 재조직론은 어떠한 관계인가.

2) 카프의 재조직론

1928년 이후 카프의 예술 활동을 문학 분야뿐만 아니라 연극, 영화, 음악, 미술의 각 부분에까지 확대하려는 견해는 카프 전체에 퍼진 통일된 의견이었다. 박영희, 윤기정, 김기진, 임화, 김두용 등은 논문을 발표하여 그 필요를 설명하였다. 1929년 6월 김두용은 「우리들은 어떻게 싸울 것인가」라는 글 속에서 예술운동의 임무를 규정하는 한편, 예술 활동

의 범위를 확대할 것을 요구하였다. 다시 그것을 1930년 1월 권환이 《중외일보》 지상에서 막연한 카프 조직 변경으로서가 아니라 기술별 전국동맹으로 재조직하는 것을 논의하였고 다시 그것을 1930년 《대중공론》의 윤기정 논문 속에서 카프 재조직론이 세밀히 전개되었다. 그리하여 그것이 1930년 4월 카프의 조직이 변경되고, 기술부를 신설하며 연극부, 영화부, 미술부, 음악부 등의 새로운 부문을 설치하는 것으로 되었다는 것은 사실 당시의 카프 활동의 확대를, 카프 재조직론을 반영한 것이었다. 그러나 1930년 4월의 조직 변경은 재조직은 아니었지만 재조직과 어느 정도 공통점을 가진 것으로 볼 수 있었다. 이렇게 카프가 1930년 4월 조직을 확대하였지만 그 후 각부 각자의 활동이 겸임 중복되자, 각 부문을 각 동맹으로 개편하면 활동상 다대하게 편리할 것임을 카프 예술가는 느꼈다. 그리하여 이기영이 《대조》 지상에 1930년 6월, 카프의 재조직론을 발표하게 되고 1930년 6월 임화의 예술운동 볼셰비키화에 관한 논문 속에서 재조직론이 다시 제창되며 김남천도 카프의 재조직을 제창함에 따라 예술운동 볼셰비키화가 카프 재조직과 같은 견해를 가지게 되었다. 그러나 안막 등이 그 견해에 반대하여 예술운동 볼셰비키화와 카프 재조직을 분리할 것을 주장하였다. 그 후 다시 박영희가 1931년 1월 《동아일보》 지상에 논문을 발표하여 카프 재조직의 필요성을 논했는데 이에 1931년 3월 21일 확대위원회를 개최하고 카프를 재조직하려고 했지만 확대위원회의 중지와 함께 카프 재조직도 중지되었다.

(2) 창작 활동

카프 작가는 1930년경이 되면서부터 진정한 프로작품으로서 부끄럽지 않은 작품을 생산했다. 이 시기에 가장 많이 활동한 작가는 송영, 이기영, 윤기정, 김남천, 엄흥섭, 한설야, 권환, 조중곤 등이었다. 송영의 소설 「교대시간」 「백색여왕」 「오수향」 등, 이기영의 소설 「종이 뜨는 사람」 「홍수」 「소작농」 「선구자」 등, 윤기정의 「석탄연통」, 조중곤의 「너에게 보내는 편지」, 「소작촌」, 엄흥섭의 「출범전후」 「흘러간 마을」 「꿈과 현실」 「파산」, 한설야의 「진재전」, 권환의 「목화와 콩」, 김남천의 「조정안」 「공장신문」 등은 당시의 주요한 작품이다. 카프 작가는 이 시기에 와서 이전보다 더 노동자, 농민의 생활을 변화하는 기술을 가지고 묘사하려 하였고 파업, 소작쟁의 등을 큰 스케일을 가지고 묘사하기 시작했다. 그리하여 그들의 작품은 제2기에 비하여 내용에서나 형식, 제재에 있어 일보 전진한 것이었다. 송영의 「교대시간」은 일본과 조선 프롤레타리아의 악수를 제재로 한 작품으로 높이 평가되었고, 김남천의 「공장신문」, 이기영의 「종이 뜨는 사람」 등은 모두 문제작이었다. 카프 작가 이외에는 유진오 이효석 등으로 이루어진 프롤레타리아 작가가 나와 카프 작가의 작품을 능가하는 작품을 생산했다. 시에 있어서는 제2기와 비교하여 후퇴한 모습이었다. 임화, 권환, 박세영, 김창술, 손풍산, 안막 등이 1, 2편의 시를 발표한 것에 지나지 않고 극히 후퇴하였다.

(3) 출판 활동

카프는 기관지 《예술운동》이 폐간되고부터 전연 자신의 출판물을 가지지 못했지만 1930년 10월 양창준이 대중잡지 《군기》를 발행하자 거기에 카프중앙부의 사람이 편집에 관계함으로써 기관지의 성격을 갖게 되었으나, 1931년 1월 2호를 발행한 후 3월경에 소위 '반카프사건'이 일어남으로써 《군기》는 전연 카프와 무관한 것으로 되었다. 그러나 카프는 다시 기관지로 《전선》을 발행하려고 했지만 원고가 압수되는 바람에 중지되고 다음으로 《집단》이라는 잡지가 김남천의 명의로 발행될 예정이었지만 원고가 검열을 통과할 수 없어서 일제에 검거되고 출판되지 못했다. 기타 『카프 7인집』이라는 이전에 발표된 소설을 단행본으로 내려고 민중서원의 이름으로 광고도 냈지만 끝내 발행되지 못했다.

(4) 연극, 영화, 미술 등에 있어서 활동은 어떠한가

연극에서는 1930년 8월 30일 동반자 연극인에 의한 「탄광부」「2층 사람」「짐수레」 등의 각본이 상연됐는데, 카프 회원은 아니었다 하더라도 조선에서 공연된 최초의 프로연극이었다. 카프를 이어 각 지방에서는 프로연극을 목적으로 하는 여러 극단이 생겼다. 개성에는 대중극장, 해주에는 극연공장, 평양에는 마치(일치)극장이 생겼다. 개성에서 카프 소속의 사람이 청복극장이라는 극장을 1930년 12월경부터 조직하려고 했는데 준비 부족으로 조직되지 못했다.

다음으로 영화의 경우 활동은 1930년 11월경 청복키노가 창립되고 프로영화인 〈지하촌〉이라는 영화가 강호의 감독하에 완성됐다. 그러나 공개는 될 수 없었다. 청복키노 이외에는 '서울영화'로 불린 영화단체가 〈화륜〉이라는 프로영화를 제작하여 상연했는데 그것이 조선에서는 최초였다.

미술의 방면에서는 1930년 봄 수원에서 프로미술전람회가 열렸는데 그것이 최초이고, 음악 방면은 전연 없었다.

(5) 기타

제3기에 있어서 카프 및 조선 프로예술운동은 이제까지 말한 바와 같지만 다음은 이 시기에서 카프의 중대 사건인 '반카프사건'과 '카프 재조직 불가능'의 상태를 기술하기로 한다.

1) 반카프사건

1930년 3월경 카프의 소속으로서 활동했던 양창준, 이적효, 민병휘,

엄홍섭 등이 현 카프 중앙위원을 사회민주주의분자라고 배격하면서, 양창준 등이 《군기》의 책임 편집자로서 《군기》를 완전히 분리시켜, 카프를 적대한 사건이었다. 카프 개성 지부를 민병휘가 지도하고 있던 관계상 이 사건은 본부와 지부의 싸움으로 되었고, 그리하여 카프 본부는 임화로 하여금 반카프사건에 관한 성명서를 발표하게 하고, 카프 서기국의 중앙위원 방문의 형식으로 카프 인원의 제명을 발표했다. 《군기》는 그 후 양창준 등이 발행하는 것으로 되었고 카프에서는 군기를 대신하여 《전선》을 발행하려고 했다.

2) 카프 재조직 금지의 상태

카프는 이상에서 서술한 것같이 1930년 4월 기술부를 설치하고 각 부문을 설치한 후 문예운동에만 국한되었던 프로예술운동을 광범하게 확대시켰지만 다시 그것을 재조직할 필요가 인정되었다. 그리하여 1931년 3월 27일 확대위원회를 열어 재조직을 결정하기로 하고, 먼저 3월 20일에 카프 서기국은 확대위원회에서 이 의안에 관한 서기국 플랜의 승인을 구하기 위해 카프 중앙위원회를 열었다. 당일에 승인된 확대위원회에서의 재조직 플랜은 기술부의 각부를 각 동맹으로 하고, 각 동맹에서 2명씩의 대표가 나와 협의회를 만드는 것이었다. 확대위원회가 카프의 강령 불온을 이유로 금지되고, 이에 따라 3월 20일경 그 대책을 위한 중앙위원회가 열렸다. 그러나 재조직의 중지와 카프 강령의 불온을 이유로 확대위원회 개최가 금지되었으므로 임화, 권환에게 강령을 새로 제작하고 합법적 중앙위원회를 열도록 할 것을 협의했다. 그 후 카프 중앙위원회는 매월 한 번씩 개최되었고 협의사항은 카프 서기국의 이름으로 발표되었다.

또 소설, 시, 평론에 관계하는 카프원이 어떤 때는 정기적으로 어떤 때는 부정기적으로 회합하여 작품의 비평 등을 협의하게 되었다. 즉 동맹체는 위에서 아래로, 협의회는 아래에서 위로 조직이 구성되었던 것이다.

당시의 재조직 플랜은 다음(〈그림 3〉, 〈그림 4〉)과 같다.

〈그림 3〉 조선프롤레타리아예술동맹 조직표

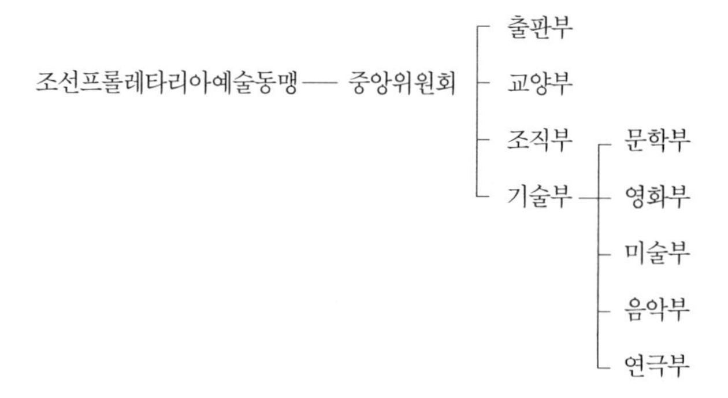

〈그림 4〉 조선프롤레타리아 예술단체협의회 조직표

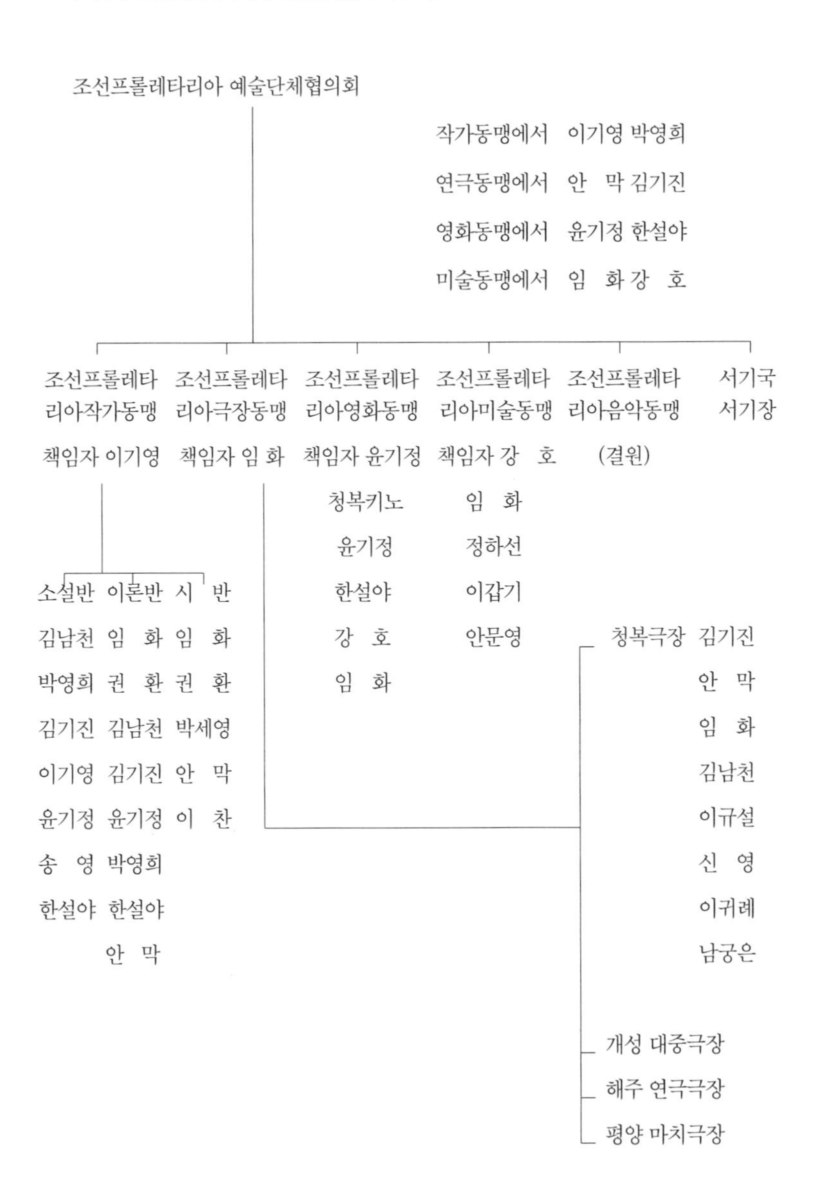

* 전체적으로 자료 부족으로 인해 충분하지 못한 것으로 되었고 게다가 소화 5년(1930년) 이전의 부분은 사실과 다소 차이가 있다고 생각한다. 단시간에 이루어져서 깨끗이 쓰지 못했다. 글 중에서 연월을 서력으로 표시하였다. 경어는 편의상 생략하였다. (안필승)

—《사상월보》, 1932. 10.

창작방법 문제의 재토의를 위하여*

1.

현재 소비에트동맹에 있어서 전개되면서 있는 창작방법 문제의 재토의는 소비에트 문학에 있어서뿐만 아니라 우리들의 문학운동에 있어서도 막대한 중요성을 갖게 하는 제 문제를 제기하고 있다.

전동맹×××중앙위원회의 「문학·예술단체의 재조직에 관한 결의」를 계기로 삼아 소비에트 작가의 창작적 재건을 위하여 개시된 창작방법의 문제에 관한 토론은 작년 11월 조직위원회 제1회 총회 이후 종래 라프를 위시하여 바프의 각 지부가 걸어왔던 '창작방법에 있어서의 변증법적 유물론'이란 슬로건을 잘못된 것으로 비판하고 '사회주의적 리얼리즘'이란 새로운 창작상의 슬로건을 제기하였다.

이 새로운 제창의 현실적인 근거는 단순히 비평가들이 엥겔스의 발자크 비판에서 배웠다는 그것만에 의하여 이러한 것이 아니고 실로 소비에트 동맹의 경제적, 정치적, 문화적인 거대한 약진 — 제2차 5개년 계획의 성공적 수행, 예술가들을 포함한 인텔리겐치아의 대부분의 프롤레타리아

* 이 글은 '추백'이라는 필명으로 발표되었다.

트측으로의 전환, 대중의 문화적인 욕구의 현저한 성장 등 — 에 의하여 이 새로운 현실에 적응키 위한 운동의 필연 속에서 전개되게 된 것이다.

재능 있는 동반자 작가들이 유물변증법의 부홍에 의하여서가 아니고 현실 그것의 발전을 봄으로부터 프롤레타리아트의 세계관으로 접근해왔던 것이다.

그들은 라프가 요구한 것과 같은 '백 퍼센트의 마르크스주의적 세계관'을 갖고 있는 것은 아니나 현실을 정확히 관찰하려고 노력하고 있으며 그 현실을 예술적으로 재현시킬 수 있는 전문적 능력을 갖고 있는 사람들이고 사회주의××의 협력을 위한 예술적 사업에 참가함으로써 현실을 보는 '눈'을 발전시킬 수 있는 사람들이다. 또한 타방에 있어서는 근로대중 속으로부터 예술에 대한 정확한 욕구가 거대한 힘을 가지고 성장하면서 있고 공장 및 콜호즈 출신의 돌격대원이 젊은 우수한 작가, 비평가들이 허다히 생장하면서 있는 것이다. 이 새로운 정세에 적응하기 위하여 작년 4월 전동맹×××중앙위원회의 상기 결의서를 하게 된 것이며 그것은 라프 및 바프의 역사적 역할에 대한 높은 평가와 동시에 이러한 조직은 새로운 정세하에서는 벌써 협애하게 되고 예술적 창조의 보다 더한 발전을 저지하는 것이었다고 비판하고 문학·예술단체의 재조직의 필요를 말하였던 것이었다. 여기에 의하여 전全 소비에트 작가, 예술가 — 공장 및 콜호즈의 문학서클 출신의 신작가, 또한 이향해온 구동반자 작가들까지도 최대한으로 포함할 수 있는 광범한 자유로운 새로운 조직이 생기려고 하고 있는 것이다.

그와 동시에 전환은 창작방법상에도 필요하게 되었던 것이다. 사실에 있어서 라프에 의하여 창작방법에 있어서의 유물변증법은 도식화되었었고 그것은 작가들을 속박하고 재단하는 법전으로 화하였으며 현실에서 출발하는 것이 아니고 유물변증법에서 출발하여야 된다는 라프에 의한 전연 전도된 방법은 전향해오는 구작가, 노동자 출신의 새로운 작가의 세계관의 불충분만을 공격하고 그들의 프롤레타리아트의 세계관으로의 접근을 객관적으로는 방해하는 것과 같은 결과를 가져온 것이다. 그러나 중요한 것은 창작방법의 법전을 각 작가에게 적용하는 데 있는 것이 아니고 ××주의 건설의 진실한 형태를 작가들이 묘출하도록 하게 하는 것이다. 왜 그러냐 하면, 예술은 객관적 현실의 내용을 형상화하는 것인 한에 있어서, 금일의 소비에트 작가에 있어서, 예술 문학의 완성을 약속하는 것은 목전에 전개되면서 있는 현실을 정시正視하는 이외에 없기 때문이다.

현실의 참다운 형태를 배울 것, 그 형상화를 배울 것에 대하여 거기에 관심을 갖기 시작한 모든 작가들을 격려하고 지도하는 창작상의 새로운 방법이 확립되지 않으면 안 되었던 것이다. 이것이 '사회주의적 리얼리즘'이 제창된 근거이다.

소비에트 문학에 있어서의 창작방법의 문제에 관한 토론에서 조선의 우리들은 배우지 않으면 안 될 허다한 문제를 갖고 있는 것이다. 그러나 이 문제에 관하여 우리들의 문학운동은 여하한 행복幸福이 있다 하더라도 아직껏 정당한 토론을 일으키지 않는 것 같다. 백철 등에 의하여 극히 조잡한 '사회주의적 리얼리즘'에 관한 것을 보았으나, 하등 문제의 본질적 중요성을 명확히 하지는 못한 것이다. 그러나 이 문제에 관한 국제적 토론에 우리들로서도 적극적으로 참가한다는 것은, 우리들의 창조적 및 비평적 활동의 보다 고도의 발전을 위하여 절대로 필요할 것이다. 그렇지만, 여기에선 무엇보다도, 소비에트 문학에 있어서의 사회주의적 리얼리즘의 문제가 제기된 문화적, 사회적, 역사적 근거와 창작방법의 문제의 구체적 의미와 그 의심할 여지없는 현재에 이르기까지의 일 년간의 성과에 대하여서뿐만 아니라, 이 문제가 조선의 우리들의 문학운동의 현

발전 단계에 있어서 구체적으로 여하히 결부되어야만 하느냐는 데 대하여서도 충분한 그리고 정당한 이해와, 그것을 위한 부절한 노력이 필요한 것이다.

그렇지 못하고 작자의 독자적 이해 또는 이해만을 가지고 또한 '소비에트 문학에 있어서는 창작방법에 있어서의 변증법적 유물론의 슬로건이 부정되었다.' 라든가, 또는 '사회주의적 리얼리즘의 문제가 보다 새로운 문제이다.' 등만으로의 단순화한 이유 내지 소박한 이해만을 가지고 이 문제를 조선에다 제기한다는 것은 우리들의 문학운동이 예술에 있어서의 변증법적 유물론을 일정에 올리고 또한 그것을 창작방법상의 슬로건으로까지 채용한 데 대하여 그것이 오해였다는 일점만을 보고, 그것이 우리들의 문학운동의 역사적 발전에 있어서의 적극적인 의의를 전연 말살하는 것과 같은 청산주의적 경향을 초래하기 쉬우며 그것은 새로운 창작방법에 관한 소비에트 문학의 성과를 우리들의 문학운동이 정당히 발전시키는 대신에 그것을 추상화하는 위기를 낳게 하는 것이다.

사태는 보다 엄숙하고 보다 복잡한 것이다.

소비에트 문학에 있어서의 창작방법상의 재토의의 성과가 우리들에게도 막대한 중요성을 갖게 하는 것은 거기서 토론되면서 있는 제 문제가 우리들의 문학운동 자체에 있어서는 극히 절실한 제 문제를 포함하고 있기 때문이다. 특히 세계관과 방법과의 관계의 문제에 있어서 우리들의 관심과 자극을 높이는 것이다. 킬포친, 라진, 우오이진스키야, 바실리코프스키 등의 보고나 논문에 의하여 명확한 바와 같이 소비에트 문학에 있어서 창작방법의 재토의의 가장 중요한 점은 예술에 있어서의 세계관과 방법과의 문제가 보다 구체적인 형태를 가지고 제기되었다는 것이다. 예술가의 세계관과 창작방법과의 복잡한 의존관계 문제에 있어서 구舊라프의 운동뿐만 아니라 조선에 있어서의 카프를 중심으로 한 문학운동도 오류와 부족을 갖고 있었으며 그런데도 불구하고 여기에 대한 하등의 정당한 구명도 금일에 있어서 발견할 수 없는 것이다. 새로운 현실하에 있어서 라프의 조직상의 결함만을 보고 그 문학이론이 갖고 있는 잘못을 보지 못하는 사람은 새로운 창작방법에 관한 소비에트 문학에 있어서의 문학토론은 결국 소비에트동맹의 사회 사정에 있어서만 현실적 의의를 갖는 것같이 생각만 하고 조선에 있어서의 우리들의 문학운동에 있어서의 그것을 보지 못하는 것이다. 사실에 있어서 세계관과 방법과의 관계에 대한 불기분不氣分 내지 잘못된 이해로부터 라프 지도부에 의하여서 뿐만 아니라 라프 지도부에 의하여서는 창작방법에 있어서의 유물변증법의 도식화, 비평의 관료화, 작품에 있어서의 정치적 견해의 비근한 형상으로의 구체화 등의 잘못된 경향을 낳게 한 것이다.

우리들은 문제를 구체적으로 진전시키기 위하여 우리들의 문학운동에 있어서의 '창작방법에 있어서의 변증법적 유물론'의 슬로건의 성과와 결함과의 엄밀한 자기비판으로부터 출발하여야 할 것이다.

2.

조선에 있어서 '창작방법에 있어서의 변증법적 유물론을 위한 ××'에 있어서의 비교적 실천적 효과를 갖다준 것이라고 생각되는 논문은 유인唯仁의 「예술적 방법의 정당한 이해를 위하여」일 것이다. '예술에 있어서의 변증법적 유물론' 또는 '창작방법에 있어서의 변증법적 유물론'에 관한 문제는 '하리코프회의'의 「국제 프롤레타리아 문학 및 ××문학의 정치적 및 창조적 제 문제에 관한 결의」(1930년 11월)에 있어서 명시된 바와 같이 국제 프롤레타리아 문학운동의 중요한 과제로서 제기된 후 조선에 있어서는 훨씬 뒤떨어져 1932년 전후에야 겨우 문제되기 시작하였다고 볼 수 있을 것이다.

그러나 그 당시의 비평가들에 의하여 이 문제는 극히 불충분하게, 그렇지 않으면 전연 왜곡되어 제기되었었으니 이 문제에 관한 송영 등의 논문(송영은 후지모리 세이키치藤森成吉의 관념적 형이상학적 이론을 그대로 반복하였던 것이다)과 같은 것은 창작방법의 문제를 전연 추상화하였던 것이며, 비교적 다분의 정당성을 가졌었다고 볼 수 있는 유인의 상기의 논문도 파제예프의 이론의 기계적 섭취, 프롤레타리아 리얼리즘에 관한 비판에 있어서의 청산주의적 경향 등의 많은 오해를 포함하였었던 것을 보아도 알 수 있는 일이다. 또한 그와 같이 불충분하게 제기된 이 문제는 허다한 곤란한 조건이 있었다 하더라도 충분한 발전을 보았다고 할 수 없을 것이다. 물론, 훨씬 뒤떨어져 있는 우리나라의 작가, 비평가들이 소비에트 문학 이론가 — 더 정확히 말하면 구라프의 지도부 또한 일본의 구라하라 고레히토 등과 같은 비평가들의 이 문제에 관한 우수한 논문에서 많은 것을 배워왔고 그것은 우리들의 비평적 창조적 활동의 보다 높은 발전을 위하여 절대로 필요한 것이었다.

그러나 우리들의 비평가, 또한 작가들의 선진국의 프롤레타리아 문학운동의 이론적 제 성과를 정당히 섭취함으로써, 우리들의 비평적 활동을 보다 정당히 광범시키지 못하고 그것을 기계적으로 섭취하고 또한 우리들의 비평적 활동의 광범한 전개를 위한 ××을 게을리 하고 그리함으로써 우리들의 비평가, 작가들이 마치 소비에트동맹, 또는 일본의 비평가, 작가인 것과 같이 그 나라의 이론적 지도에만 의거하게 되는 것과 같은 결과를 가져왔다는 것도 — 그러한 경향이 부분적이었으나마 창작방법의 문제에 관한 당시의 우리들의 토론에 있어서는 없지 않아 있었다는 것은 인정해야 할 잘못이며 이러한 잘못은 결국에 있어서 우리들의 문학운동을 발전시키는 대신에 후퇴시킬 위험을 낳기 쉬운 것이다.

그러나 '예술에 있어서 변증법적 유물론'에 관한 문제가 조선에 있어서의 우리들의 문학운동에 있어서 극히 불충분하게밖에 제기되지 못하고 충분한 발전을 보지 못하였다 하더라도 이 슬로건을 채용함으로써 우리들의 문학운동은 의심할 여지없이 일보 전진한 것이다.

우리들은 당시에 있어서 예술운동의 레닌적 단계에 있어서의 의의를 이해하고 있었음에도 불구하고 창작방법으로서의 프롤레타리아 리얼리즘에 대하여서는 조금도 의심할 여지가 없는 것으로 전연 무비판적 전제에 입각하여 그 슬로건이 가지고 있었던 관조적 객관주의의 잔해, 예술상의 리얼리즘과 철학상의 유물론과의 관계, 더 정확히 말하면 세계관과 방법과의 관련의 문제에 있어서의 잘못 등을 전연 보지 못하고 일본의 구라하라 고레히토 등의 이론, 또한 당시에 있어서 가장 문제를 전면적으로 취급하였던 안막 등의 이론적 내용을 그대로 답습하고 그것을 작가 또는 비평가들은 정규화시키고 남은 문제는 다만 새로운 형식의 탐구에만 향하였던 것이다. 뿐만 아니라 1931년 전후하여 작품의 고정화, 유형화의 사실을 인정하게 되며 그 반동으로서 계급성을 상실한 작품의 다양화라든가 산 인간의 묘사 등이 제창되고 그것은 창작적 실천에 있어서는 소부르주아적 관점으로 전락, 비정치주의적 편향, 주제의 적극성의 상실을 나타내게 되었던 것이다.

이러한 때에 있어서 소비에트 문학 또는 일본에 있어서의 '예술에 있어서의 변증법적 유물론'에 대한 토론에서의 교훈과, 유인唯仁 등의 이 문제에 대한 제기는 우리들의 문학의 종래의 결함을 명확히 한 것이며 우리들의 작가가 현실에 대하여 변증법적 유물론의 견지 — 프롤레타리아트의 세계관 위에 입각하지 않으면 아니될 것을 가리키고 우리들의 문학의 당파성 확립을 위하여 또한 우리들의 예술가들의 세계관의 고도의 발전을 위하여 적극적인 역할을 한 것은 의심할 수 없는 사실이다. 타방에 있어서는 '예술에 있어서의 변증법적 유물론을 위한 ××' 에 참가한 우리들로서 예술 창작의 문제가 단순히 기술과 수법만의 문제가 아니고 그 근저에 있어서 세계관의 문제가 놓여 있다는 것을 일층 명확히 함으로써 창작을 단순히 재능과 기술의 문제만으로 취급하려는 부르주아적 예술관과의 투쟁에 있어서 커다란 성과를 가져올 수 있었던 것이다.

그러나 현재에 있어서 우리들의 창조적 비판적 활동은 비상히 부진의 상태에 놓여 있고 객관적 현실의 급격한 발전에 대비하여 훨씬 뒤떨어져 있다는 것은 우리들 누구나 인정할 수 있는 사실이다. 그 원인을 생각하여 본다면 첫째로 카프 조직의 결함, ××〔검열〕, 발표기관의 부족 등 일언으로 말하면 우리들의 주체적 역량이 약한 것, 둘째로 우리들의 작가, 비평가들이 현실 그것의 발전에 대하여 파행하기 시작하였다는 것, 셋째로 구라프의 운동에 있어서뿐만 아니라 우리들의 문학운동에 있어서도 '창작방법에 있어서의 변증법적 유물론' 의 슬로건이 부족과 결함을 갖고 있었다는 것, 또한 이 문제에 인因한 이론 그것이 작가 자신 또한 비평가들에 의하여 규정화되었다는 그곳에 있는 것이다. 사실에 있어서 우리들의 비평가들은 이 문제에 인한 구라프 또는 일본의 구라하라 고레히토 등의 이론을 극히 불활발한 비평 활동을 가지고 극히 조잡히 반추하고 적용하고 연장하였을 뿐이지 그것을 '우리들의 것으로' 구체적으로 발전시키지는 못하였었다. 뿐만 아니라 '창작방법에 있어서의 변증법적 유물론' 의 슬로건이 갖고 있었던 '창작방법의 단순화' 는 우리들의 비평가들에 의하여도 창작방법에 있어서의 유물변증법의 도식화와 그와 관련되어 비평의 관료화 등이 생기고 작가 자신에 의하여서는 정치적 이해의 비근한 형상으로의 구체화에 만족하는 경향을 낳게 하고 타방에 있어서는 이 슬로건은 훗배르도의 말을 빌린다면 작가에 의하여 위협

수단으로 생각되게까지 되었다는 것은 구라프의 운동에서만 볼 수 있는 일이 아니고 우리들의 문학운동 자체 속에서도 발견할 수 있는 것이다.

그러면 '창작방법에 있어서의 변증법적 유물론'이란 슬로건이 갖고 있는 잘못은 무엇인가? 여기에 그것이 논리적으로 명확히 되어야 할 것이다. 우리들의 비평의 중점은 '창작방법에 있어서의 변증법적 유물론'이란 슬로건이 갖고 있는 창작방법의 단순화 — 구체적으로 환원하면 "예술적 창조와 이데올로기적 기도와의 복잡한 관계, 복잡한 의존을 예술가와 자기의 계급의 세계관과의 복잡한 의존관계를 절대적으로 자율적인 법칙으로 변형하고 있다."(킬포친)라는 데 돌리지 않으면 안 될 것이다.

변증법적 유물론을 위한 투쟁은 예술에 있어서도 결코 등한시할 수 없는 중요한 문제라는 것은 의심할 여지도 없는 일이다. 킬포친 등의 지시한 바와 같이 우리들의 비평은 변증법적 유물론의 방법에 지도됨으로만이 그것이 마르크스 — 레닌적 비평이 될 때에만이 정당할 것이며 예술가는 자기의 작품 중에 현실의 본질적인 방면, 그 발전의 방면, 경향, 목적을 심각히 보다 정확히 구체화하면 할수록 그 작품 속에서는 변증법적 유물의 요소가 많아질 것이다. 그러므로 '창작방법의 있어서의 변증법적 유물론'이라는 슬로건은 홋배르도의 지적한 바와 같이 그것이 창작방법의 전제로의 세계관의 제 요소에 관한 한에 있어서는 아마 기본적으로 정당하였던 것이다. 그러나 우리들은 예술가의 세계관과 창작방법을 그 복잡한 의존관계에 있어서 정당히 보지 못하고 그것을 혼동하고 그간의 범주적인 차별까지는 말소함으로써 예술적 창작과정의 복잡성 또는 특수성을 무시하였었다는 의미에서 중대한 결함을 갖고 있었던 것이다.

물론 세계관과 방법과는 아래에 자세히 설명해보려니와 결코 기계적으로 분리될 수 없음에 불구하고 또한 그것은 결코 동일의 것은 아닐 것이다. 양자의 통일과 동시에 그 차별도 인식하지 않으면 안 될 것이다. 또한 예술적 창조의 길은 극히 복잡하고 다양한 것이며 그것은 단순히 사유의 과정에만 의존하는 것이 아닐 것이다. 그 구체적 과정을 무시할 때에 우리들은 필연적으로 단순화 내지 도식화의 잘못된 방향으로 나가게 될 수밖에 없는 것이다. '창작방법에 있어서의 변증법적 유물론' 이란 슬로건은 이러한 단순화로의 도식화로의 길을 취할 것에 불과하였던 것이다.

문제를 좀더 구체적으로 구명해보자.

3.

최근의 킬포친, 라진, 바실리고프스키, 훗배르도 등의 창작방법의 재토의를 위한 보고 또는 논문에 의하여서도 우리들의 앞에 일층 명확히 된 것이지만, '창작방법에 있어서의 변증법적 유물론' 이란 슬로건을 걸고 왔던 라프의 창작상의 견해는 예술의 특수성 또는 복잡성에 대하여, 특히 예술이라는 이데올로기에 여하한 관계를 갖고 있느냐 하는 데 대하여, 극히 불충분한 이해와 오류를 갖고 있었던 것이며 이것은 또한 우리들의 문학운동에 있어서도 똑같이 볼 수 있는 잘못이었던 것이다.

라프는 문학적 프로세스의 복잡성과 특수성의 망각에 의거하여 작가의 창작방법이 작가의 전체로서의 세계관과 분리할 수 없다는 사실을 해명하는 데 그치지 않고 "창작방법은 완전히 또한 전체적으로 작가의 전全 이데올로기적 구성에 종속한다."(아베르 바하)라고 말하였던 것이다.

그러나 사실에 있어서는 창작방법이 완전히 또한 전체적으로 작가의 이데올로기적 구성에 종속한다는 명제는 문학적 프로세스의 특수성과 복잡성을 단순화하고 통속화한 데 지나지 못한다. 일반으로 창조적 작물作物로의 객관적 진리의 반영이라는 데 있어서는 킬포친, 라진 등이 정당히 말한 바와 같이 창조자의 방법은 결코 완전히 또한 직선적으로 그의 전체로서의 이데올로기적 구성에 종속하는 것이 아니라는 것은 문학의 역사상에서 얼마든지 변증하는 사실을 찾을 수 있을 것이다.

그러나 이것은 예술이 다른 상부구조와 밀접한 관련 속에 있고 그것은 정치의 영향과 지도하에 있다는 것을 부정하는 것을 의미하는 것이 결코 아니다. 구 레프 우스펜스키는 소부르주아적 인민주의의 환상적 세계관을 갖고 있었음에도 불구하고 그의 창작 속으로의 러시아의 현실의 객관적 재현의 정도, 그의 리얼리즘의 정도는 그의 예술작품의 의의가 인민주의자로서 그가 신봉하고 있는 것에 반대인 것을 입증할 만큼 위대하였다. 또한 비교주의자이고 반동주의자였던 고골리는 니콜라이 1세의 제도를 옹호할 목적으로 『검찰관』, 『죽은 혼』 등을 썼었으나 그 작품 속으로의 객관적 현실의 진실한 반영의 정도는 그 작품으로 하여금 그가 생각했던 것과는 반대로 전 니콜라이적 현실의 비판을 위한 강력한 무기로 된 것이다. 뿐만 아니라 발자크는 엥겔스의 비판에서 볼 수 있는 바와 같이 정치적으로는 정통파였고 무당파적 편견과 몰락하여가는 귀족계급에 대한 동정을 갖고 있었음에도 불구하고 그의 견해와는 반대로 나타난 그의 위대한 리얼리즘은 "그가 사랑하는 귀족의 불가피성을 인지하고 그들을 보다 좋은 운명에 해당치 않는 인간으로서 묘출하고", 타방에 있어서는 "그의 정면의 대항자 — 산드 마리의 수도원의 공화주의적인 영웅" — 당시(1830~36)에 있어서는 "사실상의 민중의 진실한 대표자이었던 사람들" 즉 ××적 부르주아지라는 "미래의 진실의 인간을 인지하였었다."(엥겔스) 또한 위대한 예술가 톨스토이는 철학상에 있어서는 관념론자였고 그의 기독교적 광신, 그의 정치에 대한 거부는 작가 톨스토이에게 일정한 한계를 가져다준 것만은 사실이지만 그는 극히 냉정한 리얼리즘을 가지고 "일면의 가면을 박탈"을 행하고 모순에 찼던 "현재의 질서

에 ……하는 대중의 상태를 묘출하고 그들의 견고불발한 ××과 불만과의 표현을 갖다줄 수 있었다."(레닌)

이러한 사실은 물론 우스펜스키, 고골리, 발자크 또한 톨스토이가 그들의 세계관 내지 정치적 견해에 있어서 역사적으로 진보적인 계급을 대표하지 못하였기 때문에 그들의 작품 속으로의 객관적 현실의 진실한 반영의 정도에다가 넘을 수 없는 한계를 가하였다는 것, 환언하면, 그들이 만약 역사적으로 진보적인 계급의 세계관 위에 입각하였었다면 그들의 창작에 있어 일층 시대의 생활의 진실한 파악을 보증하였을 것이라는 것을 결코 부정하려는 것은 아니다. 그러나 타방에 있어서 그들의 그러한 모순을 창작방법의 세계관으로의 전적 종속에 의하여 어떻게 설명할 수 있을 것인가? 작가의 창작방법이 작가의 "전체로서의 이데올로기적 구성에 완전히 교착적으로 종속한다."라는 견해는 레닌의 반영론에서 배울 수 있는 — 예술은 다만 특정한 시대, 특정한 계급의 이데올로기를 반영할 뿐 아니라 보다 근본적으로는 어떠한 방식으로 특정한 시대의 객관적 현실을 반영한다는 것을 보지 못하는 것이며, 그것은 예술가가 갖는 처음부터 만들어진 현실과는 무관계인 세계관 내지 정치적 이해 등을 형상화하는 것처럼 생각하는 견해와 공통점을 갖는 것이다. 후자는 결국에 있어서 예술은 곤란한 이론적인 또는 정치적인 명제를 보다 비근한 형상으로 번역하기 위한 단순한 기교적인 해설적인 수법에 불과하다는 견해 이외에 아무것도 아니다. 사태는 비상히 복잡한 것이라는 상기의 예거에서도 볼 수 있는 바와 같이 예술가의 이데올로기적 기도와 그의 작품의 객관적 의의와는 문학의 역사상에 있어서 언제나 반드시 일치하는 것은 아니라는 사실이 이를 언증言證하는 것이다.

이러한 잘못된 명제로부터 첫째로 라프에 의하여 '창작방법에 있어서의 유물변증법'의 도식화가 생긴 것이다. 현실에서 출발하는 것이 아니고 유물변증법에서 출발한다는 전도된 방법이 생긴 것이다. 현실의 진실한 예술적 표현을 구하는 대신에 '유물변증법에서 출발하라.' 라든가 '변증법에 의하여 쓰라.' 라는 부르짖음은, 예술적 창조의 복잡한 특수적인 과정에 대한 구체적 주석과 시사가 없었기 때문에, 소여의 창작적 실천과의 교합이 없었기 때문에 결국에 있어서는 라프의 창작방법은 작가를 속박하고 재단하는 의무적인 창작적 헌법으로 전화되지 않을 수 없었던 것이다. 또한 이것은 결코 라프에 의하여서만 아니고 카프에 의하여도 그리되었던 것이다. 그러면 이러한 데로부터 비평적 창조 활동에 있어서 구체적으로 어떠한 경향이 나타났던가?

첫째로 비평가에 있어서는 비평에 있어서의 '레닌주의' 의 강화라는 것이 마치 작가의 의도와 작품의 현실과를 보지 않고 사회정세와 세계관에 관한 일반론으로부터 출발하는 것인 것처럼 실행되었다.

이러한 경향은 라프에 있어서보다 카프 지도부에 의하여 보다 현저히 나타나고 있는 것이다. 이것은 임화, 한설야 등에서 김남천에 이르기까지의 카프의 가장 우수한 비평가라고 볼 수 있는 그들의 최고 문학이론을 주의 깊게 읽어보면 알 수 있을 것이다. 비평가들은 작가의 작품을 작품의 객관적, 진실성, 생활에로의 충실의 정도, 확신력에 의하여서가 아니고 작가의 주관적인 태도 즉 그들이 갖고 있는 세계관이 비평가의 세계관에 일치하는가 않는가에 의하여 평가하고 있다. 이러한 종류의 비평의 결함은 결국에 있어서 평자의 두뇌 속에 있는 어떤 기제의 '법전'을 가지고 작품만이 아니라 작가의 계급성 내지 계급적 절조까지 재단하고 재직하는 데 지나지 못한다.

그것은 창작방법의 문제를 전부 세계관의 문제에 환원하고 있는 것이고 일체의 작가에 대하여 최초로부터 완전한 백 퍼센트의 마르크스주의적 세계관을 요구하는 것이고 우리들의 예술가가 어떻게 하여서 자기의 세계관을 예술작품 속에 완성시킬 수 있는가 하는 데 대하여서 무언의 회답에 지나지 못하고 바실리고프스키의 표현을 빌리면 그 문제를 '다리 위에' 굳게 세우지 못하고 '머리 위에' 세운 것이다. 이러한 데로부터 라프의 지도적 그룹은 자기들의 창작방법과 일치 안 되는 일체의 작가들에 대하여 '적'의 각인을 찍음으로써 이행해오는 구작가, 공장 또는 콜호즈 출신의 신작가들의 '사회주의자'의 협력을 위한 예술적 사업으로의 참가를 객관적으로 방해하는 결과를 가져왔던 것이다.

우리의 비평가들의 특히 동반자적 방향을 띠우고 나오는 작가들, 또한 아직 철저한 세계관 위에 서지 못한 신구작가들에게 대한 극단의 '종파주의적 방향'에 대하여 소비에트 문학에 있어서의 라프 지도부의 소위 '비평의 관료적 태도'가 준열히 비판되었다는 것은 결코 남의 일이 아니고 무엇보다 좋은 교훈이다. 우리들의 비평가들이 작가에 대하여 처음부터 완전한 '마르크스주의적 세계관'만을 요구하고 조금이라도 그 요구에 일치하지 않는 작가들에게 대하여 덮어놓고 '비계급' 내지 '적' 등의 낙인만을 찍으려고 하는 성급한 잘못은 예술가가 실제에 있어서는 소여의 현실 속에서의 사회적 실체 — 예술가로서 사회자××으로의 참가 등 — 를 통해서 '세계관'이란 것을 발전시키고 철저시켜 간다는 것을 이해하지 못하는 것이며, 그것은 '동반자적 방향'을 띠우고 나오는 작가, 또는 새로 나오는 작가들을 끌어올리는 것이 아니고 프롤레타리아트의 세계관으로의 그들의 접근을 객관적으로 방해하는 것과 같은 데 불과하다. 비평가의 임무는 그러한 자기의 '법전'을 가지고 작가 또는 작품을 맞추어보는 것에 있는 것이 아니다.

예술비평은 우리들의 예술이 어떻게 부당하게 또한 정당히 객관적 현실을 반영하고 있는가, 그 풍부한 부당한 반영에 있어서 프롤레타리아트의 세계관으로서의 예술가의 의식적인 또는 무의식 근접이(창작과정에 있어서) 여하한 역할을 하고 있는가를 개인의 작품에 관하여 구체적으로 검토하지 않으면 안 될 것이다. 홋배르도는 비평의 임무에 관하여 비상히 흥미 있는 정당한 말을 하고 있다. 비평가가 작가가 갖고 있는 세계관을 자기의 그룹에 결부하는 것이 아니고 예술작품 속에 갖고 있는 현실의 반영을 분석하고 그리하여 그 예술적 진실성의 정도를 확정할 것이다. 그 후에 처음으로 소여의 '때' 에 있어서 어떤 작품의 성공과 실패가 작가의 세계관과 예술형식의 구사 또는 재능 정도에 어느 정도까지 의존하고 있는가라는 것이 검토되지 않으면 안 될 것이다. 이러한 비평만이 작가를 조력하여 그의 약점과 결함과를 극복하는 것이다.

둘째로, 작가들에 의하여서는 정치적 견해의 '비근한 형상으로의 구체화' 에 만족하는 방향을 낳게 한 것이다. 조선의 우리들의 작가들은 소비에트 작가와는 비교할 수 없을 만치 더욱 이러한 방향을 갖고 있는 것이다. '정치적 과제' 라는 것에 집약되어 있는 계급적 생활적 필요를, 광범한 사회생활 그 속에서 발견치 못하고 어떤 곤란한 이론적 또는 정론적 명제를 해설하기 위한 인간과 사건만을 제작하고 있는 것이다. 세계관에 있어서는 비교적 철저한 것을 갖고 있으나 작품을 내놓는 것을 보면 예술적 구체화 — 다시 말하면 형상화에 있어서 극히 빈약하고 해설(해설은 결코 형상은 아니다)화하는 데 불과한 것을 우리들의 문학적 현실을 살펴볼 적에 허다히 발견할 수 있다는 것은 — 상기한 발자크, 톨스토이 등이 그들의 이데올로기적 기도와 그들의 작품의 객관적 의의가 일치 아니되리만치 현실의 반영이라는 데 있어서 탁월하였다는 것을 생각하여 볼 때, 얼마나 불행한 노릇인가? "정치적 시야는 상당히 넓고, 그의 예술적 구체화는 빈약하고, 도식적이고 수사적이다." 라고 킬포친이 소비에트 작가들을 비판하였을 적에, 우리들의 작가들은 보다 불행하지 않느냐? 그러나 그것은 극복되어야 할 불행이다. 우리들의 작가는 "커다란 사상적 심화와 행동의 셰익스피어적 발랄과 풍부와의 이 완전한 융합을 달성"(엥겔스)시키기 위하여 문학의 문제를 단순화하여서는 안 된다. 문학에는 문학에 대하는 것과 같이 대하지 않으면 안 된다. "사회적 기도와 사상적 내용과를 끄집어낼 뿐 아니라, 그의 예술적인 가식에 대하여, 그의 구도에 대하여, 그의 형식의 완성 등등에 관하여 노력할 필요가 있는 것이다."(킬포친) 또한 작가에 대하여 부당한 기술상의 지도가 필요할 때에는 또다시 문제를 '세계관'으로 환원만 시키는 것으로 만족하는 비평가들은 삼산계森山啓의 말을 빌린다면 "실적에 있어 확고한 것을 갖고 있는 노동자에게는 그가 바이올린 켜기를 배우려 할 적에 나이 어린 인텔리겐치아가 탄주의 기술을 가르치지 않고 유물변증법의 명제를 갖다 줄는지도 모른다."

최근 조선에 있어서 '비평 타락', '비평 무용' 등등, 비평의 문제가 주로 작가측에서 소란히 논의되고 있으며 각종의 언설을 발견할 수 있으나 대부분이 '흥분'만을 표시하였을 뿐이지, 하등 문제의 본질적인 중요점을 구명치 못한 것 같다. 금일에 있어서 '비평의 관료화'적 방향은 결코 비평가들이 '태만'한 때문에만 나타난 것이 아니고, 실로 창작방법에 대한 불충분 내지 잘못된 견해에 의하여서라는 것은, 이상의 구명한 바에 의해서 명확해졌을 것이다.

그러나 타방에 있어서, 작가들이 작품을 쓰지 못하겠다는 것을, '비평가측으로의 압박'으로만 돌린다는 것은 또한 착각이다. 일부의 작가들이 작품을 쓰지 못하였다면, 그 책임은 비평가에게만 있는 것이 아니고, 그 결정적인 원인은 작가 자신들이 객관적 현실의 급격한 발전에 대하여 파행하고 있는 지 오래이다라는 데에 있는 것이다. 즉 그들은 일방으로는 제일의 적인 사회적인 제재가 어디 있는 줄은 인지하면서도 타방에 있어서는 그 현실을 산 형태로서 이해하지 못하고 또한 그 현실을 예술적으로 재현시킬 수 있는 전문적 능력이 극히 부족하다는 것이다. 그러나 작가들이 자기 자신이 새로운 현실에 반응하기 위한 여력이 부족하다는 자기인식의 압박을 비평가측으로서의 소위 '압박'으로만 생각하는 것은 자기합리를 위한 착각에 불과하다. 만약—아니 사실에 있어서—비평가들이 문학적 프로세스의 특수성과 복잡성을 단순화하고 통속화함으로써 평자의 두뇌 속에 있는 어떤 기제의 '형지刑紙'—주로 '세계관' 일점만의—에 의하여 작가를 판단하고 표시한다면 작가는 '비평가에 대한 항의에만 종사할 것이 아니고 참으로 철저한 '세계관'을 자기의 것으로 만들고 '레닌'이 말한 바 '구경감'이 아니고 '내용의 풍부한 형식의 아름다운 참으로 위대한 예술'을 내놓고 내놓기 위하여 부단히 노력함으로써 미약한 비평까지도 정당히 발전하도록 노력할 것이다. 박영희의 '비평의 혼란'에 관한 논문은 이러한 점을 불충분하나마 정당히 언급하고 있는 것은 주목할 만한 것이다.

이상에서 보는 바와 같이 창작방법을 거기에 의하여 예술작품이 재단되고 또한 재직되는 '기제의 형지'로 전화시킨 라프 또한 카프의 창작방법에 있어서의 유물변증법은 '데보린주의'의 일 변전이고 변증법의 왜곡 이상에 아무것도 아니라는 것은 엥겔스가 폴 에른스트에게 보낸 서신을 상기하는 것으로 충분할 것이다.

> "문제를 유물적으로 구명하려는 귀하의 기도에 관하여서는 무엇보다 먼저 나는 유물론적 방법은 만약 그것을 사람들이 역사적 연구의 지도의 실로서가 아니고 그것에 의하여 역사적 사실을 재단하고 또한 재직하는 기제의 형지로서 이용한다면은 그것은 자기의 반대물로 전화한다는 것을 말하지 않으면 안 된다."

그러므로 라프 지도부뿐만 아니라 우리들의 비평가들에 의하여서 설정된 '방법'의 '세계관'으로의 관계와 같은 것은 하등 참된 '세계관'으로의 관계가 아니고 오히려 일정한 도식 규범으로의 관계였다는 것은 무엇보다도 명확한 것이다.

4.

이상에서 보았듯이 우리들은 킬포친이 명시한 것과 같은 구체성을 가지고, 세계관과 방법과의 복잡한 의존관계를 구명해오지 못하였던 것이다. 우리들은 언제나 '작가들의 창작방법은 그의 세계관에 의하여 결정된다.'라는 일반론을 특정화하였을 뿐이며 예술 일반의 특수성, 즉 예술 일반의 능력의 특수성을 해명하는 데 그쳤을 뿐이지, 예술창작의 방법 그것의 특수성을 역사적으로 구체적인 형태를 가지고 설명하지는 못하였던 것이다.

우리들의 비평가들이 프롤레타리아 작가는 가장 완전한 '리얼리스트'가 아니어서는 안 되고 또한 프롤레타리아 작가만이 그리될 수 있으며 그러하기 위하여서는 프롤레타리아 작가는 변증법적 유물론에 의하여 무장되지 않으며 안 된다고 말하였을 적에 의심할 여지없이 정당하였다. 그러나 예술상의 리얼리즘과 철학상의 유물론과는 반드시 일치하는 것이 아니라는 것을 설명하는 데 그치지 않고 그러함으로써 '프롤레타리아 리얼리즘'이라고 우리들의 창작방법을 표현할 수 없는 것이고, 변증법적 유물론의 방법이라고 말하였을 적에 예술적 창조의 방법을 단순히 현실인식의 방법에 의하여 바꾸어온 결과를 가져온 것이다.

그러나 사실에 있어서 창작방법이라는 것은, 예술가가 여하히 사실을 보느냐라는 것만이 아니고 그 현실을 여하히 예술적으로 표현하느냐라는 문제를 포함하고 있는 것이다. 즉 창작방법 일반이란 예술적 창조에 있어서 현실 인식과 그것의 예술적 형상적 표현의 방법이고, 특정한, '로맨티시즘', 특정한 '리얼리즘' 이라는 것과 같이 현실 인식과 그것의 형상 표현에 있어서 역사적으로 각 예술적 형식을 가지고 발현하여 발전하여왔고 또한 발전하면서 있는 것이다. 그러나 현실에 대하는 방법과 그것의 표현의 방법과는 기계적으로 분리시킬 수 없는 불가분적 의존관계를 갖는 것이며 그것의 하나를 가지고 다른 것을 바꾸어볼 수 없는 것이고 그러함으로써 그것을 통일하여 창작방법이라고 부르는 것이다. 그러나 그것은 정의에 불과한 것이고 창작방법은 현실에 있어서는 각 계급의 명작가들에 의하여 달리 파악되고 각각의 작품 속에 체현하는 것이다.

모든 예술은 현실의 복사로서 존재해온 것이 아니요 예술을 창조해 내온 인간들의 사회적, 계급적 실천의 특수적 표현으로서 존재해온 것이라 하는 것은 주지의 사실이다. 예술은 생활을 현실적으로 표현하거나 가환적假幻的으로 만들어내는 것이나 어떤 때에 있어서는 그것을 낳은 인간들의 물질적인 생활과정의 필연한 반영으로 발전해온 것이다. 그러므로 거기에는 작가들의 표현기술만이 아니요 반드시 작가들의 현실을 어떻게 보느냐 하는 '방법' 이 포함되고 있는 것이다.

관념론자들은 이것을 어떤 '선천적' 인 것으로 해석하여 왔으나 우리들은 그것을 일정한 시대의 사회계급의 실천이 낳은 현실 인식의 능력으로 이해하지 않으면 안 된다. 고래의 많은 예술가들이 '현실을 있는 그대로' 추출하려고 노력하였음에도 불구하고 어째서 그들은 어떠한 한계 내에서밖에 거기에 성공치 못하였느냐는 것도, 결코 작자들이 단순히 '대상을 형상적으로 그린다.' 는 능력이 부족하였기 때문에만 일어난 것이 아니고, 실로 그들의 현실 능력에 있어서, 일정한 사회적 계급적인 넘을 수 없는 한계를 가졌기 때문이다. 위대한 '리얼리스트' 이었던 스탕달, 졸라, 발자크, 톨스토이 등이 '생활의 진실' 의 문제에 있어서, 그 이전의 여하한 작가들보다도 위대하였다 할지라도 생활의 완전한 그리고 전면적인 진실을 가져오지는 못하였던 것이다.

'생활의 진실' 원칙 위에 입각하고 있었음에도 불구하고 부르주아 리얼리스트들은 생활적 사실의 '나무' 뒤에 그 합법적인 발전인 '수풀' 을 보지 못하고 그러하기 때문에 그 속으로부터 필연적 ××적 결론을 산출할 수 없었던 것이었다. 그 수동성 속에 때로는 관조성 속에 부르주아지의 계급적 인식의 한계성에 유출하는 부르주아 리얼리즘이 '현실을 있는 그대로' 묘출하려면서도 결국에 있어서 현실의 부르주아적 사실밖에는 표현할 수 없었던 기본적인 한계가 숨어 있는 것이다.

발자크, 톨스토이를 포함하여서도, 한 사람의 부르주아 리얼리스트도 그러하기 때문에 계급××〔투쟁〕과 부르주아지의 ××로서의 프롤레타리아트의 성장과 자본주의의 ××〔몰락〕을 명확히 끄집어낼 수 없었던 것이다. 사회주의적 리얼리스트로서의 고리키의 위대한 '힘' 은 그가 다만 예술적 표현력에 있어서 탁월하다는 그곳에만 있는 것이 아니고, 보다 구체적으로는 그가 프롤레타리아트의 세계관 위에 서 있고 그렇기 때문에 생활적 사실을 정시하고 생활을 소극적인 관조를 위하여서가 아니고 그 적극적인 ××〔변혁〕을 위하여 인식하고 있다는 데 있는 것이다.

예술은 형상을 빌린 인식이다. 그러나 세계의 인식방법은 우리들에게 있어서는 예술가에 의하여서도, 철학자에 의하여서도, 정치가에 의하여서도 유일한 것이다.

마르크스는 변증법은 세계관을 인식하고 ××하는 방법이라는 것을 정립하였다. 변증법적 유물론의 방법이, 사회현상의 일체의 영역에, 사회주의의 일체의 형태에 따라서 문학에도 예술에도 적용할 수 있다는 것은 레닌이 명백히 가르친 바이다. 이것을 생각하다보면 라진의 "여하한 특별한 유물변증법적 창작활동도 문제될 수 없다."라는 말이 긍정될 것이다.

우리들의 창작방법이 단순히 현실 인식의 방법만을 의미하는 것과 같이 생각될 때에, 그것은 필연적으로 예술의 기본적 원리로서의 형상의 해결로의 방향을 나타내는 것이다. 상기한 바와 같이 창작방법은 예술가가 여하히 현실을 보느냐라는 것만이 아니라, 그 현실을 여하히 예술적으로 표현하느냐라는 문제를 포함하고 있는 것이다. 그러므로 킬포친이 개개의 작가의 창작방법은 그의 소질, 기술, 재능 등의 정도에 의하여 각각 다른 특색을 갖는 것이라고 말한 것은 정당하다. 동일한 시대, 동일한 계급의 작가가 현실에 대한 동일한 '보는 눈'(이것도 고정된 것이 아니다)을 가지고 있을 적에, 예를 들면 이기영과 김남천이 다같이 '현실의 객관적인 리얼한 예술적 표현'의 형태를 가지고 있으면서도 그 표현에 있어서는 다른 형태를 갖게 하는 것은 작가의 방법이 그의 재능의 특수성의 정도를 달리하는 것이라는 것을 명시하는 것이다.

소비에트동맹에 있어서 작가는 '사회주의적 리얼리즘'은 각종의 길을 통해서 자기의 작품 속에 실현하고 발전시켜 가는 것이라는 것이 강조되고, 작가의 재능, 개성 등 — 레닌이 제시한 '개인적인 창의성, 개인적인 경향의 커다란 자유'가 중요시되었다는 것은 전연 정당한 일이다.

그러나 타방에 있어서는 생활의 '진실한 묘출'을 위하여서는 아무리 작가가 예술적 재능에 있어서 초월하였다 하더라도 또다시 작가의 현실에 대하는 견해가 문제되지 않으면 안 될 것이다.

소비에트 문학에 있어서의 창작상 토론은 '우리들의 작가에 향하여 다만 진실을 그려라고 말한다. 우리들은 작가에 하등의 처방전도 주려 아니한다.'라는 의미를 강조하는 동시에 그러나 '진실을 그린다'라는 것은 어떻게 하여야 하느냐에 대하여 또한 작가의 현실에 대한 철저한 유물변증법적 견해를 문제삼지 아니할 수 없다는 것은 현실 인식과 그 예술적 표현의 방법과의 불가분적 관계에 의하여 이해할 수 있는 말이다.

그러나 여기에 주목하여야 할 것은 유물론적 변증법의 도식화한 명제가 문제되는 대신에 현실 그것의 변증법과 그것의 작품에 있어서의 반영을 주로 구체적 작품의 검산에 의하여 명확히 하고 있는 점이다.

예술적 창조의 길은 복잡하고 다면적이고 정치적 또는 이론적 성숙의 과정은 또한 그것만으로는 예술을 창조하는 것이 아니다. 예술은 그 특수성이 형상에 의하여 표현되는 특수적인 상부구조이다. 그러므로 우리는 예술의 복잡한 문제를 단순화하여서는 안 되고 창작방법의 특수성을 무시하고 그것을 도식화한 처방전으로 전화시키면 안 될 것이다.

'사상적 심화와 행동의 셰익스피어적 풍부와의 완전한 융합을 위하여' 문학적 현실의 일체의 다양성, 일체의 복잡성을 무시하는 영구불변의 척도로서의 창작방법에 있어서의 '유물론적 변증법'의 도식화는 여기에 죽지 않으면 안 될 것이다.

여기까지 주의 깊게 읽어주었으리라 믿는 독자 제군은 '창작방법에 있어서의 변증법적 유물론'이란 슬로건은 문제를 단순화한 것이고 부당치 못한 것이다라는 것을 그다지 고난 없이 이해할 수 있을 것이다. 이 논문에서 언급치 못한 창작상의 문제가 허다히 남아 있다.

기회 있는 대로 여기에서 취급하지 못한 제 문제에 관한 연구를 발표해볼까 한다. 다만 이 소론이 동무 제군들에 의하여 전개되어야 할 '창작방법 문제의 재토의'를 위한 협력에 있어서 적은 '힘'이나마 되었으면 한다.

1933년 10월 22일

—《동아일보》, 1933. 11. 29~12. 7.

〈전초병前哨兵〉

중간문학론

모든 문학은 두 가지 방면에 있어 동시로 충실할 것을 요구한다. 하나는 철학에 있어서와 같이 사고思考에、있어 충실할 것이요, 둘째는 음악에 있어서와 같이 □□의 충실이다. □□에 대한 깊은 추구의 노력 없이는 문학은 다른 종류와 같은 고등한 문화에 부상浮上할 수가 없다. 동시에 델리킷한 혼魂의 향수享受 없이는 또한 문학을 다른 종류 속에서 구별할 수가 없다. 문학이란 결국 이 두 가지 방면을 통하여 예술적 충실이라는 곳에 도달하는 것 같다.

전자는 주로 작가의 성실에 관계하고 후자는 주로 작가의 재능에 관계하는데 우리가 지금 이러한 말을 끌어내는 것은 우리 문단의 진행 방향이 성실도 재능도 아니 가진 방향으로 나아가는 듯하기 때문이다. '델리커시' 도 '센세리티' 도 아니 가지고 우리의 현대문학은 어디로 갈려는가? 결국은 '아메리카' 식 '베스트셀러' 를 목표로 한 문학작품 생산에 흐를 것인가? 연극에 있어 신극新劇도 흥행극興行劇도 아닌 중간극이 있듯이 문학에서도 순문학도 위僞문학도 아닌 중간문학이라는 것의 존재가 가능할까?

—《매일신보》, 1940. 5. 22.

문예지 부진

— 편집방침 개혁이 필요

《인문평론》《문장》 두 잡지가 우리 문예지의 전부다. 실로 적적한 일이나 문예지가 하나도 없던 시절에 비하면 이 두 잡지의 존재가 여간 중重한 것이 아니다. 또한 그 존재가 중한 만치 그 임무도 따라서 중함을 느끼지 아니할 수 없다. 이 두 잡지가 창간된 이래 적지 아니한 것을 우리 문단에 기여한 것도 부정할 수 없으나 최근의 이 두 잡지가 한가지로 편집상의 '매너리즘' 가운데 들어 있는 것도 우리는 이 잡지를 아끼는 의식에서 지적하지 아니할 수 없다. 1년 동안 이 두 잡지가 기여한 것이 주로 창작 방면인데, 최근에는 그 창작에 있어서도 새로운 신진 작가층은 물론 중견 작가층도 충분히 □□시키지 못하니 어인 일인가? 물론 그것은 문학 전반의 부진의 반증이기도 하나 또한 편집자는 부단히 문단의 '슬럼프'를 극복할 것은 물론이나 그러지 못한 경우에라도 잡지는 문단이 '슬럼프'에 들어가는 것을 방지하고 □할 방책만은 항상 생각해주어야 할 것이다. 차후 일층의 노력을 촉促해둔다.

—《매일신보》, 1940. 5. 24.

논리의 퇴락

―기술 편중에 치인致因된 현상

일전日前 모 지紙에 실린 「소설의 현상과 그 타개책」이라는 문 가운데 정신의 기피라는 모 씨의 일문一文에 다음과 같은 의미의 말이 있었다. 즉 정신에 대한 작가들의 기피가 기술에의 편중을 결과하였다 하나 그 실은 기술에 대한 진정한 열정이 발생한 것도 아니요 오히려 기술에의 편중이란 미명하에 정신에 대해서나 기술에 대해서나 한 가지를 편중한 태도가 전개되고 문학에 대한 안이한 태도가 만연하고 있다는 것이다. 이 말이 우리 소설계의 실상을 이야기하는지 여부는 별 문제로 하고 그러한 각도에서 한 번 평단을 보살펴보면 일단 그와 유사한 현상에 동감할 수 있지 않을까 한다. 거년去年 추추秋 모 잡지에 「정신의 상실과 논리의 획득」이란 모 씨의 일문이 실리었는데, 과연 지금 평단에는 정신 대신 논리가 군림하고 있는가 하면 실로 의문이다. 논리가 있는 것이 아니라 평단에는 그저 평론이란 것이 있을 따름이다. 이미 거기에는 평론조차가 없는 것이 아니라 실로 논리가 없다. 논리야말로 정신만이 산출할 수 있는 기술이기 때문이다. 지금 우리가 읽는 평론과 논리적 문장은 아마 차이가 꽤 클 것이다. (추백秋白)

―《매일신보》, 1940. 5. 25.

조선 문학朝鮮文學과 예술藝術의 기본 임무基本任務

1. 머리말

해방된 조선 민족의 문학, 예술의 참된 모든 담당자들은 진실로 위대한 민주주의 문학예술을 창조함으로써 반半만년의 빛나는 민족 예술문화를 재건하기 위한 역사적 임무를 완전히 수행하기 위하여 새로운 민족적 자각과 민족적 자신을 가지고 전全 의식과 전全 행동을 거기 집중하여야 한다.

소련의 문학자, 예술가들은 위대한 조국 전쟁의 고난한 시련 속에서 히틀러 파쇼들과의 포연과 참호의 결전장에서 총을 들고 싸우는 그 마당에서 위대한 문학예술을 창조하였고, 10월의 위대한 승리를 가져온 사회주의 예술문화의 찬연한 성과를 더욱 발전시켰으며 중국의 민주주의 문학예술의 종사자들은 장기간의 일본 제국주의 침략에 대한 피투성이의 민족해방투쟁 속에서 고난한 지구전과 유격전의 산야에서 오늘날의 거대한 민주주의 문학과 예술을 건설하였다는 것을 우리 조선 문학자, 예술가들은 깊이 인식하고 배워야 한다. 위대한 조선 민족의 문학예술도 또한 민주주의 조선 건설을 위한 견결한 투쟁 속에서 창조될 것이요 발전될 수 있을 것이다.

오늘날 조선 민족의 새로운 예술문화 건설을 위한 민주주의 문학, 예술 역량은 특히 조선에 있어서 문학자, 예술가들이 1만 명을 돌파하였다는 사실을 본다 하더라도 급속히 성장하였고 매개每箇 문학, 예술의 종사자들의 자연생장적 분산적인 문학, 예술 공작은 민주주의 예술통일전선(북조선예술총연맹, 남조선의 예술 각 부문 동맹의 성립) 위에 집결됨으로써 새로운 의식성과 통일성을 가지고 힘차게 전개되게 되었다. 그리하여 민주주의 문학, 예술 건설을 위한 구체적 과업은 문학, 연극, 미술, 음악, 무용, 영화, 건축의 각 영역에 있어서 적지 않은 성과를 나타내고 있다.

그러나 우리는 조선 민족의 민주주의 예술문화 건설을 위한 초보적인 기초와 조건을 만들어놓았음에 불과하고 우리들의 문학, 예술 창조의 성과는 조선 민족의 새로운 정치, 새로운 경제 건설의 위대한 발전에 대비하여 현저히 뒤떨어져 있음을 지적하지 않을 수 없다. 이러한 현실과의 간격을 급속히 극복하고 우리들의 문학, 예술 공작이 진실로 거대한 민주주의 조선 건설의 차륜車輪이 되고 나사가 되기 위하여 우리 문학, 예술 앞에 놓여 있는 몇 가지 기본적 문제를 제기하려 한다.

2. 예술문화 건설의 민주주의 노선을 위하여

첫째로 조선 문학자, 예술가들은 현 단계 조선혁명의 역사적 임무를 정확히 이해함으로써 새로 건설된 조선 민족의 예술문화가 여하한 예술문화이며, 이어야 할 것을 정확히 이해하여야 한다.

해방 전의 조선 사회는 36년간 일본 제국주의 독점하의 식민지적 반봉건적 사회이었고 조선 인민은 그 정도와 시기를 달리하였지마는 일본 제국주의와 봉건세력을 반대하고 식민지적 반봉건적 사회를 개변시켜

독립적 민주주의 조선 사회 건설을 위하여 위대한 민족해방투쟁을 수행해왔던 것이다. 해방된 오늘날에 있어서도 이러한 조선 인민의 역사적 임무는 아직도 완성되지 못하였다.

그러므로 현 단계 조선혁명의 성질은 의연히 자산계급 민주주의적 성질을 가진 것이며 사회주의 건설을 목적으로 하고 있는 무산계급 사회주의적 성질을 가진 것이 아니다.

그러나 현 단계 조선혁명을 이미 자본주의 사회와 자산계급 독재의 국가를 목적으로 했던 낡은 구적 자산계급 민주주의적 성질은 될 수 없을 것이며 이러한 시기는 10월 혁명의 위대한 승리에 있어서 결말을 지은 것이다.

19세기 말엽으로부터 1919년 '3·1운동'에 이르는 시기는 구적 민주주의 혁명 과정으로 볼 수 있고 '3·1운동'으로부터 오늘에 이르는 시기는 새로운 민주주의 혁명 과정에 놓여 있다는 것이다.

'3·1운동' 이전의 조선 인민의 반제반봉건 투쟁의 영도자는 조선의 민족자산계급, 소자산계급(그 지식분자)이었던 것이며 당시의 조선 무산계급은 아직도 의식적인 독립적 역량으로 성장되지 못하였고 자산계급적 민족주의의 영향에서 탈피하지 못한 채로 민족해방투쟁에 참가해왔던 것이다.

그러나 위대한 10월 혁명의 승리는 세계피압박민족의 해방투쟁에 새로운 시대, 무산계급의 각성의 시대, 혁명 영도領導의 시대를 열었다. '3·1운동' 이후에 있어서 조선 민족자산계급은 민족해방투쟁의 영도의 힘을 상실하였을 뿐만 아니라 우리 민족 내부의 일본 제국주의의 새로운 지주로서 그들의 일부는 모반하였으며 그리하여 능히 광범한 농민, 지식분자 급及 기타 우국자憂國者를 이끌고 철저히 일본 제국주의자와 봉건세력을 반대하고 독립적인 민주주의 조선 건설을 위한 역사적 임무는 새로운 정치적 문화적 역량으로써 급속히 성장한 조선 무산계급이 담당하게 된 것이다.

문화, 예술 영역에 있어서 본다면 '3·1운동' 이전의 조선의 신문화, 신예술운동은 자산계급 소자산계급(그 지식분자)과 그 문화사상이 영도하였고 그들은 일정한 한도에 있어서 일본 제국주의 문화사상을 반대하고 봉건세력과 봉건적 문화사상의 비판자로서 나타났을 때에는 일정한 정도의 일정한 진보적 임무를 가지고 있었던 것이다.

그러나 '3·1운동' 이후에 있어서 그들은 조선의 민족문화해방투쟁에 있어서 영도의 힘을 상실하였을 뿐만 아니라 그들의 한 부분은 봉건적 문화세력과 야합하여 일본 제국주의 문화사상의 우리 민족 내부의 문화적 지주로서의 노예문화의 실천자로서 모반하였고, 그들의 다른 부분은 '문화를 위한 문화' '예술을 위한 예술'의 허식적虛飾的 의식과 행동으로, 새로운 문화적 역량으로 급속히 성장한 무산계급과 그 문화사상을 반대하고, 조선 민족의 정신적 해체를 위하여 동원되었던 일본 제국주의와 그 문화사상에 복무하였었다. 이리하여 그들의 많은 부분은 조선 민족문화의 진보를 위한 담당자로서의 역할 대신에 오히려 진보에 대한 도전자로 화했던 것이다.

따라서 '3·1운동' 이후에 있어서 조선 인민의 광범한 문화예술 부대를 이끌어 철저히 일본 제국주의 문화사상과 봉건적 문화사상을 반대하고 조선 민족의 문화적 자산뿐만 아니라 선진 제국의 문화적 축적에 대한 정당한 계승자며 조선 민족문화의 해방투쟁의 진실한 담당자로서의 역사적 임무를 조선 무산계급과 그 문화사상이 짊어진 것이다.

물론 '3·1운동' 이후에 있어서 조선 민족자산계급이 자산계급 민주주의혁명 임무 수행의 영도의 힘을 상실하였을 뿐만 아니라 그 한 부분이 민족해방투쟁에 있어서 모반적 역할을 했다 하는 사실은 결코 현 단계 민주주의혁명의 대상이 일반적 자산계급이 아니고 일본 제국주의적 봉건적 파쇼세력의 잔여라는 사실과 배치되는 것은 아니다.

현 단계의 임무는 일반적으로 사유재산을 폐지하는 것이 아니고 자본주의의 도로를 숙청하고 자본주의로 하여금 발전케 하기 때문이다. 그러나 그것은 자본주의가 아무런 해독된 면이 없다는 것을 말함이 아니고 우리는 그 해독된 면을 배제하고 그 진보적 귀결을 촉진시킨다는 것이다.

그러므로 현 역사적 단계에 있어서 조선 민족의 신정치는 새로운 민주주의 정치이고 조선 민족의 신경제는 새로운 민주주의 경제이며 이어야 할 것과 매한가지로 새로 건설될 조선 민족의 신문화·예술도 새로운 민주주의 문화·예술이어야 한다. 이러한 새로운 민주주의 문화는 무산계급과 그 문화사상이 영도하는 인민대중의 반제, 반봉건 반파쇼적 문화며 일체의 자본주의 문화를 반대하는 문화는 아니다.

그리하여 이러한 새로운 민주주의 문화는 조선 민족의 영토, 생활환경, 생활양식, 전통, 민족성 등의 '민족형식'을 통하여 형성되고 발전됨으로써 '내용에 있어서 민주주의적, 형식에 있어서 민족적' 문화라 할 수 있으며 사회주의 사회에 있어서의 '내용에 있어서 사회주의적, 형식에 있어서 민족적'이라는 것을 우리는 문화·예술의 내용과 형식과의 기계론적 분열로써 해석해서는 안 될 것이요 그 변증법적 통일 속에서 이해하여야 한다.

조선 민족의 '내용에 있어서 민주주의적, 형식에 있어서 민족적' 문화·예술의 건설 이것이 현 단계 조선 문학자 예술가 앞에 놓여 있는 기본적 임무임을 우리는 명확히 인식하고 그 역사적 임무를 문학예술 실천에 있어서 완전히 집행하여야 한다.

3. 일본 제국주의적, 봉건적, 파쇼적 문화사상의 소탕의 임무를 위하여

둘째로 조선 민족의 진실로 민주주의적인 예술문화 건설을 위하여 조선 문학자·예술가들은 민주주의 건설을 방해하고 민주주의 예술문화 대신에 파쇼적 암흑 예술문화를 가져오려는 일본 제국주의적, 봉건적, 파쇼적 잔여세력과 그 문화사상의 완전 소탕을 위하여 총력을 집중하여야 한다. 민주주의 예술문화는 일체의 반민주적 반동세력과 그 문화사상과의 과감한 투쟁 과정 속에서만 형성될 수 있고 발전될 수 있는 것이다.

일본 제국주의와 히틀러 독일은 이미 군사적으로는 파멸되었지마는 그 잔존세력은 아직도 완전히 근절되지 못하였으며 국제독점자본은 이들 잔존세력과 결탁하여 세계군림을 기도하고 세계 인류를 다시금 파시즘의 암흑과 질곡 속에 이끌기 위하여 민주주의 연합국의 분열을 책동하며 제3차 대전을 도발함으로써 민주주의 세계 재건을 방해하고 있는 것이다. 이러한 국제 잔존 파시스트의 반反민주주의적 국제음모의 일환으로써 조선에 있어서는 일본 제국주의 잔존세력과 그 사회적 지주이었던 봉건 잔존세력을 토대로 삼고 있는 민족파시스트 반동파들은 외래금융자본을 배경으로 하여 조선의 완전독립과 민주주의 발전을 저해하고 있다. 그리하여 그들 반反민주주의적 음모자들은 세계평화 건설의 민주주의 노선의 구체화요 발전인 모스크바 3국 외상회의 결정을 반대하고 조선 민족의 통일을 방해하며 반소, 반공, 반인민적 최후의 발악을 하고 있는 것이다. 그러므로 파쇼 잔존세력의 완전 소탕이 없고서는 세계평화는 보장될 수 없으며 민주주의 발전은 곤란한 것이다. 모스크바 3국 외상회의 조선 문제에 관한 결정서에서 정당히 강조된 바와 같이 이러한 장기간의 일본 제국주의 통치의 유독遺毒을 급속히 소탕하기 위한 투쟁은 조선 인민에 복무하는 모든 문학자, 예술가들의 기본적 임무의 하나이다.

일본 제국주의 문화잔여와 그 문화 동맹자이던 봉건적 문화잔여와 아울러 오늘에 있어서 그 토대 위에 대두되고 있는 민족 파시스트로의 문화사상 등 일체의 반민주주의적 파쇼적 문화반동에 대한 무자비한 투쟁 속에서 조선 민족의 민주주의 예술문화 수립과 발전은 비로소 있을 수 있는 것이다.

뿐만 아니라 우리 조선의 문학자, 예술가들이 과거에 있어서 장기간의 일본 제국주의 통치하의 악독한 민족 압박과 봉건 압박의 고뇌에서 받은 사상상, 의식상, 행동상, 창작상에 아직도 남아 있는 일본 제국주의의 유독에서 그 노예 문화사상의 영향에서 완전히 탈리脫離되어야 한다.

더구나 현존의 조선 지식인, 예술인들의 많은 부분이 소자산계급 출신인 만큼 우리 문학자 예술가들이 구사회의 오점에서 완전히 탈리되고 진실로 조선 인민에 복무하는 혁명적 문학자 예술가가 되기 위한 '인간 개조'는 더욱 필요하다. 이러한 '개조'는 우리 문학자 예술가들이 근로대중 속에 들어가고 조선 인민의 민주주의적 역사적 과업 속에 적극 참가하여 실제 투쟁을 통해서만이 엄격한 자기비판과 자기개조를 위하여 부절히 일하고 배우고 고치는 데서만이 가능한 것이며 그리되어야만 일본 제국주의 유물을 우리 외부와 내부에서 완전히 근절시킬 수 있는 것이다.

4. 문학예술 이론에 있어서의 비非마르크스, 레닌주의적 양개 편향의 극복을 위하여

셋째로 조선 민족의 새로운 민주주의 예술문화 건설을 사실상 장해障害하고 있는 일체의 기회주의적 편향의 극복을 위한 과감한 투쟁이 있어야 한다.

오늘날 문화 예술 건설의 극좌적 기회주의자들은 첫째로 현 단계 조선 혁명의 새로운 민주주의적 성질을 왜곡하고 민주주의 민족통일전선이란 것이 무산계급이 영도하는 '각 민주계급 연합전선' 임을 이해치 못하고 비원칙적 투항주의적 통일전선을 환상하고 있으며, 둘째로 이들 사이비 마르크스 레닌주의자들은 '민족문화' 라는 개념에 '민족' 이란 것을 그 근거에서 분리시켜 다시 말하면 민족을 구성하는 구체적 계급 관계에서 분리시키며 추상적인 '민족의 개념' 을 날조하고 주장하고 있다.

그리하여 그들은 '민족문화의 초계급성' 을 주장하였으며 조선 민족문화를 형성하는 기본적 동력인 무산계급문화를 부정하고 무산계급문화 사상의 영도를 반대하지 않을 수 없던 것이다.

따라서 그들은 정치와 예술을 분리시키고 '정치는 마르크스주의적, 예술은 자산계급적' 이라는 주장의 아류가 되고 말았으며 '예술을 위한 예술' '문화를 위한 문화' 의 허식논자들의 자산계급 독재와 자산계급 문화 영도를 위한 낡은 구민주주의적 문화사상의 변종에 불과하게 된 것이다. 그들의 계급문화의 부정과 무산계급문화의 부정의 주장은 결국에 있어서 계급투쟁을 부정하고 무산계급을 부정하는 논리적 귀결로 보아서 결국에 있어서 민족 파시스트들의 허식적 언사와 맞아떨어지는 가장 반동적인 문화사상의 우리 예술전선으로의 잠입이다.

이러한 문화예술 건설의 극우적 기회주의와 아울러 극좌적 기회주의자들의 사이비 '혁명 이론의 날조' 는 역시 현 단계 조선혁명의 새로운 민주주의적 성질을 정확히 이해치 못하고 현 단계 혁명의 대상이 일본 제국주의적 봉건적 파쇼적 잔여 세력에 있는 것이고 일반 자산계급이 아니라는 것을, 오늘날의 임무가 자본주의 발전상의 장애물을 제거하는 데 있다는 것을 인식치 못함으로써 새로운 조선 건설을 위한 민주주의 통일전선의 확대 강화를 사실상 장애하고 있는 편향이다.

이러한 편향은 민족문화 건설에 있어서의 무산계급 문화사상의 정확한 영도적 작용을 저해하고 동반자적 경향을 가진 문학자, 예술가들까지 배격하고 또한 그들 문화 예술상의 교조주의적 관념론자들은 문화예술 창조에 있어서의 '민족 형식'을 극단히 과소평가하고 '민족 문화' 구호까지도 부不정당하다는 주장을 세웠던 것이다.

문화예술 건설에 있어서의 이러한 양개 편향은 다같이 조선 민족의 이익과 조선 무산계급의 이익을 분리시키며 대립시키고, 민족문화와 계급문화를 대립시키고 있으며 민주주의 문화통일전선에 있어서의 비원칙적 혼란과 종파주의 투항주의를 가져왔고, 진보적인 조선 문화예술 건설의 군중노선을 좀먹고 있다.

그럼으로 이 양개의 비마르크스, 레닌적 편향의 극복을 위하여 무자비한 투쟁이 있어야만 조선 민족예술문화 건설의 정확한 노선은 공고히 될 수 있으며 진실로 위대한 진보적 민주주의 문학예술 창조의 조건을 가져올 수 있을 것이다.

5. 문학예술의 민주주의적 선전자, 선동자, 조직자로서의 임무를 위하여

넷째로 우리 문학예술은 조선 인민에 복무하고 조선 인민의 사상과 감정과 의지를 민주주의 방향으로 결합하고 제고하고 조직하는 선전자며 선동자며 조직자로서의 사명을 다하여야 한다.

인류 예술사의 기원과 발전에 대한 유물사관이 가르침과 같이 예술은 예술 자신의 목적을 위하여 발생한 것도 아니며 발전해온 것도 아니다.

예술 일반은 광의의 사회생활과 사회사상, 감정을 반향反響하는 이상, 그것은 보고 듣고 읽고 하는 향수자에게 일정한 사상과 감정을 전달함으로써 예술 일반은 그것을 생산한 사회적 계급 및 사회적 집단층의 사상 감정을 일정한 방향으로 조직하고 타 계급, 집단층의 사상과 감정까지도 그 영향하에 획득함으로써 일반적으로 예술은 그 본질에 있어서 '선전자며 선동자며 조직자'의 역할을 해온 것이다.

그러므로 계급이 없던 사회인 원시공산사회에 있어서는 예술은 자연 및 타 종족에 대한 인류를 조직하기 위한 수단이었고 인류 사회에 계급이 현출現出됨을 따라 노예소유자사회, 봉건사회, 자본주의사회의 모든 예술은 결국에 있어서 계급투쟁의 강력한 무기로 된 것이다.

계급이 있고 당이 있는 사회에 있어서 초계급, 초당적 예술, 정치에서 분리된 예술이란 것은 실제상 존재할 수 없으며 일체의 문학예술은 일정한 계급, 일정한 당, 일정한 정치노선에 복무하였던 것이다.

'예술을 위한 예술'의 신봉자들도 그들 예술가가 의식하든 안 하든 간에 결국은 자산계급에 복무하였고, 오늘날의 역사 단계에 있어서는 민주주의 조선 건설을 위한 조선 인민에 복무하고 조선 인민의 의욕을 자기 문학예술에 반영치 않고, 그들의 사상과 감정을 반민주주의적 방향 혹은 '현실도피' 속에 이끌어넣는 작용을 함으로써 결국은 민족 파시스트에게 이익을 가져오고 그들에 복무함에 불과하다. 민족문화의 초계급성을 주장하는 낡은 구민주주의 노선의 신봉자들의 허식도 여기에 있는 것이다.

그러면 현 단계에 있어서 우리 문학예술이 조선 인민에 복무하고 조선 인민의 정치노선에 복무하며 민주주의적 선전자며 선동자며 조직자로서의 기능을 다하여야 한다는 것은 무엇을 말함이냐.

그것은 조선 문학자, 예술가들이 민주주의 조선 건설을 위한 민주주의 통일전선의 확대 강화 조선 민주주의 임시정부의 수립, 일본 제국주의적 봉건적 파쇼적 일체의 반민주주의적 세력 잔여의 소탕을 기본 과제로 하고 있는 현 단계에 있어서의 조선 인민의 역사적 과제를 자기의 문학예술에 기본 과제로 삼고, 그 사명의 완전 수행을 위하여 그러한 조선 인민의 숙망宿望과 요구를 문학·예술 창조에 있어서 구현시킴을 말함이다.

광범한 조선 인민에 의하여 이해되고 사랑받는, 그들의 요구를 정확히 반영한 진실로 위대한 문학과 예술을 창조하고 그것을 천만 대중이 읽을 수 있고 볼 수 있고 들을 수 있게 함으로써 우리 문학예술이 진실한 민주주의적 선전자며 선동자며 조직자로서의 역할을 할 수 있을 것이다.

위대한 레닌의 예술에 대한 다음의 말은 오늘날 조선의 문학예술의 모든 종사자들에게 주는 최대의 교훈일 것이다.

> "예술에 관한 우리들의 의견이 중요한 것이 아니다. 또한 백만으로써 세워지는 전 인민 중의 근근僅僅 수백인 내지 수천인에게 예술이 부여하는 것이 중요한 것이 아니다. 예술은 인민 대중에 속한다. 그것은 가장 깊은 뿌리를 광범한 근로 대중 속에 박지 않으면 안 된다. 그것은 이들 대중에 의하여 이해되고 사랑받지 않으면 안 된다. 그것은 이들 대중의 감정과 사상과 의식을 결합하고 그것을 제고시키지 않으면 안 된다. 그것은 그들 가운데서의 예술가를 각성시키고 그것을 발전시키지 않으면 안 된다."

6. 문학예술 창조에 있어서의 변증법적 유물론적 입장을 위하여

다섯째로 진실로 조선 인민에 의하여 이해되고 사랑받고 그들의 감정과 사상과 의지를 민주주의적 방향으로 제고하고 조직하는, 조선 인민이 원하는 위대한 민주주의 문학, 예술을 창조하기 위하여서는 조선 문학자, 예술가들이 현실을 보는 진실로 혁명적인 관점 다시 말하면 변증법적 유물론적 입장에 서서 세계를 관찰하고 문학예술을 관찰할 수 있어야 한다.

조선 문학자, 예술가들이 변증법적 유물론적 세계관에 의하여 무장되기 위하여서는 다만 '철학적 개념의 나열'에 의하여 달성되는 것이 아니고, 그것은 민주주의 조선 건설을 위한 견결한 투쟁 속에서 엄격한 자기비판과 자기개조를 위한 노력을 통해서만이 가능한 것이다.

변증법적 유물론적 입장에 선 문학자 예술가만이 능히 현실에 대한 신비적 관념적, 추상적, 주관적인 파악 대신에 과학적, 구체적, 현실적, 객관적 파악을 가져올 수 있고 현실을 그 전체성에 있어서 그려낼 수 있으며 '무슨 주제를 어떠한 방법으로' 그린다는 예술적 주제와 예술적 방법을 결부시켜 정당히 해결할 수 있을 것이다. 예술적 주제의 문제와 예술적 방법의 이 문제는 기계적으로 분리시켜서는 안 될 것이며 변증법적 통일에서 보아야 할 것이다.

뿐만 아니라 문학예술 창조에 있어서 '무엇을 어떻게' 그린다는 문제는 또한 '무엇을 누구에게'라는 다시 말하면 문학예술의 대상의 문제와 분리할 수 있다. 과거의 봉건문학과 예술은 주로 봉건 통치계급을 대상對象하여 그들을 위해 존재하였고 자산계급 문학과 예술은 또한 주로 민주자산계급을 대상으로 하여 그들을 위해 존재하였지마는 오늘날에 있어서의 진보적인 민주주의 문학, 예술은 광범한 인민 대중을 대상으로 그들을 위하여 존재할 것이다. 따라서 인민 대중적 기초 위에 건설되어야 할 우리 문학예술의 대상은 첫째로 조선 인민의 다대수를 점한 노동자, 농민일 것이요, 둘째로 지식분자 기타층일 것이다. 광대한 근로 대중을 제일상第一象으로 하고 있는 우리 문학예술이기 때문에 근로 대중이 이해할 수 있고 사랑할 수 있어야 하며 그 사상과 감정을 민주주의적 방향으로 제고시킬 수 있어야 한다.

그러므로 이러한 문학예술을 창조하기 위하여서는 우리는 변증법적 유물론적 입장에 서야 하고 복잡한 현실 속에서 조선 인민의 실제적 수요에 무용한 것을 버리고 필요한 것, 공허한 것을 버리고 진실한 것, 특수적인 것을 버리고 전형적인 것을 발견하고 그릴 것이다. 이러한 예술적 주제의 적극성의 요구는 우리 문학자 예술가가 노동자 농민만 그려야 함을 의미하는 것도 아니요, 문학예술의 자유로운 창조성을 제약하는 것도 아니다. 문제는 참으로 인민적 문학자 예술가라면 오늘날 민주주의 조선 건설을 위한 역사적 단계에 있어서 '해방된 조국' '민주건설' '토지개혁'을, '위대한 붉은 군대' '빛나는 김일성 빨치산 부대'를, '백만 군중의 우렁찬 행진' '기계를 돌리는 노동자' '밭을 메는 농민' '인민에 복무하는 지식인' 등을 찬양하는 작품을 내놓을 것이요, '파멸된 일본 제국주의자의 죄악' '민족 파시스트의 정체' '놀고먹는 착취자' 등을 폭로하는 작품을 만들 것이다. 조선 인민 대중은 현 단계에 있어서 '새로운 세계' 대신에 '낡은 세계'를 찾는 시, '노동하고 투쟁하는 대중' 대신에 '돈에 속고 사랑에 속는' 대중을 노래한 음악, '토지를 얻은 농민의 기쁨' 대신에 '소작료를 받을 길 없게 된 지주의 슬픔'을 그려낸 극, '공장과 기름 묻은 노동자' 대신에 '카페와 웃음을 파는 나녀裸女상'을 그려내는 그림은 요구치 않는다. 여기에 오늘날의 문학예술의 주제에 있어서의 명확한 의식성과 적극성의 필요가 강조되지 않으면 안 된다는 것이다.

또한 인민 대중은 문학예술 속에 참된 자신 생활이 정확히 반영되어 있음을 요구한다. 그 노동자, 농민 대중의 생활을 그릴 때의 창작자 자신의 머릿속에서 만들어낸 추상적인 생활이 아니라 구체적인 생활이 그려져야 한다.

'인간의 본질은 사회적 제 관계의 총화'라는 마르크스의 말과 같이 소위 '인간성'이란 것은 사회적 제 관계의 산물이다. 그 사회적 관계에 있어서 가장 결정적인 관계는 계급사회에 있어서는 계급 관계이기 때문에 계급 관계는 인간에 결정적인 영향을 부여하고 동일한 계급에 속한 인간을 어느 정도까지 공통한 성질에 의하여 결부시키게 되는 것이다. 그러나 인간을 결정하는 기본적 관계는 계급 관계이지마는 계급은 다시 허다한 집단층으로 나누어지고 있는 것과 같이 그것은 인간을 규정하는 제 요인이 된다. 다시 말하면 우리들의 대중은 결코 추상적인 전체가 아니고 노동자, 농민, 소시민 등의 계급집단으로 나누어져 있고 그 층은 다시 개인까지 이르는 것이므로 그 사회적 제 관계가 극히 복잡하고 다양하기 때문에 '개개의 인간의 성질, 행동, 사상, 감정'도 극히 복잡하고 다양하다. 그러나 그 기본적 형型인 것은 어디까지든지 일정한 시대 일정한 계급 관계에 의하여 규정된 계급형이라는 것이다.

따라서 문학예술 창조에 있어서의 변증법적 유물론적 입장은 '살아 있는 인간'을 그린다는 문제를 정당히 해결하기 위하여 첫째로 추상적 인간이 아니라 인간의 계급적 형을 명확히 시키며 또한 그것이 계급적 추상계급적, 유형화를 가져오지 않도록 하기 위하여 사회적 인간으로서 그 전체성에 있어서 그 구체성에 있어서 그려냄을 요구한다. 여기에 문학자 예술가가 자신이 대중 속으로 깊이 들어감으로써 대중을 알아야 하며 그들의 생활, 행동, 사상, 감정을 이해할 뿐만 아니라 그들과 같이 공감할 수 있어야 하며 그들에게서 배우고 그들을 가르쳐줄 줄 알아야 한다.

따라서 문학자, 예술가는 대중 속으로 들어가 명확한 변증법적 유물론적 입장에 서서 그 현실을 명확히 파악하여야만 또한 그것을 추상할 수 있는 높은 예술적 교양을 습득하여야만 과거의 여하한 사실주의자보다도 더한층 진실한 현실을 다시 말하면 오늘날에 있어서의 민주주의 조선 건설을 위한 역사적 시대의 전모를 현실 속에 생열生熱되는 위대한 투쟁을 문학예술 창조 속에 형상화할 수 있을 것이다.

그리하여 현실의 위대한 거울이며 민주주의 교사로서의, 참으로 인민 대중이 이해할 수 있고 사랑할 수 있는 문학예술을 광범한 인민 대중 속에 보급시킴으로써 '보급 기초상의 제고, 제고 지도하의 보급'의 과제를 정당히 해결해야 하며 또한 인민 대중의 예술적 각성을 촉진하여 허다한 신新문학예술 간부들이 인민의 저수지에서 배양되고 성장하여 조선 민족의 새로운 문학예술이 일부 인人의 현존한 기성 문학자 예술가의 손에만이 아니라 인민 대중 자신의 손으로 창조케 하여야 한다. 그리되어야만 찬연한 조선 문학예술 발전의 거대한 토대는 세워지는 것이다.

7. 국제 문학예술의 섭취와 민족 문학예술 전통의 섭취를 위하여

조선 민족의 진실로 위대한 민주주의 문학예술 창조를 위하여 일방으로는 진보적 외국 문학예술에 대한 섭취와 타방으로는 조선 민족 문학예술의 계승을 위한 임무를 우리 문학자 예술가들은 충실히 수행하여야 한다.

조선 사회가 일본 제국주의의 악독한 민족 압박과 봉건 압박에 의하여 현저한 낙후적 상태를 가져오지 않을 수 없었다. 이러한 낙후성을 급속히 극복하고 선진 제국과 같은 찬연한 문학예술의 발전 단계로 제고시키기 위한 과제를 우리 문학자 예술가들은 최대의 열성을 가지고 해결하여야 한다.

"무산계급 문화는 인류가 자본주의 사회, 지주 사회, 관료 사회의 압박하에서 지어진 지식의 축적의 합법적 발전이 아니면 안 된다."라는 레닌의 말과 같이 우리 조선 민주주의 문학예술도 과거의 인류 문학예술의 비판적 축적에 의해서만이 현실적으로 세워짐을 우리는 깊이 인식하여야 한다.

그럼으로 우리 문학자, 예술가들은 진실로 위대한 민주주의 문학예술의 창조를 위하여 진보적 외국 문학예술 — 특히 문화상에 있어서도 세계사적 승리를 가져온 소련의 위대한 사회주의 문학예술의 섭취를 위하여 부절히 노력하여야 한다.

해방된 조선 문학자, 예술가들이 소련 문학예술에 보다 광범한 보다 깊은 섭취를 위한 노력이 있어야만 우리 조선 문학, 예술의 급속한 발전을 가져올 수 있을 것이다. 그러므로 우리는 오늘날 일면에 있어서는 민족 문학예술 전통의 유아독존적 전통 만능을 주장하여 진보적 외국 예술문화를 특히 소련 예술문화를 반대하는, 그럼에도 불구하고 국제 독점자본에 예속되어 있는 낡아진 외국 예술문화만을 가져오려는 시대에 뒤떨어진 민족 파시스트의 문화사상을 분쇄하여야 한다.

그와 동시에 조선 문학자, 예술가 앞에는 우리 민족이 수천 년간 축적해온 찬연한 문학예술 유산의 정당한 계승의 임무가 놓여 있는 것이다. 후손된 우리들이 신라, 고구려, 백제, 고려, 이조李朝 시대의 우리 조상의 문학예술적 업적을 참으로 비판적인 입장에서 관찰하고 정리하고 버릴 것은 버리고 고칠 것은 고치고 발전시킬 것은 발전시킴으로써 처음으로 우리 문학예술 창조는 보다 풍부한 것이 될 수 있을 것이요, 우수한 민족 형식을 통한 위대한 문학예술을 만들어낼 수 있는 것이다. 오늘날 조선 문학예술 창조에 있어서의 민족 형식의 탐구와 그 완성의 임무는 중대한 의의를 갖고 있으며 그것은 민족 문학예술 유산의 계승을 위한 부절한 노력의 기초 위에서 달성될 것이다. 외국 문화의 섭취와 교류와 아울러 민족 유산의 계승은 외국 모방이나 전통 만능에서 출발되는 것이 아니요, 조선 인민의 실제적 요구가 그 기초가 됨을 굳게 인식하여야 한다.

오늘날에 있어서도 자기의 민족적 문학예술 전통만을 주장하고 외국 선진 문학예술을 배우고자 않는 경향과 외국 선진 문화만을 주장하고 자기 민족 문학예술 유산을 돌보려 하지 않는 경향은 조선 민족문학예술의 진정한 발전을 장해하는 두 가지 큰 위험이다. 이러한 편향을 극복함으로써 우리 문학예술의 제고는 가져올 수 있고 우리 민족 예술문화의 낙후적 상태는 극복될 수 있는 것이다.

조선 문학자, 예술가들이 진실로 위대한 민주주의 문학예술 창조를 위하여 자기 앞에 놓여 있는 기본적 제 과제를 보다 더한 민족적 각오와 보다 더한 민족적 자신을 가지고 실천할 것 — 이것이 조선 민족이 그 문학예술의 종사자들에게 주는 역사적인 엄숙한 요망이다.

1946. 5. 10.

—《문화전선》, 1946. 7.

조선 민족문화 건설과 소련 사회주의 문화

소련의 세계사적 승리에 의하여 조선 민족은 일본 제국주의의 기반에서 해방되었고 장구한 역사상 정체 상태에 놓여 있었던 조선 민족문화도 새로운 민주주의 노선 위에 자유로운 창조성을 가지고 발전되게 되었다. 그리하여 조선 민족의 새로운 민주주의 문화 건설을 위한 역사적 과제는 해방 이후 적지 않은 성과를 가지고 구체화되면서 있다.

그러나 우리는 조선 민족문화의 민주주의적 발전을 위한 초보적인 조건과 기초를 만들어놓았음에 불과하다. 조선 사회가 장기간 일본 제국주의의 독점적 식민지로서 얽매여 있었던 관계로 그 악독한 정치적 폭정과 경제적 착취와 문화적 유린의 결과로서 나타난 조선 민족의 현저한 문화적 낙후성은 오랜 과정에 있어서의 그 정치 압박과 봉건 압박의 일체의 잔재에 대한 과감한 투쟁을 통해서야만 새로운 문화 창조를 위한 부절한 노력이 있어야만 소멸될 수 있는 것이다. 그러므로 우리는 새로운 민족적 각오와 민족적 자신을 가지고 조선 민족의 문화적 낙후성을 급속히 극복하고 선진 제국과 같은 찬연한 과학과 문학과 예술의 발전 단계를 가져오기 위하여 전 지능을 다하여야 한다.

조선 민족의 참으로 위대하여야 할 민주주의 문화는 악독한 적에 짓밟힌 터전에서 저절로 수립되어지는 것이 아니고 그것은 우리가 과거의 인류 문화의 거대한 문화적 축적에 대한 비판적 계승과 섭취를 통하여, 그것을 만들어내기 위한 계속적인 노력의 축적에 의해서야만 현실적으로 수립될 수 있음을 우리는 깊이 인식하여야 한다. "인류의 전 발전에 의하여 창조된 문화의 정확한 지식에 의하여서만 그 가공에 의해서만 무산계급 문화를 건설한다는 이해 없이 우리들의 임무를 해결할 수 없다."라는 레닌의 무산계급 문화에 대한 교훈을 오늘날 조선 민주주의 문화 건설에 있어서 깊이 배워야 할 것이다.

조선 민족의 진실로 찬연한 과학 문화 예술의 창조를 위하여서는 우리는 반만년에 빛나는 문화적 유산의 정당한 계승을 위한 꾸준한 노력이 필요하게 됨은 물론이려니와 또한 진보적 선진 제국의 문화 무엇보다도 소련 사회주의 문화의 위대한 축적을 배우고 그것과의 교류를 가져와야 한다. 그리되어야만 조선 민족의 문화적 낙후성은 급속히 극복될 수 있고 조선 민족은 고도의 과학과 문학과 예술을 가질 수 있을 것이다.

해방 이전 조선 인민은 일본 제국주의의 야만적인 문화 경영하에서도 소련의 사회주의 문화를 배우려 노력하였었고 그것은 일본 제국주의와 봉건세력 그 문화사상을 반대했던 조선 인민의 반제 반봉건적 신문화의 거대한 피와 살이 되어왔던 것이다.

회고하건대 위대한 10월 혁명의 승리는 일본 제국주의의 암흑과 질곡에서 신음했던 조선 민족의 해방투쟁에 새로운 시대 조선 무산계급의 각성의 시대 혁명 영도의 시대를 열었던 것이다. 예술 문학 영역에 있어서 10월 혁명과 3·1운동 이전에 있어서는 조선의 신문화운동은 자산계급(그 지식분자)과 그 문화사상이 영도하였지만은 10월 혁명과 3·1운동

이후에 있어서는 그들은 그 영도의 힘을 상실하였을 뿐만 아니라 그들의 한 부분은 일본 제국주의 문화사상의 우리 민족 내부에 있는 지주로써 노예문화의 담당자가 되어 모반하였고 그들의 한 부분은 '예술을 위한 예술' '문화를 위한 문화'의 허식적 의식과 행동으로써 조선 민족문화의 진보를 위한 담당자로서 역할 대신에 오히려 진보에 대한 도전자로 화했던 것이다. 이리하여 10월 혁명과 3·1운동 이후 조선 인민의 광범한 문화부대를 이끌어 철저히 일본 제국주의 문화사상과 봉건적 문화사상을 반대하고 조선 민족의 문화적 전통과 선진 제국의 문화적 축적의 진실한 계승자로서의 역할을 새로운 정치적 경제적 문화적 세력으로 급속히 성장해왔던 무산계급과 그 문화사상이 영도하는 광범한 노력 대중의 문화부대가 젊어진 것이다.

이 새로운 문화부대는 과학에 있어서 특히 사회과학 부문에 있어서 마르크스 레닌 스탈린의 위대한 사상을 배워왔었으며, 문학에 있어서 소련의 찬연한 문학이론 소설 시를 배워왔고 예술에 있어서 소련의 연극 음악 무용 미술 영화 건축을 배우려 노력해왔었으며 이리하여 우리 문화부대는 일본 제국주의의 가진 폭압을 뚫고 조선의 신문화 건설을 위하여 투쟁해왔던 것이다.

그러나 9·18 이후에 있어서 조선 민족에 대한 일본 제국주의 경영의 보다 더한 극악화는 조선 인민의 문화부대로 하여금 소련 사회주의 문화의 섭취를 위한 최후의 길까지 막으려 폭압을 가했던 것이다. 그리하여 국내에 남아 있었던 우리 문화부대는 9·18 이후에 있어서는 이전보다 더한층 극난한 조건하에서 소련의 과학 문학 예술을 배우기 위한 영웅적 노력이 있었던 것이다.

소련의 결정적 역할로 말미암아 해방된 조선 인민은 오늘날 암흑과 질곡에서 얽매여 있었던 자기의 문화의 자유로운 발전의 길을 얻었으며 특히 북조선에 있어서는 소련 사회주의 문화를 광범히 섭취하기 위한 모든 조건과 기초를 닦아놓았다.

오늘날 조선 민족의 "내용에 있어서 민주주의적 형식에 있어서 민족적"인 문화는 위대한 소련의 "내용에 있어서 사회주의적 형식에 있어서 민족적"인 문화의 거대한 원조와 교훈하에서 발전될 수 있으며 제고될 수 있을 것이다.

다수 민족 국가로서의 소련의 제 민족의 민족문화의 찬연한 개화를 가져오게 한 민족정책의 승리적 경험은 오늘날 소련의 거대한 원조 밑에서 발전하고 있는 조선 인민문화의 찬연한 발전을 가져올 것이다.

10월 혁명의 거대한 승리는 민족적 압박의 기본적 담당자인 착취계급의 권력을 전복하고 민족적 억압의 철쇄를 절단하고 제 민족간의 낡은 관계를 전도하고 과거의 민족적 반목을 분쇄하였을 뿐만 아니라 민족의 친목과 동포적 협동을 단일한 국가동맹 중에 창건할 수 있는 토대를 세웠던 것이다. 그리하여 눌리웠던 인종 및 민족으로 하여금 새로운 역사적 무대에 등장시키고 그들의 정치적, 경제적, 문화적 불평등을 타파하고 그들의 새로운 생활 새로운 발전의 길을 닦아주었다.

소련의 사회주의 건설의 시기는 제 민족의 민족문화의 붕괴와 사멸을 가져온 것이 아니요 민족문화의 위대한 흥융기興隆期를 "그 내용에 있어서 사회주의적 그 형식에 있어 민족적"인 다양한 문화를 가져온 것이다.

"우리들은 무산계급 문화를 건설한다. 이것은 전혀 정당한 것이다. 그러나 무산계급 문화는 그 내용에 있어서 사회주의적이지만 사회주의 건설에 도입될 수 있는 민족이 그 언어 생활양식 등을 달리함으로써 각양의 다른 방법과 표현 형태를 갖는다는 것도 역시 정당한 것이다. 그 내용에 있어서 사회주의적 그 형식에 있어서 민족적인 것이라면 그것은 사회주의에 향하여 나가고 있는 일반적 문화이다. 무산계급 문화는 민족문화를 폐기하는 것이 아니고 오히려 그 내용을 부흥하는 것이다. 그와 반대로 민족적 문화는 무산계급 문화를 폐기하는 것이 아니고 그 형식을 부흥하는 것이다. 민족문화라는 구호는 자산계급이 권력을 장악하고 민족의 결합이 자산계급 지배의 보호하에 행하여지는 한에 있어서 자산계급적 구호이었다. 민족문화라는 구호는 무산계급이 권력을 장악하고 민족의 결합이 소비에트 권력의 보호하에 완성되기 시작할 때에 무산계급적 구호로 되었다"라는 위대한 영도자 스탈린의 교훈은 오늘날 조선 민족문화 건설에 있어서의 그 민주주의적 내용과 민족적 형식에 대한 거대한 지침이 될 것이다.

그리하여 소련 정부와 당은 10월 혁명에 의하여 전취戰取되었던 연방 내의 제 민족의 법률상의 민족평등을 사실상에 있어서의 경제적 문화적 평등으로 실현시키기 위하여 부절히 노력해왔던 것이다. 제 민족의 풍속의 조건에 적응한 형태에 있어서의 그들의 소비에트 국가의 발전과 강화 그들의 민족어에 의하여 운용되는 법정, 토지의 주민의 풍속과 심리를 숙지하는 토지인에 의한 행정 경제 권력기관의 발전과 강화 그들의 민족어에 의한 학교 신문 극장 구락부 급 일반 문화 예술 교육기관과 광범한 일반 계몽적 성질 급 직업기술적 성질의 훈련대의 학교망의 확립에 대한 거대한 노력은 제 민족의 문화적 창조의 일체의 잠재력을 발휘시키고 오늘날에 있어서 제 민족의 손에 의하여 위대하고도 찬란한 '내용에 있어서 사회주의적 형식에 있어서 민족적' 문화를 창조시키었던 것이다.

이와 같이 사회주의 밑에서만 모든 민족적 압박은 소멸되고 민족적 평등은 실제상에 있어서 수립되고 민족적 친목과 동포적 협동이 성립될 수 있고 제 민족의 풍부한 민족문화 발전을 가져올 수 있음을 증시證示하였다. 그리하여 금번 히틀러 독일과 일본 제국주의에 대한 소련의 세계사적 승리는 다만 군사적 경제적 승리일 뿐만 아니라 또한 히틀러 파쇼 일제 무리들의 민족간의 증오사상에 대한 소련의 민족간의 친목사상의 승리이었다.

조국전쟁은 소련의 과학과 문학과 예술의 발전을 저해하지 않았을 뿐만 아니라 소련 인민은 조국전쟁의 위대한 열화 속에서 최악의 적과의 포연과 참호의 결전장에서 찬연한 과학과 문학과 예술을 창조하였고 10월의 승리가 가져온 사회주의 문화의 거대한 성과를 더한층 발전시켰던 것이다. 조국전쟁을 통하여 소련 사회주의 국가는 인류사상 어떠한 사회제도에서도 볼 수 없었던 과학과 문학과 예술의 진실한 개화를 가져오기 위한 완전한 조건을 구비한 국가임을 또한 오늘날의 소련 사회주의 문화는 인류사상 일찍이 볼 수 없었던 초고도의 풍부한 문화임을 증시하였다.

오늘날 다시금 평화와 건설에 돌아가게 된 소련 인민은 금반 제4차 5개년 계획의 실시를 통해서 전 인류의 문화를 보다 더 넓힐 것이다.

이러한 10월 혁명의 승리로부터 금반의 조국전쟁에 이르는 과정에서 소련 인민의 건설한 위대한 과학 문학예술의 개화는 우리들의 광대한 노력을 통해서 조선 인민의 새로운 과학과 문화와 예술의 찬연한 개화를 약속한다.

조선 인민과 그 과학자 문학자 예술가들은 소련 사회주의 문화에 대한 부절한 섭취와 또한 우리 민족문화 전통에 대한 정당한 계승을 부절한 노력을 다함으로써 참으로 우수한 민족 형식을 통한 민주주의 문화를 건설하고 빛나는 조선 문화의 교류를 가져와야 한다.

그러므로 민족문화 전통에 대한 유아독존적 전통만능을 주장하고 소련 사회주의 문화를 위시한 선진 외국문화를 배격하는 문화상의 국수주의와 또한 진보적인 외국문화의 섭취가 아니라 금융자본에 예속되어 있는 이미 진보성과 새로운 창조성을 상실한 그 내용에 있어서 퇴폐적 그 형식에 있어서 허식적인 낡은 문화만을 가져오려는 시대 뒤떨어진 주장은 오늘날 민족 파시스트들의 반민주적 반동적 문화사상을 대표하는 것이다. 이러한 민족 파시스트들의 문화사상과의 견결한 투쟁 속에만 우리들의 소련 사회주의 문화의 섭취의 임무도 또한 완성될 것이다.

—『해방기념평론집』, 1946. 8.

신정세新情勢와 민주주의 문학예술전선 강화의 임무

1

우리 문학자 예술가는 항상 진리와 진보의 열성적인 지지자이었고 헌신적인 실천자이었다. 과거 일본 제국주의의 악랄한 식민지 경영하에서 우리 문학과 예술의 종사자들은 그 고난의 길을 걸으면서도 조국에 대한 끊임없는 충성을 바치어왔던 것이며, 그 문학적 예술적 창조력을 다하여 오로지 우리 조선 민족의 해방을 위하여 복무하였고 그것을 위하여 투쟁해왔던 것이다.

이러한 일본 제국주의를 반대하고 봉건세력을 반대하는 빛나는 민족해방 투쟁에 있어서 발원한 우리 문학자 예술가들의 애국적 전통과 혁명적 전투력은 반만년의 민족사를 재건하여 위대한 민주주의 조국을 건설하기 위한 전 민족적 과업에 있어서 거대한 광채를 나타내고 있는 것이다.

그러나 우리는 오늘날 우리 조국이 새로운 위기에 처하여 있음을 깊이 인식하여야 한다. 우리 문학자 예술가들은 진실로 조선이 낳은 아들과 딸로서 끝까지 조국의 영광을 위하여 복무하기를 원한다면 역사의 날 8·15의 해방을 참된 해방으로 만들기를 원한다면 우리는 조국을 또다시 독점하려는 새로운 침략자들에 대하여 분연히 궐기하여야 하며, "모든 것을 민주주의 조선 독립국가 건설을 위하여"(김일성 장군) 복종시키고 그것을 위하여 복무하고 그것을 위하여 투쟁하여야 한다. 민주주의 조선 독립국가 건설이 없고서는 위대한 문학과 예술의 개화도 있을 수 없는 것이다.

그러므로 우리 문학자 예술가들은 오늘날 우리 조국이 당면하고 있는 국제적 국내적 신정세에 대한 정확한 인식이 필요한 것이며 그 정세 하에서의 자기의 문학적 예술적 임무에 대한 명확한 파악이 필요한 것이며, 역사적 임무의 수행을 위한 영웅적인 실천이 또한 필요한 것이다.

그러면 우리들을 싸고도는 국제적 정세는 어떠한 것인가?

2

반파쇼와 민주주의 재건을 위한 해방전쟁이었던 제2차 세계대전은 소련 인민과 붉은 군대의 결정적 역할을 중심으로 한 세계 민주주의 역량의 찬연한 승리를 가져왔고 전 인류를 유혈과 암흑 속에 신음케 하려던 서방의 독일 파시즘과 동방의 일본 제국주의의 파멸로 끝을 막았다.

그리하여 대전 후 1년간이란 기간을 통하여 국제 정세의 추이는 소련의 세계적 비중의 결정적 증대와 소련 인민을 선봉으로 한 세계 인민의 민주주의 역량의 급속한 발전을 가져왔으며 해방된 서방과 동방 제국諸國에 있어서뿐만 아니라 광대한 영역에 있어서 위대한 민주주의 건설의 찬란한 개가를 가져온 것이다.

이와 같이 세계 인민들은 영웅적인 혈투로써 이루어진 승리를 확대하며 인류의 평화와 안전을 영속화시키고 세계사에 일찍이 볼 수 없었던 위대한 민주주의적 현실을 창조하면서 새로운 전쟁과 침략이 발생할 수 있는 가능 조건을 없이하기 위하여 전 역량을 다하고 있는 것이다.

그러나 국제 파시즘은 군사적으로는 결정적 패배를 가져왔었지마는 그 잔존세력은 아직도 뿌리째 소멸되지 않았으며 그들은 오늘날 이미 세계적 역량의 결정적인 저하를 가져오고 있는 미영 국제 독점자본과 야합하여 반민주주의 반동전선을 형성하고 평화와 자유와 행복을 사랑하는 세계 인민의 이익과 충의를 말살하며 세계 민주주의 과업을 저해하고 전 인류를 다시금 파시즘의 철쇄 속에 이끌어넣기 위하여 새로운 전쟁과 침략을 준비하며 그것을 위하여 갖은 만행을 다하고 있다.

이리하여 세계 민주주의 역량과 반민주주의 반동 역량과의 첨예한 투쟁이 전개되어 있는 것이며 그것은 전진하는 사회주의 체제와 몰락하는 자본주의 체제의 투쟁인 동시에 인류 역사의 새로운 발전을 가져오기 위한 정의와 그것을 막기 위한 불의와의 투쟁, 그것을 문화상으로 본다면 민주주의적 문화사상과 노예적 문화사상의 투쟁이며 민족적 협동 문화사상과 민족적 증오 문화사상과의 투쟁인 것이다.

그러므로 반민주주의 반동세력의 소탕이 없고서는 세계의 평화와 안전은 보장될 수 없으며 인류의 행복된 생활은 창조될 수 없는 것이다.

그러므로 역사는 세계 인민들 앞에 반민주주의 반동세력의 완전 소탕을 위한 보다 광범한 보다 강고한 투쟁 임무를 부여하는 것이며 그 투쟁에 있어서 신속하고도 결정적인 승리를 가져오기 위한 기본 조건으로서 세계 민주주의 역량의 확대 강화라는 과제를 엄숙히 제기하고 있는 것이다.

3

이러한 국제적 환경 속에서 조선 국내 정세는 새로운 전변轉變을 가져온 것이다. 오늘날 조선 국내 정세는 8·15의 위대한 해방이 전全 조선적으로 이루어진 것이 아니요 다만 북조선에 있어서만 이루어진 것을 우리들은 깊이 인식하여야 한다.

북조선에 있어서는 조선 인민의 진정한 해방자며 후원자인 붉은 군대가 주둔하고 있기 때문에 인민의 정권의 수립은 보장되었고 언론, 출판, 집회, 신앙, 연구, 선거의 자유와 민주주의적 정당 사회단체의 자유로운 발전의 길은 열리어졌으며 일제에 짓밟힌 산업, 운수, 농촌 경제와 민족문화의 급속한 부흥을 달성할 수 있는 조건은 이루어진 것이다.

그러므로 인하여 북조선 인민들은 광대한 민주주의 통일전선을 형성하였고 그 기초 위에 인민의 총의와 이익을 대표하는 북조선 임시 인민위원회를 수립하였으며 우리 민족의 위대한 지도자 김일성 장군의 영명한 영도력하에서 여러 가지 민주주의 개혁을 조선 사람의 의사에 의하여 조선 사람의 손으로 승리적으로 실시하였다.

이 북조선의 모든 민주주의 개혁은 동시에 위대한 국제적 의의를 갖는 것이며, 그것은 전세계 소수 민족국가의 재건에 있어서 가장 모범적 작용을 한 것이며 그 속도에 있어서 가장 빛나는 것이었다. 북조선 인민들은 이러한 실제 투쟁의 과정을 통하여 정치적 경제적 문화적으로 새로운 민족적 자각과 민족적 자신을 체득하였던 것이며 반만년의 조선 민족사에 있어서 일찍이 볼 수 없었던 거대한 발전을 이 짧은 기간에 수행하였던 것이다.

그러나 남조선에 있어서는 반동적 미군정하에 있기 때문에 남조선 인민들은 8·15의 위대한 역사의 날을 맞이하였음에 불구하고 변상적變

像的 제국주의 침략의 독아에 의하여 그 야만적 통치에 의하여 암담한 정세하에 놓여 있다. 반동적 미군정은 일본 제국주의적 봉건적 파쇼적 잔존세력과 야합하여 남조선 인민의 의사와 이익을 말살하고 일제와 같은 야수적인 음모와 폭압과 학살로써 민주주의 조선 독립국가 건설을 방해하며 조선을 다시금 식민지로 만듦으로써 조선 민족을 노예적 철쇄 속에 신음케 하기 위하여 전력을 다하고 있다.

이들 국제 반민주주의 반동파들의 일환으로서의 조선의 반동파들은 인민위원회를 해산 또는 폭압함으로써 주권을 조선 사람의 손으로부터 박탈하였으며 북조선과 같은 '토지개혁' 대신에 강도적 토지개혁을, '노동법령' 대신에 약탈 형식의 강화를, '남녀평등권에 대한 법령' 대신에 갖은 형태의 여성의 노예화를, '중요 산업의 국유화' 대신에 식민지적 독점을 강행하고 있으며 조선 민족의 애국사상의 파괴와 정신적 예속을 위하여 조선 민족문화 발전의 자유로운 창조의 길을 가로막고 있는 것이다. 이와 같이 남조선은 오늘날 새로운 제국주의 침략의 위기에 놓여 있음을 우리는 명확히 이해하여야 한다.

4

그러므로 오늘 조선 인민 앞에 엄중하게 제기되는 문제는 하루바삐 남조선의 반동적 노선을 극복하고 남조선에도 북조선과 같은 광범한 민주주의 개혁을 실시하여 그럼으로써 통일적인 완전 독립국가를 세우는 데 있다는 김일성 장군의 보고의 말씀과 같이 현 조선 인민들의 기본 임무는 전 조선 인민의 민주주의 역량을 굳게 단결시키며 민주주의 민족통일전선을 확대 강화하고 전 조선적으로 민주주의적 개혁을 실시시키며 하루속히 민주주의 조선인민공화국을 건립하기 위하여 일체의 반민주주의적 반동세력과의 보다 견결한 투쟁을 전개하여 위대한 승리를 신속히 쟁취하는 데 있다.

이러한 조선 인민의 기본 임무 수행에 있어서 북조선은 그 근거지며 그 중심적 동력으로서의 역사적 역할을 담당하게 되는 것이다. 그러므로 우리들은 우리의 근거지 북조선의 민주주의 역할을 더욱 튼튼히 하고 여지껏의 민주주의 개혁의 승리를 더욱 확대하여 북조선에 넘쳐흐르는 힘으로써 남조선의 인민을 도와서 반민주주의적 반동파 타도의 임무를 완성하여야 할 것이다.

이러한 임무 수행을 위하여 광대한 근로인민 대중을 굳게 단결시키며 이 복잡하고도 장기간에 걸친 투쟁을 승리적으로 완성하기 위하여 이 역사 계단에 있어서 필연적으로 실로 대중적인 정당이 요구되었던 것이며 여기에 찬연한 혁명적 전통을 가진 '북조선공산당'과 '조선신민당'과의 합동으로써 북조선노동당의 창립도 또한 보게 되었던 것이다.

이러한 조선 인민의 현 단계 있어서의 임무는 조선 인민의 과제를 자기의 문학예술 활동의 과제로 삼아야 할 조선의 문학자 예술가뿐만 아니라 모든 지식분자의 임무도 또한 결정하는 것이다. 조선 사회가 장구한 기간 식민지적 반봉건사회이었던 만큼 민주주의 조선 국가 건설에 있어서 새로운 정치와 새로운 경제와 새로운 문화의 창조에 있어서 조선의 지식분자의 위치는 거대한 자리를 차지하는 것이며 그들의 역할은 무엇보다 중요성을 갖는 것이다.

여기에 있어서 북조선의 문학 예술가들은 북조선의 민주주의 문학예술 역량이 민주주의 조선 독립국가 건설을 위한 주동적 문학예술 부대임을 깊이 인식하고 보다 광범한 연합과 통일적인 행동을 가짐으로써 북조선의 민주주의 문학 예술전선을 더욱 확대 강화하여 민주주의 민족문학

예술 건설사업을 더욱 전진시킴으로써 우리들의 역량이 그야말로 위대한 북풍이 되어, 오늘날 새로운 제국주의의 침략의 위기하에서 영웅적으로 투쟁하고 있는 남조선의 문학자 예술가를 원조하며 격려하여 그들과 더불어 전 조선적인 통일적 민주주의 문학예술 전선을 수립하고 반민주주의 반동파들과 그 문화사상을 분쇄함으로써 문학과 예술의 위대한 개화를 가져올 수 있는 민주주의 현실을 하루속히 전 조선적으로 세워놓아야 한다.

우리 문학자 예술가들이 민주주의 건국을 위하여 반민주주의 반동파들의 타도를 위하여 영웅적인 투쟁을 전개할 것, 이것이 우리들의 오늘날 기본적 투쟁 임무이다.

5

그러나 이러한 기본 임무의 수행은 우리들이 다만 혁명적 구호의 나열에 의하여 또는 이론적 날조에 의하여 이루어지는 것이 아님을 인식하여야 한다.

이러한 기본적 임무의 수행을 위하여 우리들은 무엇보다도 북조선에 있어서의 유일한 민주주의적 문학예술 통일조직인 '예총'의 확대 강화를 가져오기 위하여 강고히 투쟁할 것이다.

북조선에 있어서는 우리의 진정한 후원자 붉은 군대가 주둔하여 있고 위대한 민주주의적 현실의 우렁찬 전진이 있고 우리의 태양 김일성 장군의 문학과 예술에 대한 거대하신 고려가 있기 때문에 또한 우리들의 민주주의 민족문학 예술 건설의 노선이 진실로 정확하였고 '예총'의 매개每個 조직원들이 열성을 다하였기 때문에 결성 이래 급속하고도 찬란한 발전을 해올 수 있었던 것이다.

그리하여 '예총'은 면面에서 시市, 군郡, 도道, 중앙에 이르기까지 튼튼한 군중 기초 위에 수립되었고 이미 1만여 명이라는 일찍이 조선 민족 문화사에 그 유례가 없었던 광대한 문화적 예술적 역량을 결집시켰으며, 그 영향하에 각 직장, 농촌, 어장, 도시에 1천여의 문학예술 서클을 갖기 시작하였고 이러한 '예총'의 조직적 성과는 그 창조적 성과와 아울러 북조선의 문학, 예술운동이 진실로 민주주의 조선 독립국가 건설의 일익을 담당한 조선 인민에 복무하고 광범한 인민대중 속에 뿌리를 박고 인민대중으로부터 올라온 것이라는 것을 증시하는 사실이다.

그러나 '예총'은 오늘날 광대한 조직적 발전을 짧은 기간에 승리적으로 감행하였다 하더라도 그것은 아직도 초보적인 기초를 닦아 놓았음에 불과하고 실로 민주주의 조선 독립국가 건설을 위한 주동적 문학예술 부대로서는 아직도 튼튼한 준비와 기초를 완성치 못한 것이다.

'예총'은 자체에 결집한 문학적 역량과 연극, 음악, 미술, 무용 등의 예술적 역량을 전적으로 발양시키고 매개 문학자 예술가의 창조성을 구현시키기 위한 부문별 조직체로 확립되지 못하였고, 이미 '예총'의 보다 더한 새로운 발전을 위하여서는 이 조직체계의 재편을 필요로 하는 계단에 이르렀다고 볼 수 있으며 그리되어야만 여하한 고난한 투쟁 속에서도 승리를 확보할 수 있는 일개의 거대한 전투부대로서의 역할을 다할 수 있을 것이다.

우리는 다만 '예총'이 신정세하에서 자체 조직의 재편만 가지고 강화된다는 것이 아니요, 그와 동시에 우리들이 김일성 노선 위에 서서 사상思想상 조직상 행동상 작풍作風상 새로운 제고와 굳센 통일을 가져오기 위하여 노력하여야 한다.

여기에 있어서 '예총'의 매개 문학자, 예술가들은 우리의 민주주의 문학, 예술 전선의 강화를 가져오는 일체의 기회주의적(극좌적, 극우적) 편향이 발생할 수 있는 조건을 없이하기 위하여 과감한 반종파 투쟁을 강화할 것이다.

그리되어야만 '예총'이 중앙으로부터 면에 이르기까지 일개의 위대한 '나사'와 같이 그 전투력을 전적으로 발휘시킬 수 있을 것이다. '예총' 조직의 강화는 문학자, 예술가를 조직의 틀에 매여 놓고 그들의 자유로운 문학적, 예술적 재능을 저해하는 것을 의미하는 것이 아니며 오히려 그것을 촉진하는 것이며 그것을 전적으로 발휘시키는 토대가 되는 것이다.

그리하여 '예총'이 우리 전열에 아직도 참가치 않은 한 사람의 문학자 예술가래도 성심을 다하여 획득해나가며 새로운 문학자, 예술가를 광대한 인민대중의 저수지에서 배양하는 데 부절히 노력함으로써 북조선에 있어서의 우리들의 문학예술운동은 보다 찬연한 것이 될 수 있을 것이다. 이 사업은 '예총'의 매개 간부들이 중앙 간부로부터 지방 간부에 이르기까지 남한테 배울 줄 알아야 하며 남을 가르쳐줄 줄을 알아야 하며 남과 같이 일하고 남과 같이 싸울 줄 아는 새로운 민주주의적 작풍을 실천에 있어서 체득하여야 한다.

이리되어야만 '예총'은 수만 명의 우리 민족의 '보배'들을 결집시킬 수 있고 민주주의 조선 독립국가 건설을 위한 투쟁에 있어서 빛나는 승리를 가져오기 위한 유력한 조건을 갖게 되는 것이다.

6

다음으로 북조선의 문학자, 예술가들은 진실로 위대한 예술의 창조를 가져오기 위하여 사상적 무장뿐만 아니라 '기술적' 무장을 위하여 꾸준한 노력을 기울일 것이다. 8·15의 해방 이후 북조선에 있어서는 특히 '예총'의 창립 이래 문학과 예술, 각 부문 내에 있어서 실로 거대한 창조를 가져왔던 것이다.

그러나 그것은 실로 북조선의 민주주의적 현실의 위대한 발전에 대비하여 극히 빈곤한 것을 우리는 지적치 않으면 안 된다. 우리 북조선의 민주주의적 현실은 문학과 예술에 거대한 소재를 제공하고 있다. 조선의 문학과 예술이 이처럼 풍부한 재료를 소유한 시대는 일찍이 없었던 것이다. 우리들이 민주주의적 문학자, 예술가로서 위대한 현실을 정확히 볼 수 있는 '혁명적 눈'을 보유하고, 민주주의적 조국을 위하여 영웅적으로 투쟁하는 조선 인민대중을, 우리들의 주위에 노도와 같이 일어나는 불멸의 기록을, 이 역사 계단에 있어서의 시대적 전모를 정확히 표현하는 것은 우리들이 이 위대한 시대에 적응한 위대한 문학예술적 수단을 소유하여야만 함을 의미하는 것이다.

물론 위대한 문학과 예술이 일조일석에 창조되어지는 것이 아니요, 또한 일본 제국주의에 의하여 짓밟힌 터전에서 그렇게 쉽사리 나올 수 없는 것도 사실이다. 그러나 오늘날의 위대한 역사의 흐름은 문학자, 예술가들의 피투성이의 노력이 축적됨으로써 능히 전 시대적 전모를 그려낼 수 있는 위대한 문학과 예술창조의 가능성을 우리에게 부여한 것이다.

우리 문학자 예술가들이 우리 민족어를 자유로이 구사할 줄 모르고 색色과 형形과 선線과 형形을 자유로이 지배할 줄 모르고 어떻게 위대한 문학적 예술적 창조를 가져올 수 있으랴.

우리는 과거 우리들의 조상들이 신라시대, 고려시대, 이조시대에 있어서 '석굴암'을 파고 '낙랑의 벽화'를 그리고, '고려자기'를 굽고, '청성곡'을 읊고, 『춘향전』을 찍었던 그것과 같은 문학예술에 대한 성심과 장기간의 노력이 있어야만 비로소 우리들은 자기가 그리고자 하는 것을 정확히 형상화할 수 있는 것이다.

표현의 진실성의 정도는 작품이 추상적으로 취급된 사상적 국면에 의하여 '측정'되는 것이 아니다. 예술작품에 있어서는 예술적 형상의 설득력이 우리들에게 사상의 정확성을 증명하는 것이다. 사상적 진실은 예술적 진실에서 분리할 수 없다. 우리들의 유일한 진실한 사상은 '예술의 특수한 제 수단에 의하여 가장 빛나게 가장 효과적으로 옹호한 작품이 예술적으로 진실한 것이다.'라는 어느 평가의 말과 같이 오늘날 우리 문학적 예술적 활동에 있어서 사상적 무장뿐만 아니라 기술적 무장의 약점은 하루속히 극복되어야 하며 우리는 그것을 위하여 소련 사회주의 문학과 예술의 섭취와 우리 민족문학 예술전통의 계승을 위한 노력을 기초로 한 계속적인 노력이 필요한 것이다.

우리들이 진실로 사상적 무장과 아울러 우수한 기술적 무장을 승리적으로 완성할 때 또한 우리들의 조선 민족의 반만년의 빛나는 전통을 이어온 후손으로서 위대한 민족 형식을 완성할 수 있다면 그때야말로 진실로 위대한 '내용에 있어서 민주주의적 형식에 있어서 민족적'인 문학과 예술이 우리 조국에 찬연히 나타날 것이다. 이리되어야만 우리 민주주의 문학자 예술가들은 반민주주의 반동파와 그 문화사상에 결정적 타격을 줄 수 있으며 남조선의 친애하는 영웅적 문학자 예술가들과 손을 잡아 위대한 민주주의 조국 건설의 역사적 임무를 승리적으로 완성할 수 있을 것이다.

—《문화전선》, 1946. 11.

민족예술과 민족문학 건설의 고상한 수준을 위하여

위대한 소련 군대의 영웅적 희생으로 말미암아 해방된 북조선에 있어서는 민주주의 조선 자주독립국가 건설을 위한 민주주의적 정치, 민주주의적 경제, 민주주의적 문화의 현란한 건설을 위한 전제조건들이 조성되었다.

북조선 인민정권의 독립과 북조선의 결정적 경제 토대의 인민적 소유는 모든 문화건설 사업이 조국과 인민의 복리를 위한 방면으로 나가게 하였으며 조선 민족사상에 처음으로 전 인민대중이 문명의 혜택을 향유할 수 있게 되었을 뿐만 아니라 노동자 농민 인텔리겐치아 전 인민대중이 새로운 조선문화의 창조자로서 나서게 되었다.

김일성 장군이 발표하신 '12개 정강' 의 기본정신의 구체화로써 북조선인민정권은 북조선에 있어서의 민주주의적 문화발전을 위한 거대한 국가적 대책들을 실시하였다. 장기간의 일본 제국주의의 악독한 통치의 결과로써 나타난 조선 민족의 현저한 문화적 낙후성을 급속히 극복하고 소련을 위시한 외국의 선진적 과학 예술 문학을 적극적으로 섭취하며 조선 민족문화 유산을 정당히 계승하여 찬란한 민주주의 조선 민족문화를 수립하기 위한 국가적 요청은 인텔리겐치아 대열에 거대하고도 고귀한 책임을 부여하였다. 조선 노동자 농민은 민주주의를 위한 실제 투쟁 속에서 조선 인텔리겐치아들과 더불어 튼튼한 동맹을 형성하였고 정치 경제 문화 전 분야에 있어서 전 역량을 조국 건설을 위해 바쳐왔다.

조선 인민의 역량은 조선 민족문화 건설에 있어서도 막대한 승리를 보장하는 원천이 되었다. 이리하여 북조선의 노동자 농민 인텔리겐치아들의 전 인민적 노력과 투쟁은 정치적 경제적 생활 분야에 있어서뿐만 아니라 문화적 생활 분야에 있어서도 위대한 승리를 가져왔던 것이다.

예술과 문화건설 분야에 있어서 본다면 8·15 이후 북조선 각지에는 예술가 문학가들의 새로운 조선 민족예술과 민족문학을 재건키 위한 노력과 투쟁이 자연생장적 분산적 운동으로서 노도와 같이 일어났던 것이다. 북조선 인민정권이 수립된 후 우리 정권은 예술가 문학가들을 조국과 인민에게 복무하는 영광스러운 길로 인도하였으며 예술과 문학건설 사업을 개인적 사업으로서가 아니라 민주주의 조국 건설을 위한 거대한 국가적 사업의 일부로서 인정하였고 예술과 문학이 가진 바 위대한 역사적 사명과 역할을 높이 평가하였다. 김일성 장군의 특별하신 고려 밑에서 조국과 인민을 사랑하는 전 북조선 예술가 문학가들은 자기들의 전 예술 전 문학 역량을 단일한 예술문학조직에 결집시킴으로써 그 전투력을 더욱 위력 있게 하며 우리 조국과 우리 인민과 우리의 위대한 영도자께 보다 충실하려 하였다. 이리하여 1946년 3월 25일 북조선문학예술총동맹은 창립되었던 것이다.

'문예총'에 결집된 예술과 문학의 종사자들은 민주주의 조국 건설의 위업의 달성을 위하여 현란한 민주주의 민족예술과 민족문학의 개화를 위하여 헌신적으로 노력하였으며 투쟁하여왔다. 북조선에 있어서의 예술문학의 발전은 무풍의 평화로운 온실 속에서 이루어진 것이 아니라 위대한 조국 건설을 위한 영예롭고 장엄하며 견결한 투쟁 속에서 이루어진 것이며 국가적 애호 속에서 성장하였으며 성장하고 있는 것이다.

북조선 예술가 문학가들은 조국과 인민이 자기들에게 부여한 과업을 원만히 달성키 위하여 위대한 시대에 부끄럽지 않은 고상한 사상성과 예술성을 가진 예술창조와 문학창조를 가져오기 위하여 자기들의 재능과 역량을 아끼지 않았다. 북조선 인민들은 자기의 예술가 문학가들을 존중하였으며 격려하였다. 인민들은 예술가 문학가들의 매개의 성공된 창조물을 자기의 승리로서 인정하였고 기뻐하였다. 불성공한 창조물을 자기의 패배로서 인정하였고 슬퍼하였다. 이처럼 북조선에 있어서는 예술과 문학건설 사업은 인민들과의 혈연적 사업으로 되었으며 예술가 문학가들은 자기의 운명을 인민의 운명과 분리시키지 않았다.

이리하여 북조선에 있어서 민주주의 민족예술과 민족문학 건설사업은 2년이 채 못 되는 짧은 기간에 거대한 승리를 가져왔던 것이다. 물론 우리 예술과 문학은 나이어린 예술과 문학이며 아직도 그 잠재력을 전적으로는 발양시키지 못하였지마는 그러나 오늘날 북조선의 예술가 문학가들이 축적해놓은 찬란한 성과는 조선 문학과 예술이 머지않은 장래에 세계 문화사상에 새로운 광채를 가져올 위대한 예술과 문학으로서 형성될 막대한 가능성을 보여주고 있는 것이다. 이 사실은 반민주주의 반동파들이 여하히 부정하려 하여도 부정할 수 없는 사실이다.

그러나 북조선에 있어서의 민주주의 민족예술과 문학건설의 현란한 승리가 있었다 하더라도 이것은 우리들의 첫 승리에 불과한 것이다. 문명하고 부강한 민주주의 조국 건설을 위한 위업 인민경제부흥과 발전계획실행은 예술문학건설 사업에 있어서뿐만 아니라 전 문화건설사업의 보다 높은 승리와 보다 높은 수준을 요구한다.

오늘날 조선 인민들 앞에 놓여 있는 과업은 실로 위대하고도 곤란한 과업이다. 이 과업은 조선 인민들이 민주주의적 고상한 사상을 가진 각성 있는 조국 건설자가 되며 우리 인민정권의 정책을 옳게 이해하며 이 정책의 실현을 위하여 만난을 극복하고 헌신적으로 노력하며 투쟁함으로써만이 달성할 수 있는 것이다. 고상한 사상은 민주주의적 새조선 사회의 발전을 촉진시킬 것이며 그 위력의 원천을 증가시킬 것이다. "인민의 정신적 재산은 물질적 재산보다 귀중한 것이다."(주다노프) 해방 이후 단기간에 있어서 북조선 인민들의 위대한 승리는 우리 정권이 민주주의적 고상한 사상으로써 인민들에게 높은 자각성과 문명성을 주입하면서 인민 속에서 실시한 광범한 교양 사업과 문화건설 사업의 결과이다.

우리 조선 인민들의 의식에는 위대한 전변이 생겼던 것이다. 일본 제국주의의 악독한 식민지적 노예정책의 결과로서 나타난 낡은 사상으로부터 조선 인민들의 의식상의 부단한 정화가 행하여지고 있는 것이다. 그러나 조선 인민들의 의식에 의하여서의 일제적 잔재는 아직도 근절되지는 못하였다. 그러므로 일본 제국주의적 노예사상의 잔재를 뿌리째 소탕하여 민주주의적 정신을 조선 인민들에게 부단히 넣어주는 것은 오늘날의 중요한 정치적 과업의 하나로 되는 것이다. 이것은 조선 인민들의 정신적 문화적 우수성 창조를 의미하며 조선 인민들의 고상한 민족적 품성의 배양을 의미하는 것이다.

우리 조선 인민들 특히 우리 청년들로 하여금 조국과 인민을 진실로 사랑하는 헌신적 애국자가 되게 하며, 조국과 인민의 이익을 무엇보다 고상히 여기며, 조국과 인민의 복리를 위하여 투쟁하며 민주주의를 위한 투쟁에 있어서 용감한 혁신자가 되며, 어떠한 난관이든지 능히 극복할 수 있는 준비성을 가지며, 조국의 원수들에게 대하여 무자비한 자가 되며, 선진적 우방과 친선할 줄 알며, 세계평화와 인류의 행복을 위하여 공헌할 줄 아는 그러한 고상한 민족적 품성을 가진 '새로운 조선 사람'으로 형성하는 데 있어서 예술과 문학은 다른 민주주의적 문화수단들과 더불어 그 역할은 거대하고도 고귀한 것이다.

그럼으로써 스탈린 대원수는 "작가는 인간 정신의 기사이다."라 하였으며 김일성 장군은 우리 예술가 문학가들을 격려하는 말씀 가운데 '민족의 보배'라고 이름지었던 것이다. 실로 조선예술과 조선문학은 조선 인민들의 도덕적 정치적 통일성을 촉진시키며 그들을 민주주의 조국건설을 위한 영웅적 노력과 투쟁으로 고무하며 조직하는 강력한 무기인 것이다. 이것은 무엇을 말함이냐. 우리 예술과 문학에게는 국가와 인민의 이익밖에 다른 이익이 있을 수 없으며 국가와 인민에게 복무하는 거기에 그 고귀한 사명과 빛나는 위력이 있음을 말하는 것이다. 또한 이것은 우리 예술과 문학이 그 고귀한 사명과 빛나는 위력을 원만히 달성키 위하여서는 그것이 고상한 상상력 및 예술적 수준을 확보하여야 함을 책임지우는 것이다. 오늘날 조선 인민들의 사상적 문화적 수준은 현저히 성장되었다. 민주주의 조국 건설을 위한 투쟁 속에서 영웅적 인민 승리적 인민의 영예를 전취하면서 나날이 높은 곳으로 올라가고 있는 조선 인민들은 이미 어떠한 정신적 산물이든지 주는 대로 받아들일 수 있는 정도까지 성장되었다. 이것은 무엇을 말함이냐. 이것은 우리 예술과 문학이 성장된 조선 인민의 수준까지 올라가 있어야만 함을 말함이다.

그럼에도 불구하고 북조선에 있어서의 민주주의 민족예술과 민족문학 건설에 있어서 우리는 그 찬란한 승리와 아울러 또한 허다한 결점들을 발견하는 것이다. 그럼으로써 우리 예술과 문학건설 사업에 대한 대담스럽고 원칙적인 비판과 자아비판을 강력히 전개하여 그 우수한 결과를 더욱 확대하며 그 결점들은 적절히 극복함으로써만이 조국과 인민에 복무하는 예술과 문학으로서의 고귀한 역할을 원만히 달성시킬 수 있을 것이다.

현재 북조선에서 발표되고 있는 문학작품과 예술작품은 조선 인민의 성장된 사상적 문화적 수준에 비추어 조국과 인민에게 복무하는 조선문학과 예술의 거대한 임무로부터 현저히 낙후되고 있다. 예술가 문학가들의 창작적 일반 수준의 저도低度, 사상적 무장의 부족, 예술적 수단의 빈곤, 긴장한 창조적 노력의 결핍 등은 고상한 사상성과 예술성을 가진 진실로 인민들이 이해할 수 있으며 인민들이 사랑할 수 있으며 인민들의 심장을 고동鼓動시킬 수 있으며 인민들의 생활을 아름답게 하며 인민들의 정신적 문화를 풍부하게 하는 그야말로 위대한 시대에 부끄럽지 않은 시, 소설, 희곡, 평론 및 연극, 음악, 무용, 미술, 영화를 원만한 정도로 내놓지 못하게 하였다. 이것은 우리 예술과 문학이 가진 바 고귀한 역할을 원만히 수행 못 하고 있음을 말하는 것이다.

우리 예술가 문학가들은 조선 민족의 전 생활 분야에 침투하여 조선적 큰 예술적 주제를 찾으며 조선 사람의 노력과 투쟁과 승리와 영예를 고상한 사실주의적 방법으로 그려내는 데 있어서 아직도 원만치 못하다. 우리 예술가 문학가들은 조선 예술과 문학사상에 일찍이 볼 수 없었던 무한히 광대한 무한히 풍부한 소재가 놓여 있음에도 불구하고 무엇을 어떻게 그릴 줄 모르며 현실을 올바르게 반영하는 데 있어서 충분치 못하며 고리키가 말한 '약속된 미래'를 보여주는 데 있어서 아직도 거리가 멀다. 어떠한 인간의 전형이 오늘날 새로운 조선 예술과 문학이 요구하는 진실한 의미의 고상한 조선 사람의 전형임을 명확히 이해치 못할 뿐 아니라 그러한 고상한 조선 사람의 전형을 형성하는 데 대하여 적절한 주의를 돌리지 않는다.

몇 개의 문학작품 가운데서 예를 들어보면 토지개혁을 그린 「해방된 토지」라는 희곡에 있어서 작자는 지주의 아들이며 일제시대의 면장을 하던 자로 하여금 열렬한 애국자의 전형을 만들려 하였고 가장 부지런하고 가장 피땀을 흘려 토지를 장만한 자로 하여금 지주의 전형으로 만들어 놓음으로써 우리 조선 문학의 긍정적 전형과 부정적 전형에 대한 부정당한 이해를 폭로하였다. 이 작자는 토지개혁의 의의를 잘못 이해하였고 그리됨으로써 이 작품은 독자와 관중들을 지주에 대하여 동정하는 방향으로 이끌어 나가는 결과를 가져오게 함으로써 우리 문화 전선에 명예롭지 못한 기록을 남겼던 것이다. 남조선의 인민항쟁을 그린 「불어라 동북풍」이라는 희곡에 있어서는, 작자는 남조선 어느 도시에 있어서의 반민주주의 반동파의 거두와 그 아들 3형제를, 하나는 반동파로 하나는 현실도피자요 하나는 열렬한 애국자로 만들어 이 부자 네 사람을 통한 가정내의 사상적 갈등 속에서 인민항쟁을 그려보려 하였고 결국에 있어서는 이 작품은 남조선의 인민항쟁을 옳게 반영시키지도 못하였고 우리 문학이 요구하는 진실한 애국자의 전형을 우리의 현실과 아무런 관련성 없는 허공에다가 만들어놓음으로써 「해방된 토지」의 작자와 대동소이한 옳지 못한 불합격품을 내놓았던 것이다.

적지 않은 우리의 작가들이 새로운 노동자를 그리는 데 공장에서 광산에서 철도에서 민주주의 조국 건설을 위하여 인민경제 발전계획의 예정 숫자를 넘쳐 실행하기 위하여 모든 난관을 극복하면서 새로운 창의와 새로운 방법을 탐구하면서 영웅적인 노력과 투쟁을 아끼지 않는 그야말로 위대한 미래를 바라다보고 나날이 높은 곳으로 올라가는 새로운 노동자의 전형을 그릴 줄 모른다. 새로운 농민을 그리는 데 있어서 토지를 얻은 농민이 조국에 대한 애국적 정성으로써 경작 면적을 확장하며 농사기술을 향상시키며 국가의 요청에 대답키 위하여 열성적으로 헌신하는 새로운 농민의 전형을 그릴 줄 모른다. 새로운 인텔리겐치아를 그리는 데 있어서 자기의 재능과 지식을 조국과 인민을 위하여 헌신적으로 적용하는 고상한 목표를 향하여 아무런 주저 없이 나아가는 그러한 새로운 인텔리겐치아의 전형을 그리는 대신에 무용의 공론과 회의와 주저 속에서 방황하는 협소한 개인적 유습에서 탈각되지 못한 낡은 인텔리겐치아를 보여주는 데 불과한 것들이 많다.

우리 창작가들은 무엇보다도 진정한 의미의 고상한 조선 사람의 전형이 어떠한 것인가를 명확히 이해하여야 하며 그것을 형성하는 데 선구적 역할을 놀아야 한다. 오늘날 새로운 조선 문학에 있어 요구되는 새로운 긍정적 전형은 국가와 인민을 진심으로 사랑하는 민주주의 조국 건설을 위하여 헌신적으로 투쟁하는 모든 낡은 구습과 침체성에서 벗어난 높은 민족적 자신과 민족적 자각을 가진 고상한 목표를 향하여 만난을 극복할 줄 아는, 모든 문제를 해결하는 데 있어서 높은 창의와 재능을 발양하는, 고독치 않고 배타적이 아닌, 다른 사람들과 더불어 또 다른 사람을 이끌고 용감하게 나아가는 그야말로 김일성 장군께서 말씀하신 생기발랄한 민족적 품성을 가진 그러한 조선 사람의 형상을 말하는 것이다.

우리 조선 문학의 새로운 영웅은 파제에프가 "새로운 역사적인 영웅은 대중의 환영을 받는 영웅이며, 그의 살이 곧 대중의 살이 되고 그의 뼈가 곧 대중의 뼈"라고 말한 그러한 조선 사람인 것이다. 이렇게 생각할진대 오늘날 우리 창작가들의 새로운 조선 사람의 고상한 전형을 창조하는 데 있어서의 성과는 너무나 원만치 못함을 지적하지 않을 수 없다. 아직도 우리 작품 가운데 '무의미한 인간' '허수아비 주인공' 들이 무기력하고 수동적이며 연약하며 주저와 연민을 말하는 낡은 사회의 인간들이 너무나 많다는 것이다. 물론 진정한 의미의 고상한 조선 사람의 전형을 창조한다는 것은 결코 단순하고 안이한 일이 아니며 복잡하고도 지난한 일이다. 그러나 이 임무는 무한히 영예로운 임무이며 오늘날 우리 창작가들이 그것을 위하여 보다 높은 관심과 보다 높은 노력을 축적지 않고서는 우리 조선 문학의 고상한 높이는 달성될 수 없을 것이다.

오늘날 우리 예술가 문학자들의 작품 가운데 값 높은 작품과 아울러 불합격이 많고 극히 조야한 제품들이 적지 않게 나타나고 있다는 것은 묵과할 수 없는 사실이다. 이것은 우리 조국과 인민들에게 커다란 손실을 주는 것이다. 상기한 바와 같이 조선 인민들의 사상적 문화적 수준은 현저히 성장되었고 그들의 예술적 문학적 욕구는 부단히 증대되어가는 것이다. 우리 조선 인민들은 이미 하룻밤 사이에 만들어놓은 것 같은 조제품들에 대하여 만족을 느낄 수 없으며 그러한 조제품들을 예술작품이며 문학작품이라 부름은 허용치 않는다. 우리 출판물, 방송, 극장, 전람회 등에서 하등의 긴장한 창조적 노력을 찾아볼 수 없는 시, 소설, 희곡과 아울러 대본, 연출, 연기에 있어서 극히 조잡하고 준비되지 않은 연극, 길거리 간판에 불과한 미술, 기본연습 하나 열심히 하지 않은 음악과 무용 등이 적지 않게 나타나고 있다는 것은 더구나 그것이 우리들의 중요한 문학가 예술가들의 창조 가운데서도 발견된다는 사실은 우리 민족예술과 민족문학 건설에 있어서 급속히 극복하여야만 할 중대한 결점들이다.

조국과 인민이 우리 예술가 문학가에게 기대하는 바는 지대한 것이다. 우리 예술가 문학가들의 부여된 임무의 원만한 수행은 그러한 안이한 길 위에서 달성될 수 없으며 그것은 오직 예술가 문학가들의 엄숙하고도 피투성이의 창조적 노력을 통해서만이 달성될 수 있는 것이다. 세계 예술문학사상에 남겨놓은 찬연한 작품들은 일조일석에 쉽사리 산생産生된 것이 아니요 예술가 문학가들의 무한한 헌신성과 무한한 진실성을 통해서 산출된 것임을 깊이 인식하여야 한다.

그러므로 우리 예술가 문학가들을 긴장한 창조적 노력에 궐기시키기 위한 문제는 오늘날 우리 예술과 문학 앞에 놓여 있는 가장 중요한 문제의 하나이다.

그와 동시에 우리는 재삼 지적된 바와 같이 시집 『응향』을 비롯하여 『예원써클』 『문장독본』 『관서시인집』 또는 극장 방송 등에서 간별적簡別的으로 발견할 수 있었던 부패한 무사상성과 정치적 무관심은 우리 문화 전선에 아직도 '예술을 위한 예술' '예술의 순수' '예술의 자유'의 신봉자들이 '조국과 인민에게 배치背馳되는 예술' '조선 예술문학에 적합치 않은 낡은 예술문학'의 신봉자들이 남아 있었던 것을 말하는 사실이라는 것은 재삼 강조할 필요를 느낀다. 이것은 민주주의적 조선 민족예술과 민족문학과 대립되는 일본 제국주의의 노예사상의 잔재의 산물로서 이러한 조국과 인민에게 해독을 주는 낡은 사상의 신봉자들에게 북조선의 예술문학의 자리와 출판물 극장 방송들을 제공한 것은 우리 북조선 문화 전선의 큰 수치였다는 것이다. 다른 평가平家들이 이미 예를 들었지만은 시집 『응향』에서 서창훈徐昌勳이란 시인은 1946년 5월 23일 작作으로서

고요한 사막의 첫새벽
나는 설레는 가슴을 안고
마음은 지향을 얻지 못하고

너는 광명을 찾아
이국의 길을 떠난다
네가 온밤중 흘린 눈물은
얼마나 나를 안타까웁게 하였으리

이 시는 무엇을 말하는가. 작년 5월이라면 북조선에 있어서는 찬란한 토지개혁이 3월 5일 실시되어 토지 받은 농민들의 승리의 고성소리 높이

울리고 수백만 인민들의 5·1절의 장엄한 행진이 바로 끝난 그때였다. 이러한 때에 조선 시인으로서 조국을 사랑할 줄 알며 인민들의 심장의 고동을 들을 줄 아는 시인이라면 "나는 설레는 가슴을 안고 마음은 지향을 얻지 못하고"라는 고독과 애수를 느끼지 않았을 것이요, 북조선의 위대한 민주주의 건설 속에서 광명을 찾지 못하였던가, "너는 광명을 찾아 이국의 길을 떠난다"라는 염세와 도피의 노래를 읊지 않았으리라. 이는 남조선의 반민주주의 반동파들의 소굴을 '광명의 이국'으로 여기어 찾아가는 토지개혁을 반대한 반동 지주의 낡은 사상의 표현임에 불과한 것이다.

메길 도가에서 화장化粧한 상喪거의 곡성哭聲에 흐르고

아 이 밤의 제곡祭曲이 흐르고

묘소를 지키는 망부석의
소태처럼 쓰디쓴 고독이여
스글픈 행복이여

이 시는 『응향』에 있어서의 구상具常이란 시인의 무기력한 우수와 숙명의 노래였다. 같은 시집 속에서 강홍은康鴻恩이란 시인은 "끓는 물 한 말 드려마시고 세상사 모도 잊어버리고 싶을 때" 그는 어떻게 생각을 했는가 하면 "세상에 몸을 두고 세상 밖에 뜻을 두고 하늘에 구름같이 떠다니며 사오리" 이것은 결국 "북조선에 몸을 두고 북조선 밖에 뜻을 두고 민주건설 다 버리고 떠다니며 사오리"라는 그러한 노래로밖에는 들리지 않는다. 이러한 시들은 무엇을 말함이냐. 비탄과 우수와 도피와 절망은 조국 건설을 위한 조선 인민들의 영웅적 노력과 투쟁과는 아무런 연관성 없는 다 죽어가는 낡은 사상의 신봉자들만이 이해할 수 있는 과거의 유물들이다.

『관서시인집關西詩人集』이 해방 기념 특집호라는데 불구하고 민주건설의 우렁찬 행진을 도피하여 홀로 경제리鏡濟里 뒷골목 뒷골방 낡은 여인을 찾아가는 「푸른 하늘이」라는 시의 작자 황순원黃順元이란 시인은 이 시에서 암흑한 기분과 색정적인 기분을 읊었던 것이며 그러다가 이 시인은 해방된 북조선의 위대한 현실에 대하여 악의와 노골적인 비방으로밖에 볼 수 없는 광시狂詩를 방송을 통하여 발표하였던 것이다.

비록 내 앞에 불의의 총칼이 있어
내 팔다리 자르고
내 머리마저 베혀 버린대도
내 죽지는 않으리라
오히려 내 잘린 팔다리는
어느 벌레마냥 하나하나 살아나리라
그리고 사나운 짐승처럼 노하리라
가슴은 불덩이냥 살아 있어
바다처럼 노래 부르리다
눈은 그냥 별처럼 빛나고
오 떨어져나간 내 머리는
하나의 유구히 빛나는 해가 되리라
내 살리라
내 이렇게 살리라.

여기에 있어서 이 시인은 북조선에 있어서 민주개혁의 우렁찬 행진을 '불의의 칼'로 상징하였던 것이며, 반민주주의 반동파들이 민주주의 조국 건설을 반대하며 민주조선 건설의 근저지 북조선의 민주 건설을 노기를 가지고 비방하며 파괴하려는 썩어져가는 무리의 심정을 이 작품에서 보여주었던 것이다. 이 시를 발표한 후 얼마 되지 않아 이 시인이 북조선을 도피해간 것도 결코 우연한 일이 아니다.

이러한 일제적 낡은 사상의 잔재물들은 비단 문학작품에 있어서뿐만 아니라 다른 예술작품에 있어서도 더 한층 극심한 예를 발견할 수 있었던 것이다. 〈사랑에 속고 돈에 울고〉라는 케케묵은 연극을 비롯하여 아무런 사상성도 없고 예술성도 없는 저열한 세기말적 연극들이 최근까지 상연되어 있었음은 무엇을 말함이냐. 〈여자의 마음은 바람과 같이〉라는 노래를 위시하여 심지어 추악한 색정적 기분과 퇴폐적 분위기만을 조성하는 '재즈'의 곡들이 최근에 있어서까지 극장과 방송에서 불리어 있었다는 사실은 참으로 기괴한 일이다. 이러한 모든 것들은 우리 조국과 인민에게 하등의 이익을 주지 못하며 북조선의 민주주의 현실성과는 아무런 관련도 없는 조선 인민의 고상한 품성과 도덕과는 아무런 공통성 없는 다만 썩어져가는 무리들만의 저열한 취미와 풍습을 위해서만 존재하는 유물들이다. 이러한 무사상성과 정치적 무사상성으로써 우리 인민들을 교육한다면 민주주의 조국 건설의 위업의 달성은 불가능할 것이다. 결국 이러한 것은 무사상의 가식 밑에서 낡은 사상과 감정을 전파하는 조선 인민들의 고상한 사상적 원동력을 허물어뜨리려는 반동적 기도에 복무하는 것들이다.

진정한 조선예술과 문학은 정치에 불관할 수 없고 '예술을 위한 예술' '미를 위한 미'는 될 수 없다. 낡은 사상의 신봉자들은 정치와 이데올로기에 대한 관계에 있어서 중립을 주장하며 이데올로기는 정치와는 관계없이 '독립적'으로 존재하고 있는 것같이 주장한다. 그들은 예술과 문학의 '순수성'을, 예술과 문학의 '자유'를 구가하려 한다. 그러나 이것은 일개의 허위에 불과하다는 것이다. "이데올로기에 대한 정치적 작용 급及 영향에 관한 문제는 무엇보다도 먼저 사상을 유포하며 창작하는 자들 그자들의 계급적 소속성으로서 즉 그들의 정치적 동감 급及 감각 그들의 정치적 견해 신념 이상으로서 결정되는 것이기 때문이다. 부르주아 사회에 있어서의 지배적 문학과 예술은 지배적 계급의 사상의 본질인 철학적 정치적 도덕적 법률적 등등 지배적인 사회적 사상의 형상으로 재용해再熔解된다. 문학과 예술은 모든 다른 이데올로기적 형태가 봉사하고 있는 역시 그와 같은 정치적 이상에 봉사하는 것이다."라는 어느 평론가의 말과 같이 위조적 언설에 불과하다는 것이다. 낡은 사상의 신봉자들이 말하는 정치적 법률적 제 관념에 있어서의 '자유', '평등', 도덕에 있어서의 '선', '진리', 예술에 있어서의 '순수', '미' 등은 이러한 허위적인 추상의 조력에 의하여 낡아빠진 자기들의 계급적 정치적 성격을 은폐 및 가장하지 않을 수 없기 때문에 만들어낸 언설에 불과하다는 것이다. 실로 이러한 언설들은 역사적 발전, 인류의 이해에 적대되는 것이다. '예술을 위한 예술'의 이론은 진정한 예술의 본질 자체와 반대되는 것이다. 이러한 것은 인간과 인간을 분열시키는 낡은 사회에 있어서만이 발생될 수 있었으며 보급될 수 있었던 것이며 새로운 민주주의적 조선 사회와는 전연 일치될 수 없는 물건이다.

인민정권이 수립되고 결정적 경제 토대가 인민적 소유로 되어 있는 북조선에 있어서는 예술과 문학은 우리 정권의 정책으로써 의식적으로 지도되면 될수록 자체의 역할을 보다 더 성공적으로 완수할 수 있을 것이다. 북조선에 있어서의 민주주의적 정치는 진정한 예술과 문학과 과학의 빛나는 발전의 강대한 동인으로 된다. 그럼으로써 우리는 예술과 문학에 남아 있는 무사상성 정치적 무사상성 '예술을 위한 예술'의 각양 형태에 대하여 견결히 투쟁하여왔으며 투쟁하고 있는 것이다.

예술가 문학가뿐만 아니라 전 이데올로기 전선의 종사자들은 조선 인민들의 고상한 민주주의 사상을 견고케 하기 위하여 그것을 '백풍불입百風不入'의 요새로 만드는 데 있어서 적대적 이데올로기의 모든 유혹과 시도에 대한 부절한 투쟁에 있어서 영용한 투사가 되어야 한다. 모든 수단을 다하여 조선 인민들의 고상한 사상적 원동력을 강화시키는 것이 사상 전선의 모든 종사자 새조선 인텔리겐치아들의 영예로운 임무의 하나인 것이다.

실로 이러한 임무의 달성은 사상 전선에 있어서의 중요한 전사들인 우리 예술가 문학가들에 있어서는 고상한 사상성과 고상한 예술성을 가진 우수한 예술작품을 풍부히 창조해내며 고상한 예술적 문학적 활동을 가져와야만 가능하다는 것이다. 참다운 '인민 정신의 기사'로의 자격을 구비하여야 된다는 것은 우리 예술가 문학가 자신이 고상한 사상적 수준과 고상한 예술적 수단을 소유하여야 함을 말하는 것이다.

아직도 우리 예술가 문학가들의 고상한 사상적 무장을 위한 선진적 과학적 이론으로서의 교양사업이 너무나 약하며 또한 고상한 예술적 수준을 전취키 위한 부단한 연구와 연마가 부족하다. 우리 주위에 '예술을 위한 예술'의 잔재물의 각양 형태가 아직도 남아 있고 '예술 이전의 예술'이라 부를 수 있는 조粗제품이 적지 않게 나타나 있다는 사실은 우리 예술가 문학가들이 이 위대한 시대에 적응한 고상한 사상으로서 원만히 무장되지 못하였고 이 위대한 시대에 적응한 고상한 예술적 수단을 원만히 소유치 못하였음을 말함이다. 그럼으로써 예술가 문학가들에 대한 정치적 사상적 예술적 교양사업을 강화시키는 문제는 현하에 있어서 긴급한 문제의 하나이다.

그와 동시에 예술가 문학가들이 사상적 문화적 수준을 높이며 찬란한 민주주의 민족예술과 민족문학의 개화를 위하여서는 조선 민족문학 예술유산을 정당히 계승하여 소련을 위시한 선진적 외국 예술과 문학을 적극적으로 섭취하기 위한 구체적 사업들을 보다 강력히 그리고 광범히 전개할 필요성을 갖게 하는 것이다.

일부 문화 건설자들은 현 단계에 있어서 건설될 새로운 조선문화가 어떠한 문화임을 또한 우리가 말하는 민주주의 민족문화라는 것이 어떠한 문화임을 또한 그것이 어떠한 길을 통해서 수립되어야 함을 구체적으로 이해치 못한다. 반만년의 우수한 조선 민족문화 유산에 대하여 인식이 부족하며 그것을 정당히 비판 계승 발전시키기 위한 긴장한 노력이 원만치 못하다.

우리 예술작품과 문학작품 가운데 고상한 민족적 특성과 민족적 향기가 원만히 발양된 진실로 우수한 민족적 형식을 통한 작품이 너무나 적다는 것이다. 우리 조선 민족이 신라, 고구려, 백제, 고려, 이조시대를 통해서 축적해온 값 높은 문화재에 대한 선진적 과학적 방법에 의한 연구사업이 강력히 전개되어 있지 않다. 우리 민족 고전이 갖는 선과 형과 음과 색 등에 있어서 우리들의 새로운 예술문학 창조에 있어서 피가 되며 살이 될 만한 찬란한 것이 풍부히 있음에도 불구하고 우리 예술가 문학가 가운데는 자기들의 고전미술 고전음악 고전무용 고전연극 및 고전문학 등에 대한 높은 관심과 열성 있는 연구가 부족하며 그것을 새로이 정당히 계승 발전시키는 사업에 원만한 주의를 돌리지 못하고 있다는 것이다.

'피아노'나 '바이올린'이나, '플룻'은 배우려 하나 '가야금'이나 '아쟁'이나 '대금'은 돌보지 않으며 베토벤의 명곡은 사랑할 줄 아나 아악의 명곡은 들으려 하지 않는다. '로댕' 조각을 본받으려 하나 석굴암의

'보살菩薩' 은 돌보지 않으며 '세잔느' 나 '드가' 의 회화는 이해할 줄 알아도 '단원' 이나 '안견' 의 그림을 아는 이가 적다. 물론 우리는 선진적 외국문화의 경험을 적극적으로 섭취함으로써 새로운 조선 민족문화를 보다 풍부한 것으로 보다 우수한 것으로 건설할 수 있음은 물론이다. 그러나 우리는 또한 우리 민족문화 유산을 정당히 계승 발전시키지 않고서는 이 위업을 원만히 달성할 수 없음을 또한 깊이 인식하여야 한다. 예를 하나 든다면 우리는 바이올린을 배워야 할 것은 물론이려니와 어찌하여 일부 음악가들은 아쟁은 배우려 하지 않는가. '아쟁' 같은 악기는 그것을 선진적 음악 경험을 기초로 하여 정당히 발전시킨다면 능히 바이올린과 같은 우수한 악기로서 완성시킬 수 있으며 아쟁의 연주법을 고상한 수준까지 이끌어 올리고 아쟁 곡을 새로이 작곡 또는 편곡해본다면 이 악기는 세계 음악사상에 바이올린과 같이 독주악기로서도 커다란 위치를 차지할 악기가 될 수 있으리라 확신한다. 뿐만 아니라 만약 우리 음악가들의 피투성이의 노력이 축적된다면 우리가 가진 아악의 각종 악기를 더욱 발전시키고 그것을 선진적 과학적 방법으로써 재편한다면 머지않은 장래에 '심포니 오케스트라' 에 그다지 손색이 없는 '민족교향악' 을 형성할 수 있을 것이며 그럼으로써 인류의 음악사를 보다 풍부케 하는 빛나는 역할을 다할 수 있을 것이다. 이러한 고귀한 임무는 실로 새로운 조선 음악가들의 쌍견雙肩에 있는 것이다.

우리의 일부 문화 건설자 가운데 자기의 민족문화 유산을 허손이 여기며 그 우수한 것까지 정당히 계승 발전시킬 줄 모르는 옳지 못한 사상은 일본 제국주의가 조선 민족문화 전통의 말살을 위한 노예적 문화정책이 남기고 간 해독이다. 그러므로 조선 민족문화 유산을 이 유아독존적 전통만능을 신봉하는 반동적인 국수주의적 입장에서가 아니라 고상한 선진적 과학적 입장에 서서 그것에 높은 관심을 가지며 버릴 것은 버리고 고칠 것은 고치고 발전시킬 것은 발전시키며 그것을 우리의 새로운 문화 창조에 피가 되며 살이 되게 하는 구체적인 사업들을 강력히 전개하여야 할 것이다.

그와 동시에 아직도 일부 문화 건설자들은 조선 민족의 현저한 문화적 낙후성을 급속히 극복하고 세계 최고의 수준에까지 우리 민족문화를 끌어올리기 위하여서는 무엇보다도 소련 문화를 위시한 선진국 외국문화를 적극적으로 섭취하지 않고서는 불가능함을 명확히 인식지 못한다. 소련 문화는 인류문화사에 그 유례를 찾아볼 수 없었던 최고의 위대하고도 풍부한 문화이다. 사회주의 10월 혁명의 승리로부터 조국전쟁을 거쳐 오늘날 평화건설기에 들어선 소련 인민들이 그 영용한 노력과 투쟁으로써 건설해놓은 예술 문학 과학을 우리 조선 인민들이 보다 많이 섭취할수록 조선 인민은 보다 문명해질 것이요 우리 민족문화는 보다 찬란한 것으로 될 것이다.

그럼에도 불구하고 소련 문화를 섭취키 위한 가장 좋은 조건을 구비하고 있는 북조선의 행복스러운 조건을 빠짐없이 사용하는 데 있어서 우리는 아직도 원만치 못하다는 것이다. 이미 북조선에 있어서는 소련의 빛나는 문학자 숄로호프, 파제에프, 지후노브, 시모노브, 와시레부스카야, 레오노브, 에렌부르크, 고르바토프 등의 노작을 비롯한 소설, 희곡, 시, 평론 분야뿐만 아니라 러시아 문학 전통의 거대한 보고들을 언제든지 연구할 수 있는 최량의 환경에 놓여 있음에도 불구하고 우리 문학가들은 이러한 소련 문학을 섭취키 위한 조직적으로 되는 연구사업을 강력히 전개하고 있지 않으며, 많은 소련 음악의 성과가 악보, 레코드, 라디오뿐만 아니라 소련 음악가의 재삼의 내방을 통해서 소개되었음에도 불구하고, 또한 연극 분야에 있어서 영화 분야에 있어서나 거기에 대한 높은 관심과 연구가 아직도 원만치 못하다는 것이다. 이것은 무엇을 말함이냐. 이것은 일부 예술가 문학가들이 조선 민족예술과 민족문학 건설을 위한 노력과 투쟁에 있어서 아직도 충실치 못함을 말하는 것이다.

잡지 《별》과 《레닌그라드》에 관한 베·까·빼 중앙위 결정서 및 주다노프의 보고는 조선 예술과 문학에 대하여서도 전 사상전선에 대하여서는 값 높은 교훈을 주는 막대한 의의를 가졌던 것이다. 그럼에도 불구하고 일부 예술가 문학가들 가운데는 문헌이 발표된 이후에 있어서 거기에 대한 높은 관심이 원만치 못하였다는 것은 이 사실을 넉넉히 말하는 것이다. 그러므로 오늘날 조선예술과 문학의 고상한 수준을 위하여 소련 예술과 문학을 적극적으로 섭취키 위한 사업을 보다 광범히 보다 위력 있게 전개하는 것은 가장 중요성을 갖는 문제이다. 이 사업을 원만히 수행치 못하고서는 우리 예술가와 문학가들의 고상한 사상적 예술적 수준의 섭취는 불가능할 것이며 조선 민족예술과 민족문학의 위대한 개화는 있을 수 없는 것이다.

우리 예술가 문학가들이 선진적 외국문화를 부절히 섭취하고 조선 민족 문화유산을 정당히 계승 발전시키어 새로운 민주주의 조선 민족문화로 하여금 선진적 외국문화의 수준을 뒤따르며 그것을 세계 최고의 높이에 끌어올리며 조선 문화의 찬란한 열매로 하여금 인류의 행복을 위하여 공헌하는 그러한 영예로운 위업의 달성을 위하여 백년대계를 세우고 준비함이 아직도 원만치 못하다. 많은 우리 예술가 문학가들이 아직도 협소한 테두리에서 벗어나지 못하였고 광대한 세계무대에 웅비할 빛나는 날을 바라다보며 용감히 나아가는 높은 목표와 신념과 노력이 너무나 미약하다는 것이다.

실로 일본 제국주의는 조선 민족문화 발전을 야만적인 방법으로 억압하였었고 조선 민족문화와 세계문화의 교류를 위한 모든 길을 봉쇄하고 있었던 것이다. 그러나 오늘날 부강하고도 문명한 민주주의 조국 건설의 승리의 길을 용감히 나아가는 조선 인민들 앞에는 또한 그 예술부대와 문학부대 앞에는 세계에로의 무한히 광대한 길이 열리어 있는 것이다. 우리는 금후에 있어서 조선 민족예술과 민족문학의 우수한 열매들이 세계예술사와 세계문학사에 찬란한 광채를 가져와 인류의 문화재를 보다 풍부케 하며 그리하여 조국의 영광을 전 세계에 높이 떨치리라는 것을 확신한다. 요는 우리 예술가 문학가들이 시야를 세계적 규모에 돌리어 그 고상한 역할의 완수를 위하여 부단히 준비하여야 한다는 것이다. 고상한 목적을 향하고 언제나 준비하는 자만이 승리할 수 있는 것이다.

끝으로 우리 예술가 문학가들이 진실로 조국과 인민에게 복무하는 예술가 문학가로서 자기들의 책임을 원만히 달성키 위하여 자기들의 모든 결점을 아주 짧은 기간에 극복하고 우리의 민주주의 민족예술과 민족예술 건설의 수준을 조국과 인민이 요청하는 그러한 고도에까지 끌어올릴 것을 의심치 않는다. 예술문학 분야의 전 정신적 노력자들이 고상한 사상성과 예술성을 가진 위대한 시대에 적당한 예술과 문학을 가져오기 위하여 장엄한 창조적 노력과 투쟁에 궐기하리라는 것을 의심치 않는다. 우리 민족예술과 민족문학에 영예가 있거라.

부기 : 이 논문은 '문예총' 창립 1주년 기념대회에 있어서의 보고와 '문예총' 주최 문예강연회에서 발표한 강연 원고를 단축한 것이다.

—《문화전선》, 1947. 8.

해설

안막—문예 운동가, 무용 기획자, 문예 정책가로서의 삶

_전승주

1.

시인이자 프로문예 비평가인 안막安漠은 식민지 시대 임화 등과 함께 프로문학의 방향 전환을 주도하고, 사회주의 리얼리즘론을 둘러싼 논쟁의 계기를 마련하는 등 문학사적으로 중요한 역할을 했다. 뿐만 아니라, 당대의 세계적 무용가였던 최승희와의 결혼 이후 1930년대 중반부터는 식민지에서의 문예운동이 어려워지자, 조선의 무용을 세계에 알리는 공연 기획가이자 매니저로서 활동한 바 있다. 하지만 문예 운동가로서의 안막이나 공연 기획자로서의 안막 그 어떤 면에 대한 연구도 현재 거의 이루어지지 않은 상태라 할 수 있다. 뿐만 아니라 해방 이후 북한 문화 예술계에서 고위직을 역임하면서 14편의 시와 4편의 평론을 쓴 점이나, 최승희의 요구로 전통악기의 개량 사업을 주도한 사실 등에 대해서도 아무런 조명을 받지 못하고 있는 상태이다.*

그 핵심적 이유는 그의 비평 활동이 1930년 카프의 방향 전환을 주도

* 2007년 이주미의 연구가 처음으로 안막의 다양한 활동에 대해 언급하고 그러한 활동의 중요성을 평가하고 있는 것을 볼 수 있을 뿐이다. 이주미, 「'추백' 의 프로문학 비판과 안막의 예술 전략」, 『국제어문』 제41집, 2007. 12.

하면서부터 아내 최승희의 매니저로 전념하게 된 1933년 무렵까지의 매우 짧은 기간에 국한되어 있으며, 그 기간 동안 쓴 평론도 10여 편 정도에 불과하다는 사실 때문이라 할 수 있다. 이 때문에 안막에 대한 연구는 프로문학의 방향 전환에 대한 연구나 1930년대의 비평 연구의 한 부분으로만 다루어지는 것이 보통이었는데, 카프 문학 혹은 프로비평의 범주에서 조금 시각을 넓혀 문화사 전반으로 확대해서 안막의 문예 활동과 아내 최승희의 무용 기획자로서의 역할을 살펴볼 필요가 있다. 이 글에서는 안막의 활동을 그의 평론 활동을 중심으로 아내 최승희의 무용 공연 기획가이자 매니저로서의 역할까지 고려하여 살펴봄으로써 안막이 우리 문학사와 문화사에 남긴 업적을 살펴보고자 한다.

1910년 경기도 안성에서 태어나 신동 소리를 들었던 안막은 아들이 없던 숙부의 양자로 가게 되는데, 이후 안막과 최승희의 동경 시절 안막과 최승희의 딸 안성희를 돌본 사람은 바로 안막의 양어머니인 숙모였다. 제2고등보통학교(현재의 경복고등학교)에 진학한 안막은 학생운동에 적극적으로 가담했는데 집회에서 '조선 독립만세!'를 외쳤다는 이유로 퇴학을 당한다. 안막은 이후 독학으로 일본의 도시샤同志社대학을 거쳐 와세다早稲田 제일고등학원 러시아문학과에 들어가게 된다. 바로 이 동경 유학 시절 이북만·김두용·임화·김남천 등과 함께 공산당 재건운동의 준비기관인 '무산자사無産者社'를 설립하고 이전의 카프 기관지《예술운동》대신《무산자》를 간행하는 등 이른바 제3전선파로 활동하게 되는데, 이 시절 후쿠모토福本주의의 영향을 받아 귀국 후 문예운동의 방향 전환을 주도한다. 1920년대 말에 귀국하여 당 재건운동의 일환으로서 계급문학운동에 가담한 그는 내면적으로 지하단체와의 연계를 확보하면서 노동자들을 조직화하고 민족단일당을 자처하는 신간회를 해소하여 당 재건을 주도하고 당의 사상적·이념적 정통성을 회복하는 일을 추진한 것으로 알려져 있다. 이와 함께 예술운동의 정치적 진출을 꾀하기 위해 예술운동의 볼셰비키화를 내세워 카프 조직을 기술자 조직(예술가 위주)으로 개편하기에 이른다. 이것이 잘 알려진 대로 이른바 카프의 제2차 방향 전환이다. 그리고 카프 본부 조직에 적극 참가하여 1930년 4월에 시행된 조직 개편 때 중앙위원과 연극부 책임자로 선임되는 등 카프 조직의 중요한 구성원으로서 활동하게 된다.

2.

카프의 볼셰비키적 방향 전환론은 카프 조직의 변모를 가져왔고 이 과정에서 중앙위원의 직책을 맡은 안막은 방향 전환과 조직 변화의 이론적 근거로서 '프롤레타리아 리얼리즘' 론을 제출한다. 1930년 3월에 발표한 첫 평론 「프로예술의 형식 문제」부터 같은 해 8월의 「조선 프로예술가의 당면의 긴급한 임무」에 이르기까지 모두 5편의 글이 집중적으로 발표되었는데, 이 일련의 비평을 통해 안막은 프롤레타리아 리얼리즘을 미학이론으로 한 예술운동의 볼셰비키화를 내세우고 있다. 특히 김기진의 대중화론을 형식주의로 비판하면서 모든 예술은 프롤레타리아 전위의 관점을 가져야 한다는 점과 당의 슬로건을 대중의 슬로건으로 채택해야 함을 주장하고 있는데 이는 당 재건운동이라는 당시 사회주의운동을 문예운동상에서 드러낸 것으로 볼 수 있다. 이러한 주장들의 결과는 이듬해인 1931년 3월 카프 중앙위원회에서의 조직 재개편안을 통해 확인할 수 있는데, 카프를 각기 독립된 동맹의 협의체인 조선프롤레타리아예술단체협의회로 개편하자는 주장이 바로 그것이다.

이러한 조직의 개편과 함께 제출된 문예운동의 볼셰비키화는 이른바

'동경 소장파'로 불리는 임화, 권환, 안막, 김남천 등이 1930년 무렵 귀국하면서 제기함으로써 프로문예 비평의 핵심적 쟁점으로 부각된 것이지만, 실제로 이 문제는 김두용에 의해 가장 먼저 주창된 바 있다.* 김두용은 볼셰비키화론이 본격적으로 제기되기 전인 1927년, 마르크스주의를 선전 선동하고 당의 슬로건을 대중의 슬로건으로 만드는 것이 프로문예의 당면한 역할임을 주장한 바 있는데, 1930년의 볼셰비키화론은 바로 김두용의 이 논리의 연장선상에 있는 것이라 할 수 있다.

안막은 먼저 자신이 주장하는 볼셰비키화론의 근거로서 당대의 예술운동을 부르주아적 소부르주아적 반동의 성격을 띠고 있는 것으로 비판한다.

> "정노풍鄭蘆風, 양주동梁柱東 등의 부르주아 반동예술가들의 모순된 '민족문학론'이며 형식을 위한 형식을 논한 수음적手淫的 '형식주의론' 등이며 또한 프롤레타리아 예술가라는 이름 아래에서 나온 개량주의적 일화견주의적日和見主義的 '합법주의론' 또는 ×〔당〕의 대중화를 몰각하고 예술의 대중화를 운운하는 군소 허구적 '대중화론', 또 자칭 부르주아적 소부르주아적 반동적 내지 사이비 프롤레타리아 예술작품과 또한 그것을 진정한 마르크스주의적 입장에서 평가치 못하는 기만적 '예술비평' 등 — 이것은 모두 다 이러한 ××기에 있어선 필연적으로 보다 더 표면에 현생現生되는 탁류인 것이다."**

여기서 보듯 안막은 부르주아적 소부르주아적 예술을 반동적 성격으

* 김두용, 「《문예공론》《조선문예》의 반동성을 폭로함」, 《무산자》 제3권 3호, 31쪽, 1929. 7.
** 안막, 「맑스주의 예술비평의 기준」, 《중외일보》, 1930. 4. 19.

로 규정하고 이를 예술의 이론과 실천 양면 모두에서 극복해야 할 뿐 아니라, 프로문예 내에서도 속화되고 왜곡된 대중화론을 극복함으로써 진정한 마르크스주의적 예술비평의 기준을 확립해야 함을 강조한다. 즉 자신들이 수행해야 할 진정한 마르크스주의적 비평은 당이 내건 슬로건을 대중의 슬로건으로 만들기 위한 광범한 선전선동 사업에 결부될 때 비로소 확립될 수 있다는 것이다. 이처럼 안막이 주장한 볼셰비키화론은 당파성의 확립과 그를 통한 대중성의 확보라는 당시 문예운동 볼셰비키화의 핵심을 담고 있는 것이다.

이러한 볼셰비키화론의 핵심을 안막은 프롤레타리아 리얼리즘의 확립으로 제시한다. 그래서 이후 안막은 프롤레타리아 예술비평의 기준을 확립하는 데 논의를 집중하고 있다. 예술이 역사적이고 계급적인 필요의 의식적인 반영인 만큼, 예술작품을 그 대상으로 하는 비평 또한 계급성과 공리성을 벗어날 수 없으므로, 마르크스주의자는 예술비평의 계급성을 승인하고, 나아가 그것을 계급투쟁의 무기로 사용해야 한다는 주장이 바로 그것이다. 즉 프롤레타리아 예술비평은 혁명적 마르크스주의로 무장하고 그 역사적 사명을 다하기 위한 무기로서의 역할을 해야 한다는 것, 그리하여 '프롤레타리아트의 종국의 승리'라는 계급적이고 객관적인 관점에서 문예비평의 기준을 확보해야 한다는 것이다. 이처럼 안막이 프롤레타리아 리얼리즘의 확립을 위한 예술비평의 기준으로 철저히 강조하고 있는 것은 계급성이다.

> "프롤레타리아 예술의 내용이 자본주의 제도하에서 강요받는 ×〔비〕인간적 존재로부터 해방되며 ××××××〔프롤레타리아〕의 ××〔해방〕을 종국적 역사적 목적으로 하는 프롤레타리아트의 계급적 필요를 반영한 ×××〔혁명적〕 이데올로기임은 말할 것도 없다.

그것은 구체적으로 전투적 프롤레타리아트 — 프롤레타리아트의 ×〔전〕위의 ××〔혁명〕적 이데올로기이다."*

여기서 안막은 예술이 프롤레타리아의 혁명적 계급적 필요에 의해 나온 것이기 때문에 그것은 당에 속해야 한다고 말하고 "문학은 당의 문학이 아니어서는 안 된다."는 레닌의 말을 인용하면서 '당과 문학' '당과 예술가'와의 관계를 말하며 당에 속하지 않은 예술가 및 당을 떠난 사이비 프롤레타리아 예술을 매장시켜야 한다고 주장했다. 그리고 프롤레타리아 리얼리즘을 다음과 같이 설명하고 있다.

"프롤레타리아 리얼리즘이란 이러한 프롤레타리아트의 세계관이 변증법적 유물론에 입각하여 사회현상을 유물적으로 발전성에 있어 전체성에서 파악하고 그것을 프롤레타리아트의 결국의 ××〔승리〕라는 계급적 입장에서 형상을 빌려 묘출하는 예술적 태도인 것이다."**

결국 안막이 주장하는 프롤레타리아 리얼리즘은 첫째, 프롤레타리아 예술가는 현실을 묘출함에 있어 유물적, 객관적 현실주의적 입장을 가져야 한다는 점 둘째, 프롤레타리아 리얼리즘의 변증법적 유물론의 입장은 모든 사회적, 계급적 관점에서 보아야 한다는 것 셋째, 변증법적 유물론에 입각하여 과거, 미래의 역사적 도정 위에서 당면의 과제가 어디에서 오는가를 전체적 관계에서 파악해야 한다는 사실 넷째, 사회현상을 역사의 객관적 법칙이 우리들에게 가리키는 종국의 '승리'란 관점에서 파악하며 묘출해야 한다는 점, 마지막으로 이데올로기와 함께 노동자 농민의

* 안막, 「프로예술의 형식 문제」, 《조선지광》, 1930. 6.
** 안막, 앞의 글.

심리를 갖도록 하여 작품을 생산, 그들이 감각을 가질 수 있도록 해야 한다는 것이다.

이처럼 그가 예술비평의 가장 중요한 기준으로 계급성을 내세운 것은 프롤레타리아트의 종국적 승리라는 정치적 관점에서였지만, 예술작품의 평가에서는 이러한 정치적 관점뿐 아니라 경제적, 문화적 관점까지도 배제해서는 안 된다는 입장을 보여줌으로써 기계적 태도와는 다른 모습을 보여주고 있다는 점에서 주목할 만하다. 즉 프롤레타리아의 혁명적 승리에 직접적인 이익이 되지 못한다 할지라도 그 가치를 단순히 부정하거나 비평의 대상에서 제외시켜서는 안 된다는 것이다.

다소 반동적인 요소를 포함하고 있더라도 "한편으로는 그 ××성으로라든지 건강한 미를 주는 점으로라든지 역사적 인식의 의의로서라든지 또는 그 뛰어난 예술성으로 말미암아 그 뛰어난 기술적 형식을 프롤레타리아 예술 형식에 비판적 섭취가 될 수 있다는 점에서 — 그것은 간접으로 프롤레타리아트의 종국적 승리에 이익이 되기" 때문에 당파성과 계급성을 핵심적 요소로 내세우면서도 이를 경직된 태도로 적용해서는 안 된다고 강조했던 것이다.

이러한 관점이 가능했던 것은 안막이 철저히 소비에트 문예 비평가 루나차르스키의 '프롤레타리아 윤리'에 자신의 논리적 근거를 두고 있기 때문이다. 즉 주어진 작품의 출신 성분이나 경향만을 따지지 말고 그것을 우리의 건설에 이용할 수 있는 것이라는 시각에서 재평가하는 것이 마르크스주의 비평가의 직접적인 임무이며 프롤레타리아 과업의 발전과 승리에 조력하는 모든 것이 바로 선이라는 루나차르스키의 명제*를 문학비평의 기본적인 규범으로 받아들여 이를 근거로 프롤레타리아 리얼리

* 루나차르스키, 「마르크스주의 문예비평의 임무에 관한 테제」, 이한화 엮음, 『러시아 프로문학운동론 1』, 화다, 253~256쪽, 1988.

즘이라는 주장을 펼쳤던 것이다.* 즉 이들 동경에서 귀국한 소장파들 특히 안막의 논리는 엄밀히 말해 식민지 조선의 현실을 바탕으로 제기한 것이라기보다는 마르크스주의 비평의 원론에 충실한 것으로 당시 일본의 사회주의 문예 이론가들의 논리를 거의 그대로 가져온 것이라 할 수 있다. 안막의 첫 비평인 「프로예술의 형식 문제」는 일본의 프로문예 비평가인 구라하라 고레히토의 「프롤레타리아 리얼리즘의 길」과 「프롤레타리아 예술의 내용과 형식」을 거의 전적으로 수용하고 그의 주장을 빌려 프롤레타리아 리얼리즘을 주장하고 있는 글이다. 「맑스주의 예술비평의 기준」은 루나차르스키의 「마르크스주의 문예비평의 임무에 관한 테제」에 기대어 마르크스 비평의 기준을 제시하고 있는 글이다. 그리고 「조선 프로예술가의 당면의 긴급한 임무」는 앞의 두 글을 바탕으로 문예운동의 전면적인 볼셰비키화를 주장하고 있는 글이다.

안막은 이러한 관점의 확립 아래 프롤레타리아 리얼리즘의 실현을 위한 구체적 방법론을 몇 가지로 논의하고 있다.

첫째, 안막은 예술작품의 사회학적 분석을 강조한다. 그러한 분석의 출발은, 예술 현상을 사회적 현상의 하나로 보고 예술작품의 생산과 반영, 전형 등을 마르크스주의의 사회학적 관점에서 과학적으로 분석하여 그 결과가 프롤레타리아트의 승리에 도움이 되는지를 명확하게 규정해야 한다는 사실이다. 이러한 주장은 예술을 사회적, 경제적 토대의 이데올로기적 반영으로 인식하는 마르크스주의 미학에 충실한 논리가 아닐 수 없다. 특히 안막의 다음과 같은 주장은 카프의 초기 비평, 특히 박영희 등이 내세웠던 외재적 비평론의 약점을 훌륭히 극복하고 있는 것으로 볼 수 있다.

* 신재기, 「한국 근대 문학비평론 연구」, 고려대민족문화연구소, 96~99쪽, 1996.

"변증법적 유물론에 입각한 마르크스주의자는 모든 현상을 일정불변한 고정된 것으로가 아니라 동적으로 그 발전상에 있어서 고찰하여 모든 현상을 개개의 제 현상에서 분리된 구별된 고립된 단위로가 아니라 그것을 그 전체상에 있어서 제 현상의 인과적 운동 중의 주요한 일환으로 이전의 조건의 결과로 또 장래의 '건件의 원인'을 고찰한다."*

물론 여기서도 문학예술을 객관적인 사회적 조건에 의해 결정된 이데올로기적 생산물로 규정하고 있다는 점에서 기계론적 약점이 여전히 남아 있기는 하지만, 문학예술이 정식화된 이데올로기뿐만 아니라 사회의식이나 사회심리를 어떻게 반영하고 있으며, 한편으로는 예술작품이 사회의 물질적 토대에 어떤 영향을 미치는가를 밝히는 것이 마르크스주의 비평가의 임무라는 점을 안막이 내세우고 있다는 점에서, 기계적 반영론과는 거리가 있다는 점을 충분히 짐작할 수 있다.

둘째, 위에서 보았듯이 안막은 이러한 내용비평의 강조에 있어 이데올로기뿐만 아니라 사회심리까지 그 대상으로 삼아야 할 것을 강조하고 있다. 즉 문학예술의 내용은 사상적 요소에 해당하는 이데올로기뿐만 아니라 정서적 요소에 해당하는 사회심리의 측면까지 관심을 확대하여 그것이 프롤레타리아트의 투쟁과 승리에 기여하고 있는지 평가할 수 있어야 한다는 것이다. 안막이 말하고 있는 '피시코이데올로기(psycho-ideology)'**란 아직 이데올로기로 체계화되지 못한 사회심리를 의미하는 것이라 할 수 있다.

이처럼 일본의 구라하라 고레히토, 그리고 근본적으로는 러시아의 마르크스주의 문예 비평가 플레하노프의 이론을 수용하고, 이를 볼셰비

* 안막, 「맑스주의 예술비평의 기준」, 《중외일보》, 1930. 4. 27.
** 안막, 「맑스주의 예술비평의 기준」, 《중외일보》, 1930. 5. 1.

키화론 그리고 프롤레타리아 리얼리즘의 이름으로 제시하고 있는 궁극적 목적은 프로문학의 대중성 확보에 있는 것이다.

> "대중의 흥미를 주기 위한 작품은 이데올로기적 방면보다도 그 피시콜로기(심리)적 방면에 흥미를 주는 점이 많은 것을 알 것이며, 그러므로 인하야 그 피시콜로기가 가장 완전한 것이 되기 위하여는 그것은 작가나 일정한 층을 대상으로 하는 데에서 비로소 가능하다는 것을 보아도 알 것이다.
>
> 아무리 우리들의 작품이 프롤레타리아적이며 ××적인 훌륭한 작품이라 하여도 그것이 노동자 농민이 보아 이해치 못하며 흥미를 갖지 못한다면 우리들의 예술로써 아지프로적 역할은 없을 것이요 따라서 아무런 가치도 찾지를 못할 것이다."*

여기서 보듯 안막은 노동자 농민에게 프롤레타리아 계급의식을 고취하는 선전적 역할을 담당하기 위해서 예술작품은 무엇보다도 그들에게 쉽게 이해되고 흥미를 줄 수 있어야 함을 주장한다. 그가 이처럼 노동자 농민의 사회심리까지도 그려내야 함을 주장했던 것은 당시 프롤레타리아 예술가들이 이데올로기 방면에서는 프롤레타리아적 요소를 지녔지만 사회심리적 측면에서는 소부르주아적 지식인의 특성을 버리지 못한 채 노동자 농민의 정서적 감각을 얻지 못하고 있다고 파악했기 때문이다.

셋째, 안막 역시 전통적 마르크스주의의 관점에 근거하여 기술비평보다는 내용비평을 우선적인 것으로 파악함으로써 프로문학의 일관된 관점을 유지하고 있다. "형식이란 다만 예술의 객관적 내용인 사회적 심

* 안막, 「프로예술의 형식 문제」, 《조선지광》 90호, 93쪽, 1930. 3.

리를 표현하려는 수단"*이라는 언급도 바로 이러한 인식에서 비롯된 것이다. 이처럼 안막은 문학의 형식이나 기술을 내용 표현의 수단으로 인식하고 있다. 하지만 안막의 논의는 카프 초기의 내용—형식 논쟁에서의 기계적 내용 우위론과는 거리를 취하고 있다. "우리들은 언제나 내용과 형식을 통일적 방면으로서 그 변증법적 불가분성에 있어서 또 변증법적 발전 속에서 보지 않으면 안 될 것"**이라거나 "변증법적 교호작용 속에서 일정한 예술적 내용은 그 내용에 가장 적응한 예술형식을 확정할 수 있다"***는 언급에서 보듯 형식을 도외시하고 일방적인 내용만을 강조하는 입장과는 거리를 두고 있음을 알 수 있다. 이는 예술의 내용과 형식의 관계는 변증법적인 것으로 서로 분리될 수 없는 상호의존적인 것으로 파악하는 전통적 마르크스주의 미학의 관점에 서 있는 것이다. 이러한 인식은 내용과 형식을 유기적으로 통일된 한 가지 현상의 두 가지 불가분의 측면들로 파악하기에 가능한 것이다.

하지만 이상의 주장보다도 정작 안막이 하고 싶었던 주장은 그의 비평 제목 자체가 '프로예술의 형식 문제'라는 점에서도 나타나듯이 프롤레타리아 문예비평의 형식에 대한 것이라고 볼 수 있다. 그는 '마르크스주의 비평은 여하한 형식 평가의 규범을 가져야 할 것인가'라는 물음을 제기하고 그 해답으로 구체적인 형상을 통해 현실을 반영해야 한다는 '형상성'을 제시하고 있다. 형상성이란 문학예술만이 가지는 특수한 성격으로, 문학의 형식이란 단지 사상을 전달하고 표현하는 기교나 방법 그 이상의 것이라는 점을 강조하고 있다. 이와 함께 새로운 내용에는 새로운 형식이 요구된다는 형식의 독자성, 독자 대중에게 강한 영향을 줄

* 안막, 「맑스주의 예술비평의 기준」, 《중외일보》, 1930. 5. 17.
** 안막, 「프로예술의 형식 문제」, 《조선지광》 90호, 99쪽, 1930. 3.
*** 안막, 「프로예술의 형식 문제(二)」, 《조선지광》 91호, 45쪽, 1930. 6.

수 있는 형식의 대중성을 확보해야 함을 강조하고 있다.* 즉 프로 이데올로기에 의한 세계관을 강조할수록 프로문예 작품의 경직화 현상이 더욱 두드러지는 현실 속에서 대중들의 호응을 얻을 수 있는 방법은 구체적 형상화의 문제 즉 형식의 문제로 제기될 수밖에 없었던 것이다. 하지만 이러한 대중화의 필요성을 절감하면서도 어떻게 성공적으로 형상화할 것인가 하는 문제에 대한 천착은 안막 역시 충분히 다루고 있지 못한 것이 사실이다. 이러한 한계는 사실 안막이 제창한 프롤레타리아 리얼리즘론이 자신의 견해라기보다는 일본과 러시아의 프롤레타리아 문학이론을 거의 그대로 받아들여 소개하는 차원을 크게 넘어서지 못한 점이라는 사실에서 어느 정도 예견된 것이라고 할 수 있다.** 그럼에도 불구하고 그의 프롤레타리아 리얼리즘론이 의의를 지니는 것은 박영희, 김기진 사이에 벌어진 내용 형식 논쟁이나 김기진의 속화된 대중화론을 넘어 하나의 창작방법론으로서의 리얼리즘론으로 발전시키는 계기를 만들었다는 점이라 할 수 있을 것이다. 즉 창작방법의 태도에 따라 리얼리즘의 용어가 프롤레타리아 리얼리즘, 변증적 사실주의 등으로 혼합되어 사용되던 것이 안막에 의해 '프롤레타리아 리얼리즘'으로 확립되었다는 점이 바로 이를 뒷받침해준다.

이런 볼셰비키화 논리는 이후 권환에 의해 더욱 구체적으로 제시된다.*** 작품 제작에 있어 내용은 프롤레타리아트의 해방을 목표로 마르크스주의의 이데올로기 즉 전위의 사상으로 해야 함을 말하고 제재 선택의

* 신재기, 앞의 글, 99~101쪽.

** 이 점에 대해서는 김윤식 교수의 지적 이래 카프의 문학론 혹은 리얼리즘론을 연구한 대부분의 논자들이 지적하고 있는 점이어서 여기서는 상세하게 지적하지 않기로 한다. 다만 여기서 강조하고 싶은 사항은 일본에서 프롤레타리아 리얼리즘론이 제출된 배경이 사실은 프로문예의 대중화 문제와 관련되어 있는 점인데, 안막 역시 팔봉 김기진의 대중화론에 대한 비판과 함께 카프 문학의 대중화론에 대한 인식에서 이 문제를 제출한 것이라고 할 수 있다.

*** 권환, 「조선 예술운동의 당면한 구체적 과정」, 《중외일보》, 1930. 9. 2~16.

규정을 아주 구체적으로 제시해놓은 바 있다.* 이처럼 내용이 혁명적이고 선동적이기 때문에 그에 맞는 형식은 현실적, 직설적이어야 하고 독자 대상이 노동자 농민이므로 간결하고 평이해야 한다고 말하고 있다.**

안막에 의해 주창되고 권환에 의해 구체화된 이 프롤레타리아 리얼리즘은 당의 정치적 임무에 지나치게 도식적, 기계적으로 결합시키고 있었던 점과 1931년의 제1차 검거선풍으로 인해 더 이상 발전하지 못하고 사회주의 리얼리즘 논의로 전환된다.

그런데 그 이전인 1931년 3월 안막은 일본의 '나프' 기관지에 「조선에 있어서 프롤레타리아 예술운동의 현세」라는 글을 발표한 바 있는데, 이 글과 함께 1931년 9월 카프 제1차 검거 때 동경에서 체포되어 조선으로 압송되어 와서 자술서 형식으로 제출한 「조선 프롤레타리아 예술운동 약사」, 이 두 편의 글을 보면 당시 안막이 어느 정도 프로문예 운동에 관여하고 있었으며 무엇을 생각하고 있었는지 쉽게 알 수 있게 해준다. 그것은 이 두 글의 내용이 조선의 프로문예 운동의 조직 전모와 목표가 무엇이었는지를 잘 밝혀주고 있는 중요한 문건이기 때문이다.

* 권환이 제시해놓은 제재는 다음과 같다. 1. ××[전위]의 활동을 이해하게 하여 그것에 주목을 환기시키는 작품 2. 사회민주주의, 민족주의 ×[정]치운동의 본질을 ××[폭로]하는 것 3. 대공장의 ×××× 제네락×××× 4. 소작××[쟁의] 5. 공장, 농촌 내 조합의 조직, 어용조합의 ×× 쇄신동맹의 조직 6. 노동자와 농민의 관계를 이해케 하는 작품 7. ××××[제국주의]의 조선에 대한 ××××(예하면 민족적 ××, ××××확장, ×××××조합 등의 역할……) ××[폭로]시키며 그것을 맑스주의적으로 비판하여 프롤레타리아트의 ××와 결부된 작품 8. 조선 토착 부르주아지와 그들의 주구가 ×××××[제국주의자]와 야합하여 부끄럼없이 자행하는 적대적 행동, 반동적 행동을 폭로하여 또 그것을 맑스주의적으로 비판하여 프롤레타리아트의 ××와 결부한 작품 9. 반×××××의 ××을 내용으로 하는 것 10. 조선 프롤레타리아트와 일본 프롤레타리아트의 연대적 관계를 명확하게 하는 작품, 프롤레타리아트의 국제적 연대심을 환기하는 작품, 윗글, 1930. 9. 4.

** 안막과 권환의 이 프롤레타리아 리얼리즘론은 일본의 프롤레타리아 리얼리즘 및 사회주의 리얼리즘론의 직접적 영향 아래 논의되었음은 당연한 일이다. 이에 대해서는 다음의 책을 참고. 김윤식, 『한국근대문예비평사연구』, 일지사, 1973.

안막은 이 글들에서 카프의 활약상을 소개하고 나프와의 조직적 유대를 요구하고 있다. 그는 카프의 이기영, 송영, 윤기정, 조중곤 등이 혁명주의 예술 확립의 임무를 충실히 수행하고 있으나 김기진, 한설야 등은 사보타지하고 있다는 점, 카프 내의 이론연구회, 소설희곡연구회, 시연구회 등은 가장 활발하게 조직이 진행되고 있으며 특히 이효석 등 이른바 동반자 작가들을 카프 진영이 획득하는 데 성공하였다고 말함으로써 당시 카프 조직이 식민지 문단에 어느 정도의 영향력을 가지고 있었으며 또 활동의 목표가 무엇이었는지를 잘 보여주고 있다.*

특히 안막은 이 글에서 1930년 4월 카프가 영화 부문을 신설하여 반혁명성, 반프롤레타리아성 부르주아의 '신흥영화동맹'을 흡수하려 했으나 실패하고, 부르주아와 강렬하게 투쟁하여 프롤레타리아 영화인 갑영甲英의 원작 「지하촌地下村」을 영화감독 강호가 완성시킴으로써, 영화운동의 볼셰비키화를 실천적으로 수행하고 있다고 말하고 있을 뿐 아니라, 연극·미술·음악 부문에 대해서도 카프의 활동상을 설명하고 있다. 게다가 양주동, 정노풍 등 중간파, 카프와의 대립각을 세우고 있던 이광수, 염상섭, 김동인 등 조선의 민족주의 문학자들뿐만 아니라 나운규, 안종화 등 영화 부문의 활동 상황까지도 설명하는 등 당대 조선 문화예술 전반에 대한 생각을 드러내고 있다. 조선 문화 전반에 대한 인식 속에서 그가 강조하고 있는 것은 조일朝日 프롤레타리아 예술운동의 조직적 연결의 확립이 시급하다는 것으로, 이를 위한 나프 최대의 원조를 호소하며 두 조직의 연대투쟁을 강렬하게 제시한 바 있다.

* 박명용, 『한국 프롤레타리아 문학 연구』, 글벗사, 134쪽, 1992.

3.

하지만 이처럼 문화예술 전반에 대한 인식 속에서 1930년과 1931년에 걸쳐 프로문예 비평가로서 혹은 프로문예 운동가로서 활동하던 안막의 삶을 완전히 바꾸어놓은 것이 바로 1931년 최승희와의 결혼이다. 1931년 와세다 제일고등학원 러시아문학과 학생 시절, 최승희의 오빠 최승일과 박영희의 소개로 삼각산(북한산) 근처의 진관사에서 최승희와 맞선을 보게 된 것이다. 그런데 안막은 이미 결혼 전력이 있었다. 상대는 경성에서 의원을 경영하고 있던 사람의 딸이었는데 아이를 분만할 때 난산으로 산모와 아이가 모두 사망한 것으로 알려져 있다. 바로 이 때문에 최승희의 부모가 강력하게 반대했다고 알려졌는데, 최승희 본인과 오빠 최승일의 설득으로 허락을 얻고 1931년 5월 10일 청량원에서 결혼식을 올리게 되었다. 신혼여행으로 금강산 석왕사釋王寺에서 2주간 머물다 돌아온 이후 안막은 와세다대학 학기말 시험을 치르기 위해 동경으로 떠나게 된다. 그러나 기말시험은 표면적인 이유였고 실제적인 이유는, 동경에서의 '동지사' 해체 문제를 해결하기 위한 카프 중앙위원회의 결정에 의한 것이었다고 한다. 1928년 3월 모스크바에서 개최된 프로핀테른(국제적색노동조합) 4차 대회에서, 재외 외국인 노동자와 식민지 노동자는 거주 국가의 노동조합에 가입하여 투쟁해야 한다는 방침을 결정했고 1930년 10월의 5차 대회에서는 예술, 교육 분야에서의 활동에까지 이 방침을 적용한다는 결정을 내린 바 있다. 이에 따라 일본에서는 1931년 11월 일본 프롤레타리아 문화연맹(코프 KOPF)이 결성되었고, 당시 일본에서 거주하는 조선인 프롤레타리아 작가 예술가들이 결성하여 활동하고 있던 '동지사同志社'는 해체해야 한다는 결정이 채택되었는데, 바로 이 문제를 해결하기 위해 안막이 일본으로 파견된 것이다.

이처럼 이 시기에는 그가 아내 최승희의 무용을 위해 문예 운동가로서의 자신의 활동을 포기하지 않고 있었다. 그가 본격적으로 최승희의 무용 기획가이자 매니저 활동에 자신의 시간과 노력을 바치게 되면서 안막은 최승희의 무용을 통해 조선적인 것의 세계화를 꿈꾸게 되는데, 바로 이 무렵 발표한 비평이 「창작방법 문제의 재토의를 위하여」(1933년)라는 글이다. 여기서 안막은 1930년 주장했던 프롤레타리아 리얼리즘론을 비판하고 새로운 창작방법론으로서의 사회주의 리얼리즘을 수용하고 있다. 새로운 창작방법론으로 사회주의 리얼리즘을 소개하고 있는 이 글은 이후 프로문예 비평에서의 창작방법 논쟁의 시발점이 되었다. 사회주의 리얼리즘이란 용어를 처음으로 소개한 것은 백철이었지만 사회주의 리얼리즘에 대한 본격적 논의는 '추백萩白'이란 필명으로 발표한 안막의 이 글에서 이루어진 것이다. 그는 먼저 새로운 이론의 제창의 근거를 다음과 같이 들고 있다.

> "이 새로운 제창의 현실적인 근거는 단순히 비평가들이 엥겔스의 발자크 비판에서 배웠다는 그것만에 의하여 이러한 것이 아니고 실로 소비에트 동맹의 경제적, 정치적, 문화적인 거대한 약진 — 제2차 5개년 계획의 성공적 수행, 예술가들을 포함한 인텔리겐치아의 대부분의 프롤레타리아트 측으로의 전환, 대중의 문화적인 욕구의 현저한 성장 등 — 에 의하여 이 새로운 현실에 적응키 위한 운동의 필연 속에서 전개되게 된 것이다."*

안막은 이 글에서 사회주의 리얼리즘이 소련의 경제, 정치, 문화의

* 추백, 「창작방법 문제의 재토의를 위하여」, 《동아일보》, 1933. 11. 29.

급진전에 따라 새로운 현실에 적응키 위한 필연적인 상황 아래에서 전개되고 있는 것임을 말하고 지금까지 논의해온 변증법적 사실주의를 자기비판하면서 새로운 창작방법의 확립을 강조한다.

그것은 첫째, 예술과 창작방법에 있어서 변증법적 유물론이 창작방법의 문제를 추상화하고 이론을 기계적으로 도입함으로써, 무엇보다 우선시되어야 할 작품 자체의 객관적인 진실성과 현실에의 충실성을 망각해버렸다는 점에 대한 비판이다. 이 때문에 작가의 계급성을 비평가 자신의 주관적인 선입견에 의해 재단하는 오류를 범하고, 예술상의 리얼리즘과 철학상의 유물론과의 관계 등에서 나타난 오류를 발견하지 못함으로써 계급성이 없는 산 인간의 묘사 등을 제창했다는 것이다.

둘째, 이러한 오류로 인해 창조적이고 비판적 활동이 부진할 수밖에 없었고 그 결과 작가·비평가들의 발전에 있어 파행을 가져올 수밖에 없었으며 결국 이는 카프 조직 구성에 결함을 초래하게 되었다는 사실이다. 이전의 '라프'나 '카프'의 문학운동에 있어서 '창작방법에 있어서의 변증법적 유물론'의 결함을 가지고 있었던 점, 즉 구 '라프' 또는 일본의 구라하라 고레히토의 이론을 조잡히 반추하고 적용함으로써 작가에게 위협수단이 되었다는 것이다.

셋째, 위와 같은 오류로 인해 예술가의 세계관과 창작방법의 의존관계를 혼동하고 예술적 창작과정의 복잡성, 특수성을 무시하여 창작방법에 있어 변증법적 유물론이 단순화, 도식화되었다는 것이다. 그러고서 비평의 바람직한 방향을 다음과 같이 제시한다.

> "예술비평은 우리들의 예술이 어떻게 부당하게 또한 정당히 객관적 현실을 반영하고 있는가, 그 풍부한 부당한 반영에 있어서 프롤레타리아트의 세계관으로서의 예술가의 의식적인 또는 무의식 근접이(창작과정에

있어서) 여하한 역할을 하고 있는가를 개인의 작품에 관하여 구체적으로 검토하지 않으면 안 될 것이다."*

이처럼 자신이 주장했던 프롤레타리아 리얼리즘에 대한 자기비판 위에서 이루어진 안막의 논의는 이후 리얼리즘 논의의 새 장을 여는 역할을 한 것으로 평가할 수 있다. 하지만 여기서 이루어진 자기비판이 과연 얼마나 정당한 것인가 하는 데는 의문의 여지가 남는다. 즉 과거의 유물변증법에 의한 창작방법이 외부로부터 들어온 이론을 그대로 적용한 데서 오는 오류라고 비판하면서 새로이 제창하고 있는 사회주의 리얼리즘 역시 식민지 조선의 현실과는 다른 사회주의 현실을 바탕으로 제기된 외부로부터의 수입이론이라는 점이다. 게다가 과거의 유물변증법적 창작이론과 프롤레타리아 문학이론이 어떤 점에서 미흡한 것이었는지 특히 세계관 해석의 오류인지 유물변증법적 창작방법에서의 오류인지 구체적으로 분석하지 못하고 있으며, 또한 창작 실천에 대한 구체적 방안까지는 마련하지 못하고 있음을 볼 수 있다. 이 때문에 안막의 논의는 곧바로, 창작방법의 전환이 소련에서는 조직 전환과 결부되어 있다는 점과 '진실을 그리라'는 명제를 속류적으로 해석하여 조직적 당파성을 외면하는 탈정치주의적 경향을 낳고 있다는 두 가지 측면에서 김남천의 비판을 받게 된다. 하지만 그러한 비판과 관계없이 안막의 글은 새로운 논의의 장을 열었다고 할 수 있다. 그것은 안막의 사회주의 리얼리즘 논의 제창 이후 김

* 안막, 위 글, 1933. 12. 3.
** 김남천, 「창작방법에 있어서의 전환의 문제 — 추백의 논의를 중심으로」, 《형상》 2호, 1934. 3.
*** 안함광, 「창작방법문제 신이론의 음미」, 《조선중앙일보》, 1934. 6. 17~30.
**** 권환, 「현실과 세계관 및 창작방법과의 관계」, 《조선일보》, 1934. 6. 24~29.
***** 한효, 「신창작방법의 재인식을 위하여」, 《조선중앙일보》, 1935. 7. 27.
****** 김두용, 「창작방법의 문제—리얼리즘과 로맨티시즘」, 《동아일보》, 1935. 8. 24.~9. 3.

남천**, 안함광***, 권환****. 한효*****, 김두용****** 등에 의해 30년대 중반의 풍부한 리얼리즘론 논의가 이어졌다는 점이 이를 증명하고 있다.

4.

안막의 논의를 계기로 창작방법 논쟁이 본격화되었지만 막상 안막 자신은 이후 문예운동을 접고 논쟁에 참가하지 않는다. 그 사정을 잠깐 살펴보면 다음과 같다. 카프 맹원 1차 검거 때 체포되었던 안막은 1932년 1월, 3개월 만에 불기소처분으로 석방되어 최승희와 국내 순회공연의 마지막 장소인 경북 안동에서 재회한다. 이후 동경으로 파견되었던 안막은 일본의 좌익 문화인 일제 검거가 실시되었을 때 경찰에 연행되어 잠깐 유치장 생활을 보내기도 한다.* 1932년 7월 딸 안승자安勝子가 태어나고, 1933년 2월 최승희와 딸 모두 일본으로 옮겨와 동경에서 가족이 재회하게 되는데 이후 최승희는 일본에서 주로 생활하며 일본과 조선을 오가며 공연활동을 하게 된다. 당시 와세다대학에 다니고 있던 안막은 이때부터 본격적으로 최승희의 무용 공연 기획자와 매니저로 활동하게 되면서 문예 운동가로서의 자신의 꿈을 접고 최승희의 공연활동에 주력을 기울이게 된다. 1933년 이후 문예활동이 거의 없는 것은 바로 이 때문이라 할 수 있다. 1935년 3월 와세다대학 졸업 후 '중앙공론中央公論', '가이조改造' 등 일류 출판사에 들어가기 위해 '가이조' 사의 야마모토 사장을 만나는 등, 문예 활동가로서의 길을 한 번 더 모색해보지만 안막은 끝내 문인으로서의 활동을 접고 최승희의 무용 공연 기획자와 매니저로 활동하는

* 이는 최승희가 주연한 영화 〈반도의 무희〉에 최승희의 상대역으로 출연한 센다 고레야千田是也의 증언에서 드러난다.

데 전념하게 된다.

이후 안막과 최승희는 딸을 동경에 남겨둔 채 1937년 12월 미국 공연을 시작으로, 최승희를 세계적 무용가로 만든 파리 공연을 포함한 1938~9년에 걸친 유럽 순회공연, 1940년 5월부터 6개월에 거친 남미 순회공연 등 3년여의 해외 공연을 마치고 일본에 돌아오게 된다. 일본 도착 이후 일본, 조선, 중국 각지를 돌며 순회공연을 하였으며, 1944년 3월 15일 일본을 떠나 조선, 중국에서의 공연을 갖게 되는데 이후 다시는 일본으로 가지 못하게 된다. 특기할 만한 사실은 남미 순회공연을 가기 직전인 1940년 5월, 7년 만에《매일신보》에 당대 문단의 동향과 관련한 단평*을 발표하는 등 문단에 대한 관심은 계속 가지고 있었다는 점이다. 즉 공연과 기획, 관객 동원, 일본 당국의 감시와 관객들의 눈길이라는 이중적 시선으로부터의 자유로운 공연, 조선 전통무용과 중국의 고전으로부터의 자양분 습득, 유럽과 미국, 남미 대륙에 걸친 세계 공연 등 문화예술 기획자로서 새로운 예술세계를 구축하는 데 전념하면서도, 언제든 문예 운동가로서의 모습으로 돌아가기 위해 문예 동향에 지속적인 관심을 갖고 있었던 것이다.

1945년 초 전화戰禍를 피하고 지속적인 무용 공연과 연구를 위해 북경에서 최승희와 함께 동방무용연구소를 운영하고 있던 안막은 조선독립동맹 본부가 있던 연안延安으로 떠날 결심을 하고 북경을 탈출한다.** 연안에 도착한 안막은 조선독립동맹의 간부들이었던 김두봉, 무정, 최창익, 김창만, 허정숙 등과 친분을 쌓게 되는데, 이들 '연안파'와의 인맥은

* 1940년 5월 22, 24, 25일《매일신보》에「중간문학론」「문예지 부진」「논리의 퇴락」이라는 제목으로 원고지 3~4장 분량의 짧은 글을 발표한다.

** 정확한 시기는 현재로써는 알 수 없지만 1957년 북한의《조선예술》에 연재된 최승희의 평전에도 일본이 패전할 무렵 안막은 일본 제국주의와의 전투에 참가하고 있어 안막 부부는 떨어져 생활하고 있었던 것으로 기록되어 있는 점으로 보아 이는 확실해 보인다.

1959년 숙청을 당하는 한 원인으로 작용하기도 한다. 1945년 8월 15일 중국 북경에서 해방을 맞은 안막은 9월 초 가족을 북경에 그대로 둔 채 연안에 있던 독립동맹 동지들과 함께 평양으로 들어가 북한에서 다시 문예운동전선에 뛰어든다.*

이처럼 해방 이후 평양으로 간 안막은 10여 편의 시와 4편의 평론만을 남겨놓았는데, 대부분 조선노동당 중앙당 선전선동부 부부장 · 문학예술가총동맹 상무위원으로 활동할 때이다. 이에 따라 그 내용들도 당시 북한의 혁명론에 맞는 사회주의 문학의 건설, 극좌적 극우적 양 편향에 대한 비판, 미국과 남한에 대한 극단적인 비판과 소련에 대한 찬양 등 문화예술기관의 책임자로서 가능한 극히 공식적인 문학론의 성격을 띠고 있다. 이후 국립평양음악학교 초대 교장(1949년), 평양음악학원 초대 학장(1949년), 문화선전성 부상副相(1956년) 등 문예 비평가로서보다는 문화예술 분야의 책임자로서, 최승희의 요청에 따른 전통악기 개조 등 문화 책임자로서의 활동에 주력한다. 그러다 1958년 8월 반당종파분자 혐의로 체포되어 소식이 단절되는데, 1957년부터 시작된 '연안파' 숙청 단계에서 연안파의 조선의용군과 함께 귀환한 안막도 연안파에 가까운 인물로 분류되어 함께 숙청당한 것으로 보인다. 안막은 이후 지하철 노동자로 전락해 나중에 사망한 것으로 알려져 있다. 이로 인해 1959년 10월 딸 안성희가 안막과 최승희를 공개비판하고, 최승희도 한때 연금 상태에 놓이기도 하며 무용학교 평교사로 재직하기도 하는데, 이후 1961년 문예총 중앙위원, 조소朝蘇친선협회 중앙위원, 조국통일중앙위원으로 선임되

* 일부 연구나 연보에서는 1947년 7월 월북한 것으로 기록하고 있으나 최승희 자서전 등 모든 기록을 종합해 볼 때 중국에서 해방을 맞은 뒤 연안파와 함께 북한으로 들어간 것으로 보인다. 안막이 평양으로 떠나버리고 남은 가족들은 1946년 5월 29일 미군이 제공한 배를 타고 인천항으로 들어왔다가, 최승희는 1946년 7월 20일 한밤중에 안제승 · 김백봉 부부, 이원조 등과 함께 마포에서 안막이 보낸 8톤짜리 발동선을 타고 인천을 거쳐 월북하게 된다.

고, 1964년 조선무용동맹위원회 위원장에 올라 1967년까지 재직하지만 실권 없는 자리에 불과했으며 무용계에서는 사실상 모든 권력을 잃은 상태로 떨어졌다고 한다.*

이처럼 식민지 시기 급진적인 문예 비평가에서 최승희와의 결혼 이후 문화 기획자로의 변신, 다시 북한에서의 문예조직 책임자로서의 활동에 이르기까지 안막은 문화사 전반에 걸쳐 큰 족적을 남긴 인물이라 할 수 있다.

* 결국 최승희는 1967년 6월에 숙청된 것으로 보이는데, 11월 7일 일본의 《아사히신문朝日新聞》이 '최승희 등 반김일성파 숙청'을 보도한 바 있다. 《아사히신문》은 최승희가 연금 상태에 있다고 보도했으며 《마이니치신문》은 공민권을 박탈당하고 투옥되었다고 보도한 바 있다. 이후 정치범수용소에서 자살했다거나, 딸과 함께 중국 국경을 넘다 사살되었다거나 수용소에서 '병사' 했다는 등 여러 가지 소문이 전해졌지만 확실한 것은 알 수 없는 상태이다.

1910년 4월 18일 경기도 안성 출생. 본명은 필승弼承, 필명은 추백萩白, 秋白. 정확한 연도는 알 수 없으나 제2고등보통학교(현재의 경복고등학교)에 진학. 3·1 만세운동으로 퇴학.

1928년 이후 독학으로 도시샤同志社대학에 입학했다가 와세다早稻田 제일고등학원 러시아문학과에 들어감. 이북만·김두용·임화·김남천 등과 함께 공산당 재건운동의 준비기관인 '무산자사無産者社'를 설립하고 이전의 카프 기관지 《예술운동》 대신 《무산자》를 간행하는 등 이른바 제3전선파로 활동. 1920년대 말에 귀국하여 김남천·임화·권환 등과 함께 카프의 제2차 방향 전환을 주도함.

1930년 4월에 시행된 조직 개편 때 중앙위원과 연극부 책임자로 선임됨.

1931년 와세다 제일고등학원 러시아문학과 학생 시절, 최승희의 오빠 최승일과 박영희의 소개로 1931년 5월 10일 청량원에서 최승희와 결혼. 신혼여행으로 금강산 석왕사釋王寺에 2주간 머물다 돌아옴.

9월 제1차 검거선풍 당시 체포. 1차 검거 사건은 《조선일보》 1931년 10월 6일자에 보도됨. (일부 자료는 이 기사를 근거로 10월 6일 체포된 것으로 적고 있지만 이미 9월 말에 체포되었음)*

1932년 1월 3개월 만에 불기소처분으로 석방되어 최승희의 국내 순회공연의 마지막 장소인 경북 안동에서 재회함.

* 《조선일보》는 1931년 10월 6일의 기사를 통해 조선공산당 재건운동과 관련하여, 이른바 '조선공산당 제6차 재건공작 사건'으로 한위건, 양명梁明 등 중국 지역에서 활동하던 핵심인물들이 고경흠, 황학노 두 사람을 일본에 파견하고 이들이 다시 동경의 '무산자사'를 중심으로 활동하고 있던 임화, 안막 등과 연계된 것으로 보도했다. 즉 조선공산당 재건설을 위한 활동의 일환으로 프로예술동맹의 조직을 합법에서 비합법 조직으로 전환시키기 위해 임화, 김남천, 안막 등이 중심이 되어 활동했다는 것이다. 사건 설명 가운데 동경에까지 출장하여 검거해온 프로예술동맹원이 바로 안막이다. 《조선일보》의 기사 원문은 다음과 같다.

프로예맹사건 내용
칠월 하순경부터 시내 종로경찰서 고등계에서는 조선 프롤레타리아 예술동맹朝鮮共産者藝術同盟의 중앙간부 박영희 외 육칠 명을 검거하고 두 달 동안이나 주소로 취조를 하는 한편에 수등首藤정부는 형사 두 명을 대동하고 동경東京에까지 출장하여 십여 일간을 유하면서 그곳에 있는 프로예술동맹원까지 검거하여다가 취조하더니 그 내부에는 상해上海 북평北平 방면에서 들어온 사람이 주가 되어 가지고 프로예술동맹을 표면으로

7월 첫 딸 안승자安勝子 태어남.

1933년 2월 최승희와 딸 모두 일본으로 옮겨와 동경에서 가족이 재회하게 되는데 이후 최승희는 일본에서 주로 생활하며 일본과 조선을 오가며 공연활동을 하게 됨. 안막은 와세다대학에 다니며 최승희의 무용 공연 기획자와 매니저로 활동하게 됨.

1935년 3월 와세다대학 졸업. 대학 졸업 후 문인으로서의 활동을 거의 접고 최승희의 무용 공연 기획자와 매니저로 활동하는 데 전념. 1933년 이후 문예활동이 거의 없는 것은 바로 이 때문임.

1937년 12월 19일 최승희의 미국 공연을 위해 딸 승자만을 남겨둔 채 안막과 최승희는 미국으로 떠남.

1938년 12월 17일 유럽 공연을 위해 안막과 최승희 유럽으로 향함. 이후 약 10개월 동안 유럽 전역을 돌며 순회공연. 특히 6월의 파리 공연은 최승희가 세계적 무용가로 자리를 굳히는 계기를 만듦.

1939년 10월 다시 미국으로 건너와 미국 동부(뉴욕)에서 서부(샌프란시스코)로 순회공연.

1940년 5월부터 11월 24일 귀국길에 오르기까지 브라질, 우루과이, 아르헨티나, 페루, 콜롬비아, 멕시코 등 남미 국가를 돌며 순회공연.

12월 5일 3년여의 해외 공연을 마치고 일본에 도착함.

7년 만에 《매일신보》에 단평 형식의 글 발표함.

일본 도착 이후 일본, 조선, 중국 각지를 돌며 순회공연을 하였으며, 1944년 3월 15일 일본을 떠나 조선, 중국에서의 공연을 갖게 되는데 이후 다시는 일본으로 가지 못하게 됨.

1941년 3월 27일 조선에 도착하여 귀향 공연을 열고 그 수익금에서 국방헌금으로

하여 조선공산당 재건설의 계획을 가지고 지난 봄까지 시외 영등포 방면에서 여러 차례의 회합을 열고 조선공산당 공산주의자협의회 비밀결사를 조직하였던 사실이 발각되었고 이와 전후하여 그들 중에는 작년 여름 평양의 고무쟁의 대격문을 돌려 파업을 선동하고 또 작년에 일한합병○에도 서울서 격문을 돌리고 지난 봄에는 신간회해소운동新幹會解消運動도 주동이 되었다는데 그들 십칠 명은 금今 오일 치안유지법출판법위반治安維持法出版違反으로 경성지방법원 검사국에 넘겼는데 관계자 주소 성명은 아래와 같다. 이외에도 미체포 중에 있는 사람 십팔 명도 서류만 검사국에 넘겼다.

고경흠(22), 김삼규(24), 일명(임화) 임인식(24), 황학노(20), 김효식(21), 한재덕(21), 송인수(24), 일명(안막) 안필승(22), 권경완(28), 박영희(31), 윤기정(29), 송무현(29), 김기진(29), 이기영(36), 이평출(22), 권태용(26), 최일○(26)

2천 엔, 조선문인협회의 활동 지원금으로 2천 엔을 기부함.

최승희의 창씨개명을 막고 창작 조선무용을 지키기 위한 방편으로, 일상생활에서는 군부나 경찰에 간섭이나 탄압의 구실을 주지 않기 위해, 안막 자신은 야스이 와타루安井和, 딸 안승자는 야스이 가스코安井勝子로 창씨개명.

1942년 8월 동양무용 창작에 대한 구상을 원고로 옮겨《부인공론》에 발표하려 했지만 전쟁통에 종이가 부족하여 잡지사가 지면을 줄이는 관계로 안막의 글은 결국 빛을 보지 못한 것으로 알려짐.

1944년 12월 18일 안막의 동생 안제승安濟承과 최승희의 제자 김백봉金白奉 결혼.

1945년 초 안막은 북경에서 최승희의 일을 도와 동방무용연구소를 관리하고 운영하던 중, 조선독립동맹 본부가 있던 연안延安으로 떠날 결심을 하고 북경을 탈출함. 연안에서 조선독립동맹의 간부들이었던 김두봉, 무정, 최창익, 김창만, 허정숙 등과 친분을 쌓았는데 이 인맥으로 인해 1959년 숙청을 당하는 비극을 맞이함.

1945년 9월 초 안막은 가족을 북경에 그대로 둔 채 연안에 있던 독립동맹 동지들과 함께 평양으로 떠남.

1946년 3월 조선노동당 중앙당 선전선동부 부부장·문학예술가총동맹 상무위원.

아들 병건秉建(나중에 문철文哲로 이름 바꿈) 출생.

5월 29일 안막이 평양으로 떠나버리고 남은 가족들은 미군이 제공한 배를 타고 인천항으로 들어옴.

7월 20일 한밤중에 최승희, 안제승·김백봉 부부, 이원조 등이 마포에서 안막이 보낸 8톤짜리 발동선을 타고 인천을 거쳐 월북함.

1949년 11월 평양음악학원 초대 학장에 취임.

1950년 9월 한국전쟁 전선시찰 중 안막은 탄환에 맞아 얼굴 오른쪽에 큰 상처를 입게 됨.

11월 김일성과 중국 주은래朱恩來의 배려로 전쟁을 피해 북경에 있던 최승희를 찾아 안막과 딸 안성희(안승자에서 개명)도 북경에 도착.

1951년 전쟁 기간 중 안제승·김백봉 부부 월남.

1956년 2월 문화선전성 부상副相 취임.

10월 작가동맹 중앙상무위원.

1958년 8월 안막은 반당종파분자 혐의로 체포됨. 1957년부터 시작된 '연안파' 숙청 단계에서 연안파의 조선의용군과 함께 귀환한 안막도 연안파에 가까운 인물로 분류되어 함께 숙청당한 것으로 보임. 이로 인해 최승희도 연금 상태에 놓이게 되었으며 10월 이후 무용학교 평교사로 재직함. 안막은 이후 지하철 노동자로 전락해 나중에 사망한 것으로 알려짐.

1959년 10월 딸 안성희가 안막과 최승희를 공개비판함.

1961년 안막의 처 최승희는 문예총 중앙위원, 조소朝蘇친선협회 중앙위원, 조국통일 중앙위원으로 선임.

1964년 최승희는 이후 조선무용동맹위원회 위원장에 올라 1967년까지 재직하지만 실권 없는 자리에 불과했으며 무용계에서는 사실상 모든 권력을 잃은 상태로 떨어짐.

1965년 딸 안성희가 숙청된 이후 평범한 농민 생활을 하다 탈곡기에 손목이 절단당하는 사고를 당했다는 설도 있음.

1967년 결국 최승희는 6월에 숙청된 것으로 알려져 있으며, 11월 7일 《아사히신문朝日新聞》이 '최승희 등 반김일성파 숙청'을 보도함. 《아사히신문》은 연금 상태에 있다고 보도했으며 《마이니치신문》은 공민권을 박탈당하고 투옥되었다고 보도한 바 있음. 이후 정치범수용소에서 자살했다거나, 딸과 함께 중국 국경을 넘다 사살되었다거나 수용소에서 '병사'했다는 등 여러 가지 소문이 전해지고 있지만 확실한 것은 알 수 없음.

| 작품 연보 |

■ 시

1931년 「삼만三萬의 형제兄弟들」 외 1편(「백만중百萬中의 동지同志」), 『카프시인집』.

1955년 서정시 4편(「에레나의 수첩」, 「붉은 깃발은 태양을 향하여 올라간다」, 「무지개」, 「생명」), 《조선문학》, 1.

1958년 쏘베트 대지 우에서 시 10편(「모쓰크바를 향하여」, 「별」, 「붉은 광장」, 「고리끼 거리를 걸어간다」, 「모쓰크바 대극장」, 「뿌슈낀 동상 앞에서」, 「아브로라에 부치노라」, 「네바 강반에서」, 「호텔 아스토리야에서」, 「우크라이나의 어머니」), 《조선문학》, 7.

■ 평론

1930년 「프로예술의 형식 문제」, 《조선지광》, 3.

1930년 「맑스주의 예술비평의 기준」, 《중외일보》, 4. 19~5. 30.

1930년 「프로예술의 형식 문제(二)」, 《조선지광》, 6.

1930년 「조직과 문학」, 《중외일보》, 8. 1~2.

1930년 「조선 프로예술가의 당면의 긴급한 임무」, 《중외일보》, 8. 16~22.

1931년 「朝鮮に於けるプロレタリア 藝術運動の現勢」, 《ナプ》, 3.(日語)

1932년 「1932년의 문학 활동의 제 과제」, 《조선중앙일보》, 1. 11.

1932년 「朝鮮 プロレタリア藝術運動 略史」, 《사상월보》, 10.(日語)

1933년 「창작방법 문제의 재토의를 위하여」, 《동아일보》, 11. 29~12. 7.

1940년 「중간문학론」, 《매일신보》, 5. 22.

1940년 「문예지 부진」, 《매일신보》, 5. 24.

1940년 「논리의 퇴락」, 《매일신보》, 5. 25.

1946년 「조선 문학과 예술의 기본 임무」, 《문화전선》, 7.

1946년 「조선 민족문화 건설과 소련 사회주의 문화」, 『해방기념평론집』, 8.

1946년 「신정세와 민주주의 문학예술전선 강화의 임무」, 《문화전선》, 11.

1947년 「민족예술과 민족문학 건설의 고상한 수준을 위하여」, 《문화전선》, 8.

ㅣ연구 목록ㅣ

金白峰, 「崔承喜와 나」, 『北韓』, 북한연구소, 1972. 8.

김성수, 『통일의 문학 비평의 논리』, 책세상, 2001.

김영민, 『한국근대문학비평사』, 소명출판, 2006.

김영택, 「해방공간의 민족문학론 연구」, 『인문과학』 제13집, 목원대학교인문과학연구소, 2004.

김정민, 「납북 · 월북자들의 기구한 역사」, 『北韓』, 북한연구소, 1999. 6.

성기숙, 『한국근대무용가 연구』, 민속원, 2005.

신재기, 『韓國 近代文學批評論 硏究』, 고려대학교 민족문화연구소, 1996.

안한상, 「카프의 리얼리즘論攷」, 『인문과학연구논총』 22, 명지대학교부설 인문대학연구소, 2000. 12.

유미희, 『20세기 마지막 페미니스트』, 민속원, 2006.

이주미, 「'추백' 의 프로문학 비판과 안막의 예술 전략」, 『국제어문』 제41집, 2007. 12.

임명진, 「韓國 近代小說論의 類型別 史的 硏究」, 전북대 대학원 박사논문, 1988년.

전영경, 「KAPF 연구 : 安漠의 『朝鮮プロレタリア藝術運動略史』를 중심으로」, 『동대논총』 22, 동덕여자대학, 1992. 5.

정병호, 「최승희의 생애와 그 예술」, 『예술문화』 8, 계영대학교 예술문화연구소, 1995. 12.

정수웅 엮음, 『최승희 : 격동의 시대를 살다간 어느 무용가의 생애와 예술』, 눈빛, 2004.

조윤정, 「최승희의 예술세계 및 작품경향과 무용관」, 국민대 교육대학원 석사학위논문, 2008.

최승희, 『私の 自書傳』, 東京, 日本書籍, 1936.

황정희, 「최승희의 생애와 예술세계에 관한 연구」, 『경남체육연구』 7, 창원대학교 체육과학연구소, 1999.

『남북한 문학사연표』, 한길사, 1990.

『북한인물록』, 국회도서관, 1979.

한국문학의 재발견-작고문인선집
안막 선집

지은이 | 안막
엮은이 | 전승주
기 획 | 한국문화예술위원회
펴낸이 | 양숙진

초판 1쇄 펴낸날 | 2010년 2월 25일

펴낸곳 | ㈜현대문학
등록번호 | 제1-452호
주소 | 137-905 서울시 서초구 잠원동 41-10
전화 | 516-3770
팩스 | 516-5433
홈페이지 www.hdmh.co.kr

값 11,000원

ISBN 978-89-7275-535-7 04810
ISBN 978-89-7275-513-5 (세트)